THE GREAT HONGKONG

DETECTIVE 2

香江神探福邇，字摩斯2

生死決戰

THE FINAL DUEL

莫理斯 著

目次

推薦序

你可以先看熱鬧，然後看懂門道——故事精彩、底蘊豐厚的福邇探案

冬陽（推理評論人，復興電台「偵探推理俱樂部」節目主持人）

在細談《香江神探福邇，字摩斯2：生死決戰》之前，要先自陳一段糗事。

我是個資訊控，尤其在偵探推理領域中，時常關注小說、漫畫、犯罪偵查相關主題的出版品，以及電影、電視劇甚至舞台劇等影劇創作，因而在四年多前於網路書店搜尋到一本由香港知出版推出的偵探小說，書名叫《神探福邇，字摩斯》（遠流出版二〇二一年十月推出台灣版，書名略作調整，添加二字，改爲《香江神探福邇，字摩斯》，即爲你手上這本書的前一集），作者是莫理斯。

首先引發我好奇的是書名。邇字讀音同爾，「福爾摩斯」是中文世界對這位響叮噹名偵探普遍使用的譯名，這樣的諧音設計對於身爲推理迷的我而言不啻是個閃亮亮的暗示，還隱隱嗅

出戲仿的味道。仔細一瞧，作者大名莫理斯，這不禁讓我嘴角揚得更高了，心想：「小時候看夏洛克・福爾摩斯探案，最常與其並列的是怪盜紳士亞森・羅蘋冒險，作者法國人就叫莫里斯・盧布朗，看來這裡也用了個推理哏啊。」

莫理斯兄，眞對不起，一開始將您的中文名錯認爲另有意涵的筆名，讀到作者簡介時才發現完全不是這麼回事。不過呢，閱畢全書後我發覺對「戲仿」的推測解讀倒是正確的，在此就從這個切入點繼續談下去吧。

嚴格來說，「戲」、「仿」二字各代表了不同的創作概念。仿作（pastiche）亦稱贗作，就像幾可亂眞的美術贗品，一般人難以分辨是否出自原創者手筆，連專業行家也可能失察誤判。在小說書寫上，這當然不是指一字不漏地謄寫複印，而是讓主要角色的性格行徑、故事的時空背景與原著正典近乎一致，敘述的結構套路、讓讀者置身其中的氛圍相仿，但情節有其新穎獨到之處，而不是略作改寫而已。戲作（parody）則是強調顚覆既有框架，又稱諧仿或諧擬，往往採取誇大滑稽的嬉鬧嘲諷突顯原著廣爲人知的橋段佈局，或是在差異頗大、顯著更替的情境下發展鋪陳，一來具有致敬意味，二來蘊含拋開傳統、嘗試創新的可能。

且讓我們先聚焦在「福爾摩斯探案」的戲仿，進一步聊聊其多樣趣味。

當今大眾最爲熟知的福爾摩斯戲仿，應屬電視影集《新世紀福爾摩斯》（Sherlock）與電影《福爾摩斯》（Holmes）吧，前者捧紅了原本名不見經傳的英國男星班奈狄克·康柏拜區，後者則讓演藝事業處在低谷的美國男星小勞勃·道尼再次走紅，這兩人還都先後加入漫威影業，分別飾演奇異博士和鋼鐵人，說是近年全球影劇圈當紅炸子雞實不爲過——說來有趣，現今許多年輕觀眾與讀者，正是熟悉這兩位超級英雄角色，才被勾起對福爾摩斯的好奇，相當明顯的世代差距啊。

蓋·瑞奇執導的電影《福爾摩斯》本質上偏向仿作，主角福爾摩斯、華生醫師、雷斯垂德探長、莫里亞提教授等人，基本上援引小說家柯南·道爾的初始設定，彼此間的羈絆糾葛不脫既定關係，同樣以十九世紀末二十世紀初的大倫敦地區爲舞台（走遠一點到歐洲其他國家），故事則是延續原著的新創情節。不過，福爾摩斯的言談變得幽默、行事偶爾耍點無賴，跟華生的同性互動多了些引人遐想的曖昧，倒是存有一絲戲作的風味。而馬克·加蒂斯與史蒂芬·莫法特共同主創的《新世紀福爾摩斯》影集卻是偏向戲作，時間軸整個挪移到一百多年後的現代（但特別篇〈地獄新娘〉「穿越」回維多利亞時代），無處不向原著致意，將核心詭計和概念改爲符合當下你我熟知的條件規則（例如有了手機就不必拍電報了不是？）同時滿足了難以取悅的福爾摩斯迷以及僅略知一二的普羅大眾。

重點來了。不論是仿作或戲作、授權原創或改寫二創，倘若說故事聽故事的對象只是樂在其中咯咯笑的重度粉絲，那不過是同人圈的交流互動、你知我知的默契趣味而已。雖然不是帶動商業流行的熱銷作品才叫成功，但不懂典故也無妨、讓人徜徉流連的精彩故事，才是我誠心推薦《香江神探福邇，字摩斯2：生死決戰》的理由，也是舉兩部耳熟能詳的福爾摩斯戲仿之作的原因。戲仿出於創作者的意念與選用形式，大多數讀者眞正在乎的是故事能不能吸引、黏住自己，愉快享受美好的閱聽時光——講白了，看熱鬧遠比看門道來得有趣重要。

那麼，福邇探案有哪些熱鬧之處呢？

滿族鑲藍旗人福邇，生於咸豐四年（一八五四），十二三歲便進入同文館學習，留學東西洋多年後定居英國殖民的香港，活躍於清光緒年間（一八七五—一九〇八，從目前發表的故事來計），透過武進士出身、支援左宗棠湘軍平亂卻負傷解甲的摯友華笙大夫記錄下辦案事蹟。福華兩人同住在荷李活道貳佰貳拾壹號乙的樓宇（後來華笙巧結姻緣，婚後搬離另覓新居），婢女鶴心打點家務，外出或以人力車代步，偶爾找戲稱「荷李活道鄉勇」的街童跑跑腿，協助差館的洋幫辦、華幫辦調查難解疑案，或是接下上門委託的任務，福邇的兄長還是任職總理衙門的情報頭子……。特殊的身分與過人的能力讓福邇不意涉及大清與列強的敏感事務，同英軍拳擊教練、日本忍者、丐幫中人過招數回，結識恭親王奕訢之子、太平天國餘黨、尙在行醫的孫文等人，不時可在中文、英文新聞報刊上見到福邇的卓越冒險事蹟。

與柯南・道爾的書寫相參照，部分門道漸次浮現：華生醫師自阿富汗戰場傷退返回英國倫敦，經友人介紹成了顧問偵探福爾摩斯的新室友，住所地址是貝克街221B；名駒失蹤、重要軍事情報外洩、歐洲皇室隱匿身分上門委託是福爾摩斯的家常便飯，當然少不了蘇格蘭場警官前來尋求協助解惑；高超的易容術與俐落的拳腳是解決難題的利器，最重要的還是那雙善於觀察的慧眼與那顆聰明的腦袋，但生活若是無聊到缺乏刺激，只好拉拉小提琴或者針一管古柯鹼撫慰身心——咦，我忘了福邇喜歡拉胡琴跟抽水煙鴉片嗎？

然而，莫理斯在福邇探案中所運用的，可不是「洋東西中國化」的簡單類比對照爾爾，光是「同處於十九、二十世紀交接」這個時間點上，倫敦香港兩地的狀況就大不相同。故事所在的年代不是靜態的歷史佈景背板，而是動態的即時展現；作者不是在告訴讀者中日甲午戰爭前的福邇遭遇到哪些事，考驗各位當年課堂上學到的是不是還給了老師，而是細細描述不知未來將走向何方的福邇正在處理萬般棘手、牽動國家命運的事件。這突顯了極其特別的書寫企圖，大大有別於依附在既有文本與類型的戲仿規矩，頗有「如果……會如何？」（What If?）的耐人尋味的叩問。

因此，「香江神探福邇，字摩斯」系列眞正的門道不僅止於和福爾摩斯原著正典、偵探推理類型的連結而已，而是清晰掌握了作者莫理斯所熟悉的土地上他不曾參與的時代，經過複雜又紮實的考察爬梳，藉由福邇、華笙等人的行動修葺出她已然傾頹的一牆一土、可能發生過的曲折故事。全書底蘊之豐富深厚教人驚嘆，行文之韻律流暢教人喜愛。

莫理斯的筆力，除了展現在戲仿創作上的提升蛻變、推理與歷史兩種類型的完美融合外，也將源於英美的偵探解謎精神逐步內化進中華文化，與儒家士大夫精神、香江民俗風土乃至於彼時中西方勢力交鋒融合的衝擊，次第收納進整體小說的內核，再透過每一個短篇故事節制地表現。讀者先是被離奇的謎團所吸引，隨後才在追查事證、釐清線索的過程中理解明白，依循時間的進展（不像福爾摩斯探案，是不按時間序跳著寫的），敘事場景正慢慢擴大格局——啊，我不能把話說早了，這才是第二集故事呢，接下來會如何發展呢？或許作者有出乎我意料、更讓人欣喜的安排？

我相信你讀完這本《香江神探福邇，字摩斯2：生死決戰》之後會同我一樣，滿心期待地靜候新的探案故事問世。

推薦語

薛西斯（推理小說家）

喜歡的小說永遠最怕翻開續集，期待又怕受傷害，但本作完全不必擔心，此次更上層樓！

若說第一部妙在推理精彩、轉譯巧妙，第二部則自然融入更多類型元素。當歷史的長河開始流動，英雄也不能只坐在安樂椅上運籌帷幄，須爲國難拔劍奔走。作家在這樣的背景下，充分加入武俠趣味，但又絲毫不減損推理的品質。

更重要的是，福邇跟華笙的人生也往前了——我們不知不覺從取樂的讀者，變成了兩人的好友，陪他們度過人生新階段。看故事中人的命運，既像配合原作的步伐，又像與大時代的洪流相彷彿，福邇問：若你我生於百年之後，是否昔敵能成今友？令人不勝唏噓。

掩卷之時，老實說我竟慶幸起有柯南．道爾的提前劇透，不然我要恨死作者啦！

張東君（推理評論人）

身爲從小學就開始看福爾摩斯——原版、外傳、同人、致敬的各種福爾摩斯版本，有什麼看什麼，甚至連手環都是貝克街221B平面圖的資深福爾摩斯迷，莫理斯的《香江神探福邇，字摩斯》對我來說已經不是驚豔，而是我的教科書、心中的經典。因爲莫理斯實實在在的結合了古今中外的歷史與時事，又不偏離柯南．道爾原著的梗概，打造出十九世紀的東方名偵探，以及留下破案紀錄的醫師搭檔。

也許你會擔心書裡的用字遣詞跟現代略有不同而導致隔閡，但其實正是因爲這樣，才讓我們在閱讀的過程中能夠沉浸於當時的氛圍中，隨著福邇在港澳奔走、和成爲彩蛋的歷史人物相遇。

翻著書頁，我邊想著BBC的古典福、鋼鐵福、女華生的美版福、新世紀的卷福，各有各的特色。福邇也有可能躍上螢幕嗎？無論如何，先敲碗第三本再說。

果子離（作家）

莫理斯在神探福邇系列，馳騁組織力、想像力與知識力，穿梭於歷史掌故、民情風俗和小說文本之間，將寫作技藝發揮得淋漓盡致，詳而不煩的註解，更顯露文史考據的功夫，將閱讀的樂趣推向一個高峰。讀者若僅參考書籍簡介，或許心有不服，質疑在既存作品的框架加工豈不容易？比對原作才知字字皆辛苦，看他時而諧仿，時而改寫，時而顛覆，時而延展，拆解組合，出入自得，其敘事功力，其學識才華，令人嘆爲觀止。《香江神探福邇，字摩斯2》裡的〈終極決戰〉一篇，把傳說福爾摩斯身殞的〈最後一案〉改編爲武俠小說，比較東瀛刀術與中原劍道的武藝特質，比當年古龍《浣花洗劍錄》的見解更精熟，讓我這武俠迷讀來大呼過癮。

廖偉棠（作家）

堅持尋問眞相，是香港人的美德。福邇不只是福爾摩斯的平行宇宙，也是當下香港人的平行宇宙，他踏血尋梅，永不放棄。

楊佳嫻（作家）

「福爾摩斯和華生」此一經典組合，早已成爲偵探文類的不敗始祖與公共資源。可以改變時代，變成活躍於當代社群媒體的寵兒；可以更換性別，成爲一男一女或兩位女性的搭配；可以混合文類，讓偵探辦案滲入羅曼史小說的影子；也可以更換地點、國籍，平行挪移到十九世紀末的東方，成爲「福邇與華笙」——清帝國末年，在華洋雜處的殖民地香港辦案，可文可白，可英可粵，同時與商人、文人、中國官員、傳教士、英國殖民者打交道，充分顯示出香港特質。同時，莫理斯還原柯南．道爾筆下的人物形象，兩位主角做回文質彬彬的紳士，又貼合中國歷史，將他們打造爲亟願向世界學習改變的近代開明知識分子。這一系列故事大膽創造，細緻偵查，且具備歷史與武俠的樂趣，讓人忍不住一口氣讀完。

十字血盟

吾與一代神探福邇相交十數載，懷緬這段友誼之餘，亦不禁偶作遐想：倘若當年沒有跟他相遇，此生命途又會有何不同？

假如看官垂讀過以往敝作，當知筆者本爲同武進士出身，於陝甘綠營官至正五品守備，然而運蹇時乖，不幸因傷退役，輾轉流落香港，唯有蓬累而行，依靠祖傳醫術餬口。可幸正當自忖必定就此悒悒終生之際，卻機緣巧合，跟福邇結爲莫逆，協助他屢破奇案，我亦因而得以投袂而起，重新踔厲。但最始料不及的，卻是多得福邇，我命中姻緣才會不期而至。其時我始室之年早過，本道就此鰥獨一生，又怎會想到居然還能邂逅鶯儔燕侶，與她共諧連理呢？

話說光緒十四年，即西曆一千八百八十八年，我已在香港住了將近七載。這年福邇偵破的許多案件之中，最爲人廣知的，莫過於力擒藏匿澳門的廣東劇盜「花旦滿」，將之轉解九龍砦城，交由大鵬協副將正法。事後，更把所獲賞金盡數捐贈城內龍津義學，一時傳爲佳話。[1]是夏，又破解了一宗光怪陸離的蠱毒謎案。然而之後時至立秋，卻已好一段日子沒有遇上任何足以挑動他腦筋的事情。

偏偏福邇這個人，卻是閒不下來的脾性，每有案件當前，縱使廢寢忘食、晝夜不休也不以爲苦，但一旦英雄無所用武，便會雜念叢生，心神失衡；到了這些時候，便不惜借助鴉片來求取片刻安寧。福邇文武兼備，智勇雙全，堪稱完人，唯獨這個不爲外道的惡習，卻令我這個身邊朋友扼腕痛心。我怕他沉緬下去，終有不能自拔的一天，但多年來屢勸無效，這時便只好期望有稀奇古怪的新案出現，讓他心靈有所寄託。

也不知道是否眞有上蒼保佑，不久便果眞有人來函向他求助，而案情之曲折，更是令人稱奇叫絕。

⊕ ⊕ ⊕ ⊕

福邇除非有事要往中環走一趟，才會順道親自到書信館拿取信件，不然的話，通常不是由侍婢鶴心代勞，便是找個他戲稱「荷李活道鄉勇」的街童來當跑腿。這天，其中一個小「鄉勇」便給他送來了一封信，令他眼前一亮。

我本還以爲福邇一定又會顯露一下他見微知著的本領，光憑信封便能道出發信者的身分來歷，誰知他看了函件兩眼，也不拆開便遞給我道：「華兄，我鑑人閱物之術，沒有人比你更清楚，小試一下如何？」

我想不到他竟會考我一考，便接過信件，只見信封上用中英文兩種語言寫著福邇的名字和地址，貼著的也是外國郵票。這時福邇早已教懂我一些基本英文，我把信封反覆細看了一遍，細想了一會，便胸有成竹的道：「這是橫放的洋式信封，上面貼著的是美國士擔，所蓋的郵印也用英文寫著『支那』，[2]不用說當然是從美國來的信。但既然是在美國寄的郵件，爲甚麼除了英文之外，還會用中文寫著你的姓名地址呢？我想，一定是因爲美國那邊的書信館職員，不曉得香港是英國屬地，所以便誤把這封信蓋上寫著『支那』的郵印，歸類爲寄往中國的郵件。直到這封信送達中國之後，才有人發現謬誤，於是便在信封上用中文再把你的地址寫清楚，以

1　晚清廣東劇盜「花旦滿」，真實姓名不詳，於光緒十四年（一八八八）潛逃澳門後被押解回九龍寨城正法，其後官員於城背白鶴山侯王廟立「折洋鋤盜」匾額記載此事。九龍城侯王古廟原建於雍正八年（一七三〇），相傳紀念南宋末年護送昰、昺兩帝南逃有功的國舅楊亮節，至現仍香火不絕。龍津義學，建於道光二十七年（一八四七），遺跡現保存於九龍寨城公園內。

2　「士擔」即是郵票英文「stamp」的粵語音譯。「支那」原為梵文 cīna 的漢語音譯，與「震旦」（cīna-sthāna）同義，即中國在印度佛經裡的名稱。我國古代用例繁多，如唐玄宗〈題梵書〉一詩，便有「支那弟子無言語」之句。清末民初時，常當作英語 China 音譯，但因為日本侵華時用作侮辱性貶詞，到了現代已成禁語。

確保轉送到香港。這便是爲甚麼信封上收信人英文姓名地址之旁，還加上了你的中文姓名地址。我說得不錯吧？」

我自覺推斷得細密周詳，滿以爲福邇必定嘉許一番，不料他卻微笑搖頭道：「錯了。這封信並非來自美國，而是從廣州寄來的。信封上的中英文地址，其實也是出自同一個人之手，發信者亦並非洋人，而應是一位年紀不太大、又受過英文教育的中國女士。」

我奇道：「明明是美國士擔，怎會是從廣州寄來的呢？」

福邇道：「華兄你不熟悉洋人郵遞的細節，也難怪看不出來。我們中國人互寄書信，無論是國內老百姓或及至海外華僑，一般都會使用民信局。但在我國通商口岸聚居的洋人，卻有自己的書信服務，使用的也是自己國家的郵票，唯獨蓋上用外文寫著『支那』的郵印以作識別。我一看郵票的價錢，便知道這封信是從廣州寄出，而不是別的通商口岸，因爲有這種郵遞服務的商埠之中，廣州跟香港最近，所以郵費也比別處便宜。」[3]

我問：「那麼你又怎知道發信者是個女人，而且一定是受過英文教育的呢？」

福邇道：「你有沒有留意，信封上中英文兩個地址都是用西洋鋼筆寫的？以筆尖粗幼和墨水色澤來判斷，所用的是同一支筆。漢英兩語的字體雖截然不同，但其實也可以看得出中英文兩個地址都是同一個人的筆跡，而字跡這麼娟秀，便知道是出自女性之手。」

我再細看信封上筆跡，果然如他所言，不禁點頭稱是，卻又問：「那爲甚麼你說這位女士一定是中國人呢？不可以是個懂得中文的洋婦嗎？」

他微笑答道：「洋人當然也不乏通曉中文的，你我也認識好幾個。不過我知道寫這封信的一定是中國人，因爲這個雖是洋式的橫信封，但中文地址卻依然使用漢字傳統格式，自右至左豎著直寫。如果是外國人的話，就算懂得漢字，在洋式信封上寫中文地址時，通常也是習慣打橫寫的，有時甚至還會像歐洲語言般自左至右寫，而不是漢語的從右至左。再者，如果是洋人的話，既然已經使用外國郵遞服務把信寄來香港，自然會覺得寫上英文地址已經足夠，根本沒必要中英對照。反而如果發信者是中國人，才會先寫了中文地址，忽又擔心外國郵遞服務未必看得懂，於是再加上英文地址。你看，信封上的中文地址寫得較正中，而英文地址則較旁，顯見孰先孰後。」

我聽了他解釋，只好苦笑：「看來我還需要多下苦功。」

福邇道：「華兄你初學英文，所以難怪看漏了眼。還有一點，是我名字的英文譯法。這幾

---

3 民信局，中國清代民間普遍使用的私營郵遞服務，同光年間已有數千家遍佈全國，直到大清郵政總局（一八九七）及中華民國郵政總局（一九一二）成立後仍未被完全取締，直至一九三〇年才由政府立令廢止。至於「客郵」，則指外國人用本國郵遞服務及郵票在中國寄信，但郵票上面蓋著「CHINA」字樣。

年來，我的名字偶爾也在本地的中英文報章出現；香港許多新聞紙在廣州也能看得到，寫這封信的女士大概也是這樣知道我名字的。但你看，她把我的英文譯名拼錯了。我慣用的英文譯名是以官話發音來音譯的，姓氏拼作 Foo，名字拼作 Erh 才對，但她卻用了粵語譯音。粵語『福』字是陰入聲，『邇』字更跟官話發音有別，讀作『以』；你看，信上的英文便把我名字拼成了 Fook Yee。」

我尷尬道：「我還以為哪種拼法也不拘呢。」

福邇搖頭道：「香港的英語報刊，一般都用粵語發音把本地華人的姓名譯成英文，但我在洋人圈子裡也薄有名氣，所以名字見於西報的時候，他們都知道我英文名字應用官話音的寫法，不會拼錯。既然寫這封信的人不曉得我英文名字的正確拼法，可見她並非從英語新聞紙知道我的名字。相反，她卻沒有寫錯我的中文姓名。『福』姓並不常見，粵語更沒有另外一個發音相近的姓氏，假若發信者只看過英語報章的官話譯音，又怎會知道我不是姓傅粉何郎的傅，或是名實相符的符呢？而我名字的『邇』字，同音和近音的字更比比皆是，她又怎會知道是哪個寫法？由此可見，發信人一定只曾在中文報章上見過我的名字。假如她是洋人的話，就算漢語造詣有多深，也總不會只看中文新聞紙而不看英文的吧？華兄，請你打開這封信看看，便知我的推斷沒有錯。」

我依言打開信封拿出函件，邊看邊道：「這封信內文是用中文寫的，但卻像西式尺牘格式那樣，在上方用中英文寫了一個回信地址，的確是廣州沒錯。你說的不錯，發信人是位女士，中文姓麥名猗蘭，英文卻寫作『麥瑪麗』，看來大概在外國人辦的學校讀過書吧？」

福邇道：「對，所以我才會說她的年紀多半不會太大。除非她是在外地長大的歸國華僑，否則英語一定是在國內學的，而廣州十多年前才開始有收取華人女童的的洋辦學校，所以相信她的年紀應該在三十歲以下。華兄，勞煩你把信讀出來好嗎？」

由於原文太長，囿於篇幅，不便在此複載，僅錄大意：

據這位麥猗蘭小姐在信中所述，她幼年時母親早喪，自此便與父親相依為命。其父從來不願談及他們身世來歷，麥小姐只依稀記得父女兩人原本住在香港，但在她五六歲時便遷居到廣州。麥小姐的父親雖然說不上是大富大貴之人，但也有點財產，不用工作謀生，顯然也是有學識之士，除了自己在家裡教導女兒四書五經之外，還送她到洋書館讀書。麥父平素很少出外，但奇怪的是，到了麥小姐十二三歲的時候，便每年有兩三個月讓女兒在學校寄宿，自己則離開廣州遠行一段時間，卻從不向人透露往哪裡去。直到十二年前，當麥猗蘭還未滿十六歲，仍在學的時候，她的父親終於有次一去不返，之後便音訊全無。試問一個這樣年紀的姑娘，父親突然失了蹤，又能有甚麼辦法去找尋他的下落？幸好他們所住的房子是一早買下的，父親又有一筆錢留下，雖然不是很大的數目，但幾年後麥小姐畢業，找到工作，所以生活無憂。

更耐人尋味的是，在麥父失蹤之後大約一年，便有份匿名郵件寄到麥小姐家裡，裡面只有一顆珍珠，卻沒有附函。之後，每年約莫同一時間，便繼續有一份同樣的郵件寄來。麥小姐曾屢次託人向民信局追查郵件的來歷，但都不得要領。她亦把珍珠拿給珠寶商鑑別，但只看得出是價值不菲的東珠，每顆都有小指頭般大小，都沒有穿孔或鑲嵌過的痕跡。

福邇聽到這裡，便「唔」了一聲，道：「這位麥猗蘭小姐頗有頭腦，從她嘗試追查郵件和找人鑑別珍珠，便可見一斑。至於這些東珠，卻是一個疑點。我們滿語叫東珠做『塔那』，依照大清的規矩，只有皇帝和皇后貴妃方可用在朝珠和冠飾之上，連親王世子等也不能佩戴。麥小姐收到的東珠雖然沒有穿嵌過，似乎是散珠，但官府對東珠的採捕是嚴加管制的，很難會流入民間。」

我道：「那麼說，你認爲這些珍珠本是不法來歷的嗎？」

他道：「這個很難說，但的確非常可疑。華兄請繼續。」

我依言把麥小姐的來信讀下去：到了今年，寄給她的郵件終於附有書函了。那是由一位在澳門執業的葡國律師用英文寫給她的信，原來每年把珍珠寄給麥小姐的，便是這位律師的委託人。律師說，他的委託人不久前剛過了身，遺產除了由家人承繼之外，也有一部分留給麥小姐，數目不少，是以請她盡快往澳門走一趟，辦理相關手續。

一個素未謀面的陌生人，每年匿名寄一顆珍珠給麥猗蘭，最後還有一筆可觀的遺產留給她，已經是夠莫名其妙的了；令麥小姐更加百思不得其解的，是十二年前父親失蹤之後，她在其遺下的物件中找到一份奇怪的名單，上面寫了四個中文名字，每個名字下面還打了一個血指印。這時她把名單拿出來一看，便發現其中一個名字正好跟律師信中所提這位委託人的英語音譯相符。

福邇聽到這裡，雙目一睜，興奮道：「有趣！有趣！」只見他眼中閃爍著異樣光芒，不用多說，終於又等到有奇案在前，見獵心喜了。「這是甚麼樣的一份名單？麥小姐在信中有沒有說清楚？」

我搖頭道：「沒有。麥小姐在信裡只說，事情還涉及她與父親的一些私密，不便在函件之中透露，希望見面的時候再跟你詳細解釋。你自己看。」說罷便把信遞給了他。

福邇把信由頭到尾看了一遍，便急不及待走到書桌，拿出信封信紙，道：「我這就給她寫個回函，請她盡快下來香港見面一談，然後再陪她一起到澳門會晤這位律師。」

⊕ ⊕ ⊕ ⊕

之後一兩個禮拜，福邇跟麥小姐互通書信，本來一切就緒，可是天有不測風雲，正當麥小姐即將下來香港跟我和福邇會面，再由我們陪她到澳門見律師之際，澳門竟突然爆發霍亂，隨即宣佈成爲疫埠。爲安全計，她的港澳之行也只好延後。待疫災終於過後，大家重新做好安排的時候，已是兩個月後的西曆十月中旬了；其間，福邇亦已偵破了另一宗案件，但此乃題外話，且留他日再述。

麥猗蘭終於抵達香港之日，寒露已過去、霜降將至，就算在嶺南，也是要多添件衣服的天氣。她和我們約好，乘搭早班大船由廣州下來，到達後便登門造訪跟我們一談，次日再一起啓程前往澳門。福邇常道，凡事不應有先入爲主的念頭，所以在會面之前，我也沒去想過麥小姐會是甚麼樣子；直到那天，丫鬟鶴心引她進大廳的一刻，那突如其來的驚豔，才讓我當堂目瞪口呆。

只見她生得高駣豐腴，又冰肌若雪，完全不像一般廣東女子那樣矮瘦黃黑。她頭髮梳成一隻簡髻，身穿一襲輕便的淺藍西洋衣裙，外面卻套上了一件中式短襖；還見她戴著一條幼幼的金項鏈，上面掛著一個小小的十字架，想必是個基督徒。雖然這樣中西合璧的衣服配搭，在大城市裡已經越來越常見，卻很少有人穿得像她這般協調諧和的。

正當我發呆之際，福邇已先行招呼客人，但不知爲甚麼卻說英語：「麥小姐你好，請坐。

我是福邇，這位是我的好朋友華笙大夫。」上文也提過，福邇的英文名字乃用官話音譯，此刻他便是這樣自我介紹。

麥小姐沒想到福邇竟用外語跟她交談，愕了一愕，便禮貌地也用英文回答：「福先生、華先生，你們好。」說著，方意會到剛才福邇自報的英文名字發音，又道：「對不起，福先生。我不知道你英文名的正確拼法，所以在信上寫錯了，十分抱歉。」語聲清如流泉，讓人聽在耳裡便覺暢快。

福邇轉用粵語道：「不要緊。你一定是只看過關於我的中文報導，才會弄錯我英文名字的拼法。」

麥小姐微笑報之，也改說廣東話答道：「的確是這樣。」她展顏時梨渦淺現，眼露臥蠶，本已秀麗的容貌更添三分嬌俏。

以我那時所懂得的英語，雖能明白他們之前說甚麼，卻難以像他們一樣應對如流。正自彷徨在佳人面前語塞太丟臉，這時聽見他們改用粵語，便暗暗鬆了一口氣，忙道：「麥小姐幸會，敝姓華，單名鼓瑟吹笙的笙。」

她垂眸頷首道：「華大夫，幸會。」

華某絕非登徒浪子，卻也不能自認柳下惠，年輕時雖不敢說閱美無數，但亦曾環覽過大江南北更甚而遠達邊陲之眾豔群芳；不過縱是如此，卻鮮遇過可與相比之佳姿。及後在香港住下，協助福邇探案的這七年間，亦偶爾遇過幾位侈麗罕見、各具其芳的女士。例如那位金髮碧眼的異國麗人夏依芙，雖生得我見猶憐，但卻是薄命紅顏之相，而她亦果真命途多舛，幸而得到福邇幫助，才苦盡甘來，終於找到幸福的歸宿。又如那位尤勝鬚眉、連福邇也拜服的艾愛蓮，更是國色天姿，但她那種震懾心扉的華豔，卻只教人感覺高不可攀。[4] 較諸她們，麥猗蘭卻美得清雅端麗、溫婉嫻慧，委實是一位任何君子都不免見而傾慕的好逑淑女。

這時福邇見客人的樣子仍有點拘謹，便道：「麥小姐你是基督徒，依我看，應該是屬於美國長老教會，畢業於真光書院，對不對？」很多人誤會福邇常玩這些把戲，無非是炫耀他見微知著的本領，但其實真正的用意，是勾起對方好奇之心，無形之中便利溝通。

麥猗蘭摸了摸項鏈上的十字架，奇道：「你見我戴著十字架，當然知道我是基督徒，但怎會看得出是屬於哪一個教會，和在哪裡畢業呢？」這時我分辨出她一口粵語是雍雅的西關音，比說英語時還要娓娓動聽。

福邇道：「雖然你在信中沒有提，但我一收到你的來函便已知道你是基督徒。信奉基督教的中國人大多會起個教名，你信上的英文署名『瑪麗』便是耶穌母親的名字；既然你使用英語拼法，而不是拉丁文的『瑪麗亞』，我便知道你所屬的應不會是羅馬天主教會。」

麥猗蘭嫣然笑道：「就算大家講中文的時候，教友也是叫我『瑪麗』的。」

福邇繼續道：「我見你在信封上，中英文並用寫了我的地址，所以剛才你來到時，便故意用英語跟你說話，聽出是美式口音，而且說得這樣流利，一定學習了多年。你既然是教徒，想必是自小便在美國人所辦的基督教學校讀書。在廣州的基督教教會之中，美國長老會的規模僅次於英國聖公會，眞光書院又是他們在當地設辦多年的女子學校，所以多半便是你所屬的教會和母校。」[5]這時鶴心端上了茶，福邇待大家喝過一口，又道：「麥小姐你來信中，沒有說明你從事甚麼工作，不過我看得出你熟習英文速寫記錄言語之法，又慣於使用打字機，所以必是一位書記。請問你是否留在母校任職，還是受聘於博濟醫院或其附屬的南華醫學堂呢？」

麥猗蘭訝異道：「嘉約翰醫生兼任醫院及醫學堂院長，我是他的私人書記，福先生你又是怎麼看出來的？」[6]

4　華笙所述兩位女士，分別出現於《香江神探福邇，字摩斯》第一部裡〈黄面駝子〉和〈清宮情怨〉兩篇故事。

5　真光書院（今廣州市真光中學），於一八七二年由美國基督教長老會傳教士那夏理（Harriet Noyes, 1844-1924）創辦，是廣東第一間女子學校，亦是香港四間真光學校的祖校。

6　博濟醫院（今中山大學孫逸仙紀念醫院），前身是一間於一八三〇年代由美國傳教士在廣州創辦的眼科醫局，於一八五九年正式定名及開業，由長老會傳教士嘉約翰醫生（Dr John Kerr, 1824-1901）擔任院長。其附屬醫學堂（今中山大學醫學院）設立於一八六六年，孫中山先生在一八八六年曾就讀。

福邇道：「當初收到你來信，信封信紙雖然沒有印上機構名稱，但看得出是西方公函所用的式樣，又貼了美國士擔和蓋上英文郵印，所以我便想到，你可能是出於工作之便而利用美國人的郵遞服務把信寄來香港。」

麥猗蘭點頭道：「西人的郵遞服務比我們民信局方便快捷得多，所以我有甚麼私人信件，也是自己買美國士擔貼上去，跟醫院的公函一併寄出去的。」

福邇繼續道：「到你剛才舉杯喝茶之際，我察覺你右手中指第二節內側起了肉繭，這是日久使用西洋鋼筆書寫所致。我記得你來信上的英文字雖使用正體，但筆跡仍覺有點潦草，而且字形闊長彎曲，很有速記法所用的簡單符號之風，所以知道你必定對此非常熟練。我又見你雙手修短了指甲，看來是爲了方便工作，而左右衣袖在手腕以下的位置都有兩條深深的直紋，便知道你經常使用打字機，因爲只有把雙手久按在桌子邊緣，才會在袖子弄出這樣的痕跡。假如使用鐵裁縫[7]，也會留下類似的印痕，但只會見於左手衣袖。打字機這種東西，只有處理大量歐語文件的地方才會用得著，因此本應猜想你在洋行擔任文員書記之職；但依我看來，麥小姐你談吐舉止和衣著又絲毫沒有沾上商場俗氣，所以才推斷你不是留在眞光書院工作，便是去了也是由美國長老會開辦的博濟醫院或附屬醫學堂就任。」

麥猗蘭莞爾道：「福先生見微知著的本領我聽說得多，本來還以爲一定是言過其實，原來一點也沒有誇大。」

福邇微微一笑道：「過獎。好了，我們聊了這麼久，不如切入正題吧。」

⊕ ⊕ ⊕ ⊕

麥猗蘭從手袋裡拿出一封信和一塊小心摺起來的手帕，她把手帕打開，原來包著的是晶瑩生光的一顆珍珠。她把信和珍珠交給福邇，道：「澳門那位律師寄來的東西。」

麥猗蘭待福邇看罷律師的來函，便道：「我還有樣東西給你看。」她一邊珍而重之的再拿出一份用油紙包好的文件，一邊又道：「這是家父失蹤後，我在他留下的物件之中發現的。我寫給你的信裡沒有詳細說明，因爲實在不知道應該怎樣解釋才好。」

她小心翼翼地打開油紙，裡面原來是一張舊得發黃的箋紙，她攤開來給我們看，只見上面畫了四個十字，每個十字之下還各寫了一個姓名：

7 鐵裁縫，即縫紉機舊稱，與打字機於本故事發生的年代已傳入中國大城市。

十莫士丹

十何雨田

十陳鎮傑

十邵　滔

四個名字的筆跡各異，顯非出自一人之手，每個名字之末還各自蓋上了一個手指印。細看之下，只見紙上墨跡色澤有異，棕褐之中暗呈焦紅——原來用來寫字和蓋指印的根本不是墨汁，而是乾了的血！

麥猗蘭語氣忽然變得有點吞吐，道：「我……其實不是姓麥，而是姓莫。」她指著血書上的第一個名字說：「莫士丹便是家父的眞名。」說罷又指了一指最後的名字：「而這個邵滔，似乎便是澳門律師信中提及的委託人。」

福邇對一對律師用英文寫給麥小姐的信，點頭道：「把遺產留給你的委託人，名字確像是『邵滔』的音譯。」他頓了一頓，又問：「你認得『莫士丹』三個字的確是令尊的筆跡嗎？」

她答道：「我認得這是他的筆跡，不會有錯。我在信中也跟你提過，我小時候跟家父本來是住在香港的，那時的他還是用莫士丹這個名字，而我則叫做莫小蘭。我最先學寫字，是爸爸教我的，因為『蘭』筆劃多、他的名字筆劃少，所以我還未學識寫自己的名字，便已經會寫『莫士丹』。後來我們搬上省城住，才改名換姓做『麥思通』和『麥猗蘭』。」

我道：「既然如此，我們是否應該改稱你為莫小姐呢？」

她遲疑了一下，道：「這個姓都用了這麼久了，你們還是叫我麥小姐吧。如果忽然改口叫我莫小姐，我反而聽不慣呢。」

福邇又問：「這份名單上的另外三個人，何雨田、陳鎮傑和邵滔，令尊以前有沒有向你提過他們？」

麥猗蘭搖頭道：「從來也沒有。」

福邇道：「假設這三個人也像令尊一樣改名換姓，現在也不會還用這幾個名字。」他想了一想，便問：「請問你們是甚麼籍貫？你信內沒有提及。」

麥猗蘭道：「我自己也不知道。我在廣州長大，早當自己是廣州人，家父從來也沒有跟我說過我們家鄉在哪裡。但說起來也的確有點奇怪，因為很多人都說我生得像外省人，而爸爸的廣東話也的確有少許口音；不過直到他失蹤之前，我也沒有想過這許多。」

福邇問：「那麼令堂呢？」

麥猗蘭嘆道：「我連媽媽叫甚麼名字也不知道呢。爸爸只告訴過我，媽媽在我四歲那年便死了，但連她是怎樣死的也沒有跟我說。每次我問起媽媽的事情，他都不願意談，而且還好像很難過的樣子，所以我後來也不敢再問了。」

福邇又問：「當年令尊有沒有告訴你，爲甚麼要帶著你由香港遷居到廣州呢？」

麥猗蘭道：「那是我五六歲的時候，只記得有一天，他突然跟我說：『小蘭，爸爸帶你上廣州住，好不好？』那時我連廣州是哪裡也不大懂，以爲好玩，便歡歡喜喜的說好。當初也有點不慣的，但不久我認識了一大班小朋友，便沒有再想香港了。」

福邇道：「令尊在廣州有從事甚麼工作嗎？請問他是如何謀生的呢？」

麥猗蘭道：「我們雖不算富有，但也從不缺錢；他跟人說自己是個商人，但回想起來，我也從來沒有見過他跟別人談甚麼生意或是做甚麼買賣。」她頓了一頓，又道：「不過說來也很奇怪，到我年紀大一點的時候，他便安排我在學校寄宿，自己則開始經常離開廣州，一去便是幾個禮拜，也不知是去甚麼地方。我好奇問起，他卻不說，久而久之我也習以爲常了。想不到十二年前，他有一次便一去不返了。那時我才十六歲，自己一個姑娘又怎樣去找尋他下落呢？好在他給我留下了足夠的錢，我在學校寄宿也有人照顧，到畢業後又馬上有工作，所以我才不用擔心生計。」

福邇道：「這份血書你是怎樣得來的？」

麥猗蘭道：「家父失蹤之後，我清理他的物件時發現的；本來是鎖在了一個抽屜裡面的，幸好我知道鑰匙放在哪裡。我懷疑血書上另外這三個人，可能知道他的下落，所以多年來，我千方百計託人打聽家父的消息之餘，亦希望找到這幾個人其中一個，但可惜一直都石沉大海。我好幾年前已經聽說過福先生和華大夫的大名，又不時在新聞紙上讀到你們的事蹟，所以當這個澳門律師跟我聯絡之後，便想到找你們幫忙，把這份血書也一併帶給你們看。」她幽幽的嘆了口氣，又道：「老實說，家父這麼多年來音訊全無，恐怕已經凶多吉少了……」

我見她這樣子，忍不住插口道：「麥小姐，不要說這種話啊。難道你沒想過，寄珍珠給你的人可能便是令尊嗎？就算郵件上不是他的筆跡，但也可能是託人代寄的。」

麥猗蘭搖了搖頭：「郵件是他失蹤後整整一年才開始寄來的，要是眞的來自家父的話，他爲甚麼要等這麼久呢？而且他絕不會每年只送一顆珍珠給我，卻連一個字也不寫。」

我和麥猗蘭說話間，福邇已執起了放大鏡，仔細檢看那份血書。他突然站了起來，走過去他擺滿化學工具的桌子，點著了酒精燈，接著竟把血書湊到火焰之旁。

麥猗蘭見狀，嚇得花容失色，急叫：「福先生！你……」

福邇淡然道：「麥小姐請不要擔心，我保證不會有所損毀。」

紙張遇熱，只見四個名字之下，竟然漸漸出現一些新的字跡！

福邇弄熄了火，把血書攤在桌上給我們看，只見每個名字之下的血指印後，現在都多了一個新的人名：

十　莫士丹　蒙時雍
十　何雨田　侯管勝
十　陳鎮傑　冼　默
十　邵　滔　莊　恩

麥猗蘭駭道：「怎會這樣？」

福邇道：「用明礬水寫字，乾了之後便會隱形，但用火來烘一烘，字跡便會出現。自古以來，人們經常使用這個方法來隱藏祕密。」

我道：「那麼這四個隱藏了的名字，是甚麼意思呢？」

福邇轉向麥猗蘭道：「我懷疑令尊搬到廣州之後化名『麥思通』，並非是他第一次改名換姓。依我看，『莫士丹』也並非真名，他的原名是『蒙時雍』才對。」

麥猗蘭奇道：「那麼我……其實也不是姓莫了？」

福邇不答，盯著紙上新出現的名字，喃喃自語道：「蒙時雍……侯管勝……我好像哪裡見過這兩個名字？」忽然若有所思，便找書一查。

福邇的藏書充棟汗牛，大廳裡的書櫃早已不敷應用，多出來的典籍便一疊疊的在廳裡四處擺放。常言道：「任大事者不顧細謹。」福邇一向都嚴禁鶴心爲他執拾堆積如山的書本雜物，皆因一切看起來雖然亂七八糟，但其實自有一套只有他才曉得的分門別類方法，亂中有序。這時他便從其中一疊書中找到一冊中文線裝本，翻查了一會，找到一頁給我看：「華兄，這本是十餘年前潮陽知縣陳坤所撰的《粵東剿匪紀略》，記述當年大清在嶺南征伐太平亂匪殘餘部將的事蹟。請你把這段讀出來給麥小姐聽聽。」說著便給我指出相關文字。

我依言朗讀：「『同治乙丑……四月間，派員前往香港稽查，有僞森王六千歲侯玉田，即侯管勝』……」讀到這裡，我不禁心中一震，道：「這豈不是血書上的名字？稱他爲『僞森王六千歲』，難道……他竟是封了王的太平亂匪？」

福邇點頭道：「不錯。洪秀全所創立的拜上帝會，扭曲了基督教的教義來妖言惑眾，所以在他的所謂『太平天國』裡，也經常用到本來沿自基督教的符號。這份血書上每個名字前面所劃的，並非中文的『十』字，而是一個十字架。」

麥猗蘭驚道：「這麼說……血書上的名字，都是與太平匪有關了？」

福邇道：「看來是的。我也是因此才記起在甚麼地方看過侯管勝這個名字。雖然這本紀略把他的化名寫作侯玉田，但跟血書上的何雨田應只是近音之誤。華兄，請繼續讀下去。」

我再讀：「……『有僞森王六千歲侯玉田，即侯管勝……於金陵散後，由上海潛至香港上環地方，開設金成泰店，假生意爲名，私運軍火糧食爲賊耳目……有東莞縣人民陳鎮傑』……」

麥猗蘭忍不住喊道：「陳鎮傑！又是一個血書上的名字！」

福邇道：「不錯。我們聽畢全文再說。」

我又繼續讀道：「……『有東莞縣人民陳鎮傑，於咸豐四年在上海販貨，行至福山江口，爲侯逆擄劫入船，旋即隻身逃脫，充線認拏。會商英國領事、香港公使，密派記名總兵、補用副將……偕同廣協都司……等捕獲，解省盡法懲治。』」

麥猗蘭一臉疑惑問：「這……是甚麼意思呢？」

這時福邇又已從書櫃找來了一部英文書，翻查到要找的一頁，便遞給麥小姐道：「同治乙丑即是西曆一千八百六十五年，這是該年的香港法律年刊。你看，這一年確有把這人從本地押解回大清的紀錄。雖然法刊所載只是英語音譯，但可以肯定，無論中文名字是寫作侯玉田還是何雨田，都是同一個人。」

麥猗蘭把法刊所載細閱了一遍，又問：「但這跟家父有甚麼關係呢？」

福邇道：「請稍等。」說罷又走到另一邊的書架，找了一會，再拿另一本英文書回來，反覆翻查片刻，便打開一頁遞給麥小姐看，道：「這本書收集了當年英國人與太平匪的外交紀錄，這一節所載的，是一千八百六十一年，參贊巴夏禮跟他們會晤，商討英方在長江通商等事宜，以及次年太平匪對英方一些要求的回覆。我參考了中文史料，把太平一方幾個代表的中文名字寫在了書頁旁作為對照。你看。」

麥猗蘭讀出他伸指點出的名字：「幼贊王蒙時雍！」

福邇道：「不錯，當年有分會見巴夏禮、回覆英國人的太平匪代表，便是幼贊王蒙時雍。[8]令尊若真是他的話，那麼便也是洪秀全所封的諸王之一，而且看來尤位居這位森王侯管勝之上。」

麥猗蘭大為震驚，道：「但洪秀全的太平天國是邪教，家父怎會是他們的甚麼甚麼幼贊王呢？」

---

8 侯管勝（一八二九—一八六五），原籍廣東嘉應州，太平天國森王；天京失守後化名潛逃香港，被揭發後引渡回大清，在廣州被處決。蒙時雍（生卒年不詳），廣西平南人，太平天國贊王蒙得恩（一八〇六—一八六一）兒子，於其父死後繼任為幼贊王；一八六二年和章王林紹璋會見英國外交家巴夏禮（Sir Harry Parkes, 1828-1885），有寫於同年給三位叔父的《蒙時雍家書》傳世，為研究太平天國的重要一手史料。

我怕福邇回答得太白，連忙搶先安慰她道：「就算尊翁年輕時誤信異端，但到了後來，無疑已經重歸正途。」

福邇道：「假設令尊真的是幼贊王，而這個侯管勝也真是森王的話，那麼這份血書上的另外兩人跟他們一定關係密切，很可能是其部下。太平軍失守金陵是同治甲子，即是森王在香港被逮回大清之前一年。依我看來，似乎是當年幼贊王蒙時雍、森王侯管勝，與兩個名叫冼默和莊恩的部下一起敗走，為了掩人耳目，便改名換姓，途中又立下這份血書，每人用血寫下自己的化名和打上指印之後，再用隱形墨把原來的真實姓名加在後面。」

我問：「但我不明白，為甚麼用血寫下假名後，又再大費周章把真名用隱形墨藏起來呢？」

福邇答道：「這個不難猜想。既然四人都是朝廷通緝的欽犯，改名換姓之後當然要互守祕密才能確保安全。他們一起立下一式四份的血書，每人各自保留一份，便不用擔心其中一人向官府告密了；因為任誰告密，被抓的人也可以用血書向官府證明其他人的身分，讓告密者也自身難保。使用隱形墨把每人的真名隱藏，是為了萬一其中一份血書落入局外人手中，也不會洩漏箇中玄機。」

麥小姐道：「這麼說，我的真名豈不是『蒙猗蘭』才對？」

福邇道：「這一切目前都只是推測而已。你剛才也說過，這麼多年來已用慣了『麥』這個姓氏，更何況你又是以麥猗蘭的身分跟澳門律師聯絡，在水落石出之前，你還是繼續使用這個名字吧。」

我道：「四人立了血書之後，便一起逃到香港了？」

福邇道：「看來是了。太平匪亂之時，很多難民流落到香港，西環尾的堅利地城本來也是爲了安置他們而建的，所以金陵戰敗之後，血書上的四人一路逃到香港並不出奇。麥小姐，你信中提到令尊十二年前失蹤時你十六歲，那即是說，你是咸豐十年、西曆一千八百六十年出生的，對不對？那是大清攻陷金陵之前四年。剛才你不是又說，令堂在你四歲時去世的嗎？那麼她極有可能便是在當時戰亂之中遇害。之後，令尊隱姓埋名，帶你來到香港，可是到你五六歲時卻又突然和你搬到廣州定居。爲甚麼剛在香港住下不久又要離開呢？我想，是因爲化名『何雨田』的森王侯管勝被揭發之故。」

我默算了一下，道：「事發於西曆一千八百六十五年，那年麥小姐正是五歲。」

福邇道：「對了。而告密揭發侯管勝的人，血書上也有他的名字，便是化名『陳鎭傑』的冼默！」

麥小姐奇道：「可是你不是說過，每人都留有一份同樣的血書，便可以保證他們不會互相告密嗎？」

福邇道：「實情不得而知，但說不定侯管勝那份血書被盜被毀，又或是化名陳鎮傑的冼默跟官府有甚麼協定，得以自保。」他轉向我道：「華兄，《粵東剿匪紀略》的記載其實有一個重大疑點，不知道你有沒有留意？」

我想了一想，道：「唔，你是說這個所謂陳鎮傑，自稱曾在江上被侯管勝擄劫吧？我看這多半是假話。」

福邇點頭道：「不錯。依紀略所載，這事情發生在咸豐四年，亦即西曆一千八百五十四年，太平匪攻佔金陵之後一年。雖說那時侯管勝大概尚未封王，仍只是一個頭目，江上劫船一事不無可能；但假如我們推想得不錯，這個化名陳鎮傑的冼默本身也是太平匪，又怎會反而是被劫的對象呢？所以華兄你說得對，這多半是假話。」

我仍有不解，道：「可是他只要揭發侯管勝的眞正身分不就行了？爲甚麼還要編一套謊話，誣衊他打劫江船？」

福邇答道：「問得好。他必須編這套謊言，才能說服香港英方把侯管勝押解回大清。要知西方法律對於押解逃犯到別國，是有嚴緊規定的，如果所犯的罪行屬於政治性質，一般便不會把逃犯移交。[9]太平匪在金陵自立爲國，侯管勝更被封王，其罪即等同背叛大清；可是若以叛國罪向香港英方要求押解，本地官府便會因爲他是政治犯而拒絕交人。但如果把侯管勝說成是打劫江船的強盜，那麼便只是一般的罪行，把他押解回大清便不成問題了。」

聽了他解釋，我茅塞頓開。麥小姐也道：「原來如此！難怪家父再次改名換姓，帶我上廣州躲避！」

福邇道：「這是最合理的解釋。我們不知道血書上最後一人，那個化名『邵滔』的莊恩，最初是否跟其他三人一起逃來香港，但假如侯管勝被捕解時，莊恩也在本地的話，那麼他想必也會像令尊一樣，逃到別處。而至於化名『陳鎮傑』的冼默，指證了侯管勝之後，就算一直留在本地，爲怕另外兩人報復，也一定銷聲匿跡。」

麥猗蘭眼睛一亮，道：「怪不得我們在廣州定居之後，家父經常出遊！一定是四處找尋仇人冼默的下落！」

福邇點頭道：「對，我也是這樣想。若令尊跟化名『邵滔』的莊恩失去了聯絡，亦有可能同時也去找尋他。」

---

9 現代國際法有關禁止引渡政治犯到外國受審的原則，始於比利時在一八三三年所立的一條法例，其後數十年間，法、美、英等國家亦相繼效法，在與其他國家所訂的引渡條約裡明文規定可引渡罪行之中不包括政治性罪行。至於文中提及的侯管勝案，中國根據一八五八年《中英天津條約》第二十一款，有權要求英方交出潛逃香港的「中國犯罪民人」。英國後來把禁止引渡政治犯的原則納入了一八七〇年《引渡法例》（Extradition Act），該原則其後又由香港的一八七五年《引渡條例》（Extradition Ordinance）和一八八九年《中國人引渡條例》（Chinese Extradition Ordinance）正式成為當地法律一部分。

麥猗蘭垂首嘆道：「可惜家父沒有像我一樣信奉基督，不然便會明白，不應該冤冤相報。他最後一去不返，恐怕是找到了這個冼默，要跟他算帳，但結果反而自己……」她哽咽了一聲，再說不下去了。

我開解她道：「麥小姐，你不要想這麼多，待明天我們陪你去澳門見這個葡國律師，便可能水落石出。」為轉話題，我又問福邇：「福兄，依你看，這份遺囑又是怎麼一回事？」

福邇道：「既然我們知道律師的委託人，是化名『邵滔』的莊恩，那麼有遺產留給麥小姐，當然是因為她是故人之後的緣故。他對麥小姐父親失蹤一事，說不定知道一些箇中因由，於遺囑之中有所透露。要是這樣的話，待我們明天見到律師時便自有分曉。」

麥猗蘭道：「我不在乎甚麼遺產，只想知道爸爸發生了甚麼事。」

福邇轉向我道：「華兄，麻煩你查看一下你身邊那份《華字日報》，看一看明天早上開往澳門的火輪船是幾點鐘？」

我們跟麥小姐說好明天早上到她下榻的旅館接她到碼頭，之後福邇便著我送她回去休息。

⊕ ⊕ ⊕ ⊕

我自從來到香港之後，一直在朋友開設的藥材店當坐堂醫，每個禮拜兩天，而兩年之前，經人引薦，又在東華醫院當上了輪值大夫；[10]爲了這次澳門之行，便預先跟藥店和醫院請了一個禮拜休假。翌日大清早，福邇和我到旅館接了麥猗蘭到碼頭，一起乘火輪船去澳門。

早在嘉靖年間，葡國人已獲前朝批准在澳門居留及經商，距今有三百多年歷史，但直到之前一年，才終於跟大清訂約，永久管轄該地。[11]澳門本來也像香港一樣，在西人來到之前只有一些小村落，據說洋名「馬交」便是音譯自當地漁民供奉天后娘娘的「媽閣廟」。香港開埠之前，澳門便是洋人爲了跟廣州十三行做生意而聚居的地方。

麥小姐離開廣州之前已發了電報，跟律師約好今天見面。我們抵達澳門碼頭時已過中午，離所約的時間還有兩三個鐘頭，我們找了一間旅店安頓好行李，吃過一點東西之後，便按照信上地址，陪她準時到位於議事亭前地附近的律師樓。

律師的寫字樓在一間宏偉的洋廈內，光看門面也知道必定是只做非富則貴之流的生意。律師名叫皮利拉，是位四五十歲的葡萄牙人，不懂中文，但英語卻講得十分流利。麥猗蘭早已通

---

10 成立於一八七〇年的東華醫院，位於上環荷李活道西端普仁街，是香港首間使用傳統中醫藥為華人提供服務的醫院。

11 一八八七年《中葡和好通商條約》，亦稱《中葡北京條約》，是十六世紀以來葡萄牙首次與中國正式訂立關於澳門的國際條約，主要條文同意葡方永久租借澳門，及必須得到中方同意方能把澳門轉讓給他國。

知律師會帶福邇和我到來，作爲她的顧問，大家握過手後，皮利拉便帶我們進入會客廳，原來裡面已有兩個年紀三十上下的中國男子在等著。

皮利拉爲我們做介紹：「這兩位是已故委託人邵滔先生的公子。因爲遺囑裡留給麥小姐的部分財產，亦都涉及他們兩位，所以今天我也邀請他們到來。」

邵氏兄弟禮貌地用英語跟我們打過招呼後，又改用粵語寒暄了幾句。兩人雖然看得出是兄弟，卻生得不太相像，哥哥叫邵世淼，其貌不揚，又不善辭令，有甚麼話也多讓其弟開口；反而弟弟邵世濤，卻儀表出眾，氣宇不凡。

不久祕書把一疊文件送進來，皮利拉拿出遺囑，向麥猗蘭宣讀相關的部分。原來邵滔把遺產分成了兩部分：他生前跟兩個兒子一起住的大屋，及其餘個人資產，都留給邵世淼、邵世濤兄弟，這部分的遺產已經處理好；但除此之外，邵滔還另有一筆龐大的款項，一半由邵氏兩兄弟承繼，而另一半則歸麥猗蘭所有。律師又解釋，這筆鉅款二十年前存入了印度果亞的呵加喇銀行[12]，如今連本帶利，總數已接近四萬英鎊之多。

邵家兄弟看來早知其事，但麥小姐、福邇和我第一次聽到數目原來如斯龐大，都不禁爲之咋舌。麥猗蘭便問：「邵先生在遺囑裡有沒有解釋爲甚麼要把這麼多錢留給我？」

皮利拉道：「邵先生沒有把理由寫在遺囑裡，但他生前曾跟我說過，他跟你父親是多年朋友，這筆款項本來是兩人共有的財產，存入銀行是因爲大家約定在兩人都過世之後留給子女。」

麥小姐聽他這麼說，不禁眼眶也紅了，強忍著淚道：「這麼說，我父親……眞的死了……」

律師從文件中抽出一個厚厚的信封，交給麥小姐道：「邵先生還留下一封信在我這兒，託我在他離世後親手交給你，說不定信裡有提及令尊。」

麥猗蘭用手帕抹了一抹眼角，接過了那封信，正猶豫著是否馬上打開來看，邵世濤忽然道：「麥小姐，依我猜想，先父應該在信中提及一些關於令尊的私密事情，不如留待你獨自一個人的時候慢慢再看吧。」

福邇跟律師說：「皮利拉先生，我有個問題。邵先生不把這筆款項存放在澳門的銀行，卻存入了遠在印度果亞的銀行，有甚麼特別的理由嗎？」

皮利拉尷尬一笑，道：「我身爲律師，只要委託人要我處理的事情都符合法律，我不會過問理由。不過我可以告訴大家，把錢存放在果亞的銀行，雖然看來可能有點奇怪，但其實沒有

---

12 一八三三年建行於印度北部城市亞格拉的阿格拉聯合服務銀行（Agra and United Service Bank），或稱「呵加喇匯理銀行」，後易名為「呵加喇馬士打文銀行」（Agra & Mastermans' Bank），總行設於倫敦；其香港分行曾為發鈔銀行，在一八六三年起發行四種面額紙幣。於一八六六年曾因國際金融風暴暫停營業，香港分行亦因而結業，但次年總行成功重組，以「呵加喇銀行」（Agra Bank）之名繼續運作至一九〇〇年。

甚麼特別。由海外存放到那邊銀行的錢，尤其是金額這麼龐大的，可以收取更優厚的利息，而果亞跟澳門一樣同是葡萄牙屬地，在兩地之間操控銀行戶口的運作也沒有甚麼不便。」

皮利拉接著便請麥猗蘭簽署一些辦理承繼遺產的文件，又說不出幾天，果亞方面便可以把錢匯到澳門，到時便請她和邵家兄弟回來律師樓完成最後的手續。福邇對法律素有研究，雖然澳門施行的葡國法制有別於他所熟識的香港英式制度，但他也依然能夠代麥小姐跟律師弄清楚了好些相關細節；我當然聽不懂，但顯然讓皮利拉不由得對福邇另眼相看。

待簽好文件之後，邵世濤便跟律師道：「皮利拉先生，可以讓我們單獨跟麥小姐說幾句話嗎？」

皮利拉道：「當然可以。」說罷便拿起所有文件，離開了會客室。

邵世濤道：「麥小姐，關於令尊不幸過身之事，我們兩兄弟也知道箇中內情，不過卻並非一時三刻可以說得清楚。不如你今晚先看過家父留給你的信，我們明天再見面慢慢詳談好嗎？」他瞟了福邇和我一眼，又道：「可是事情涉及你我兩家上一輩許多私密，我恐怕有外人在場不太方便。」

麥猗蘭道：「我之前跟皮利拉先生也解釋過，福先生和華先生兩位是我的顧問，我絕對信任他們。家父的事情，他們其實也知道不少，所以無論你們有甚麼可以告訴我的，都可以在他們面前照直跟我說。」

邵世濤跟兄長互望一眼，道：「好的。既然還等果亞那邊匯錢過來才能完成承繼遺產的手續，如果三位不嫌棄的話，不如請你們來舍下作客幾天吧。先父初來澳門時在城北司打口填地買下了一間大宅，多年來我們一直住在那兒，有的是地方，總舒服過你們住在旅館嘛。」

麥小姐見福邇點了一點頭，便道：「好的，那麼多謝兩位了。」

邵世濤問了我們所住旅館的地址，便跟麥小姐相約次日上午十一點鐘來接我們到邵家大宅作客。之後大家便一起離開了律師樓，互相道別。

返回旅館途中，福邇跟麥猗蘭道：「你有沒有留意我問過律師，他的委託人爲甚麼要把那筆款項存入果亞的銀行，還有一點是皮利拉沒有提及的，是這筆錢遠在印度，便沒那麼容易追查。依我看，現在由你和邵家兄弟承繼的這筆錢，本來是血書上四人共有的財產，大概是由易名爲『邵滔』的莊恩保管。當血書上第三人冼默以『陳鎭傑』的身分出賣了侯管勝之後，邵滔便把錢從香港移走，讓冼默無法染指。這些事情，相信邵滔在留給你的信中都會有所交代。」

⊕ ⊕ ⊕ ⊕

這天我們午餐吃得晚，麥小姐一回到旅館說不餓，便急不及待馬上回房看邵滔留給她的信件。福邇和我吃了飯回來，也不願打擾她，本待早上再跟她談，想不到過了幾個鐘頭，她卻自己過來敲我們的門。

一開門，只見麥猗蘭手裡拿著厚厚一疊信紙，雙目紅腫，顯然哭過。她道：「對不起，這麼晚還打擾兩位，但我看了之後睡不著……福先生你說得沒錯，爸爸原來眞是欽犯……」

雖說兩個大男人深夜招呼一位女士進入房間，實在於禮不合，但鑑於情況，大家自然也不會避嫌。我們馬上請她進來坐下，聽她有甚麼要說。

麥小姐告訴我們，原來律師交給她的信封內不止一份信件，除了邵滔所寫的信之外，裡面還裝著另外一封函件，是麥小姐父親留給她的。她道：「爸爸失蹤那年，果然是去了澳門。他恐防自己有不測，便寫定了一封信給我，交託邵滔，說萬一他出了事，便等到我年紀大一點的時候才給我看。邵滔一直原封不動的保管著爸爸給我的信，到了他臨終時，自己又寫了一封信給我，他把兩份信件放在一起，吩咐律師必須親自送到我手裡。」她說到這裡已有點哽咽，便把信件遞過來讓我們自己看。

兩份信件之中，麥小姐父親所寫的一份較長，在前段裡解釋自己和女兒的身世，一如福邇所推斷，他正是幼贊王蒙時雍，詳情簡錄如下：

原來蒙氏祖籍廣西平南，蒙時雍早年全家跟其父蒙得恩加入拜上帝會，父子參與金田起事後隨軍征戰多年有功，得到洪秀全賞識，蒙得恩遂獲封贊王，病逝後由蒙時雍繼任爲嗣君。麥猗蘭母親梁氏，原籍江蘇，本爲太平天國女營中人，與幼贊王成親後誕下獨女，但四年後江寧失守，不幸於戰火中喪生。蒙時雍帶著幼女與副將莊恩及其兩個小兒一同避禍，途中遇上森王侯管勝及其親信冼默，便結伴南逃，改名換姓混入大量湧到香港的難民之中。

遺書接著又說到福邇已經推測到的部分。蒙侯冼莊四人遁跡香港時，爲了確保能互相信任，便歃血爲盟，立下一式四份的憑據，用隱形墨水暗藏大家眞實姓名，印指以證，每人各自保管一份血書。眾人在域多利城不同地區住了下來之後，爲安全計，又約定平時彼此絕不來往，只有必要時才會暗中聯絡。麥猗蘭和邵家兄弟當時年紀還小，自此便沒再見過面，是以如今長大後已記不起對方是誰。

詎料到了次年，冼默花光了森王逃難時分給他的金錢，慾壑難塡之下圖謀霸佔主子的財富，竟然向官府告密，揭露朝廷欽犯侯管勝已化名「何雨田」匿藏於香港，還編出一套謊言來掩飾自己的身分。由於冼默事先已偷走對方存有的那份血書，侯管勝無法證明誣告者本身其實也是欽犯，結果便被英方由香港引渡回大清伏法。

侯管勝落網後，蒙時雍和莊恩不但愛莫能助，爲怕受到牽連，更是唯有逃離香港。蒙時雍帶著女兒移居廣州，由「莫士丹」再度易名爲「麥思通」來掩人耳目，而莊恩則與兩個兒子走避到澳門。由於莊恩爲人可靠，又善於理財，蒙時雍和侯管勝早把大部分資產交託他管理，以致冼默出賣了主子之後發覺可吞佔的現金和財物其實不多，方知自己枉作小人。莊恩去到澳門後，故意鋌而走險保留著「邵滔」的身分，目的正是讓冼默有跡可尋，期望有天誘得他自己找上門來，便有機會與蒙時雍一起爲侯管勝報仇。

麥猗蘭在廣州學校開始寄宿之後，蒙時雍每年以做生意爲名離開省城一兩個月，其實便是利用「麥思通」的新身分到處暗中尋訪冼默的下落，但只查出他亦已離開了香港，卻一直找不到他到底身在何方。到了麥小姐十六歲那年，終於還是冼默先行發現莊恩仍以「邵滔」之名在澳門居留。他忍不住寫信給莊恩企圖敲詐，莊恩爲了引仇人現身，便假意就範，卻馬上通知蒙時雍趕來澳門一起對付冼默。蒙時雍到達澳門時，恐防自己遭遇不測，便託付莊恩暗中代爲看顧女兒，還留下了這封遺書解釋一切，待猗蘭成年後再交給她。

福邇和我一起讀畢這封信，一時說不出話來。麥小姐父親寫給女兒的遺書只寫到這裡便沒有下文，不用說他一定是在澳門遇害了。我們接著又看邵滔留給麥小姐的信，前半內容大略重複了上文已經交代過的事情，於此不贅。

邵滔收到冼默的勒索信後，便約他到家中談判，同時馬上通知麥小姐父親趕來澳門。這時邵氏兩兄弟仍在寄宿學校讀書，並不在家裡。約了冼默見面那晚，他支開了所有僕人，待冼默到來時，三人二話不說展開了一場激戰。結果麥小姐父親不幸戰死，邵滔和冼默也各受重傷。冼默逃去無蹤後，邵滔唯有就地把麥小姐父親埋葬在櫻樹下。之後，他多年來一直暗中雇人打聽麥小姐在廣州的情況，知道她不虞衣食，生活得很好，欣慰之餘便不忍打擾。唯獨又記起幼贊王曾說過，有意每年送一顆明珠給女兒作爲禮物，待她出嫁時可以串起成鏈，於是便代亡者完成這遺願。

⊕ ⊕ ⊕ ⊕

第二天上午十一點鐘，大出我們意料之外，邵世濤竟然坐了馬車來接我們。這是一輛連有車廂的洋式馬車，當然還有駕車的馬夫。

邵世濤道：「我們這架馬車可以坐四人，先父在世時我們全家也夠坐，但今天要接你們三位，所以家兄便沒有一起來，等著我接你們到舍下一起吃午飯。」

途中，邵世濤向麥小姐大獻殷勤，這時我雖然中饋猶虛，但也不敢有摽梅之念，可是看在眼裡，心中卻依然滿不是味兒。

邵家位於風順堂附近司打口的塡地，是華人聚居之處。來到時，原來是一座連園子的大宅，門匾寫著「櫻塘廬」三個大字。

我們下車來到門口，已有人開門，只見是個剽悍大漢，一見邵世濤便道：「二少爺！」這人看到福邇和我，眼睛馬上瞪得大如銅鈴，破鑼嗓子喊道：「福先生！華大夫！還認得我嗎？」

這人確有點兒臉熟，但我雖然聽得出他滿嘴客家口音，一時之間卻想不起在哪裡見過面，看他兇神惡煞的模樣，不禁暗暗擔心是不是跟福邇和我有甚麼過節，便自然而然護在麥小姐身前。

想不到福邇一看見這個大漢，卻喜道：「梅師傅！多年不見，別來無恙嗎？」接著轉過來跟我說：「華兄，你記得梅大茂師傅嗎？你來到香港之後過的第一個春節，我們跟他在慶祝新年的省港舞獅大會上見過面。」

他這麼一說，我也想起來了，忙道：「記得記得。怎會忘記梅師傅當時表演的繩鏢絕技呢？梅師傅，原來你來了澳門？」

梅大茂一邊幫我們拿行李進門，一邊說：「過來澳門已有兩三年了，幾個月前經人介紹，在這裡給兩位少爺當上護院。」

邵世濤道：「我們聘請梅師傅其實也事出有因。說來話長，我先送你們到客房放下行李，之後見到家兄再慢慢告訴你們。」

入到大宅，只見是非常傳統的中國式建築，要不是很多窗子上安裝了玻璃而不是糊了紙的話，差點讓人以爲回到一二百年前的古代。可是我亦留意到，樓子多處都有點殘舊失修。

邵世濤問僕人：「大少爺呢？」

僕人答道：「大少爺還在書齋。要不要我過去請他出來？」

邵世濤道：「不用了，你回廚房備飯吧。」他轉向我們笑道：「家兄便是這樣的一副書呆子性格，整天躲在書齋裡廢寢忘餐。我先帶你們過去跟他打個招呼，順便給你們看看後院是甚麼模樣，轉頭回來應該可以吃飯了。」

他領著我們來到偌大的後院，果然看見有一個小池塘，旁邊種了一棵櫻桃樹，難怪這座大宅叫做「櫻塘廬」了。

麥小姐顫聲道：「那櫻樹……我爸爸……」接著眼睛一紅，說不下去了。

我暗罵自己太笨，竟然一時沒有想到，忙安慰她道：「待會見到邵大公子便跟他們說吧。」

院子另一邊建了一間獨立的單層小屋，想必是所說的書齋，像主屋一樣是金字形瓦面屋頂的傳統中式格局，不過窗子上也是裝上了玻璃。

邵世濤似乎沒有聽到麥小姐和我的說話，帶我們來到書齋門前。他敲了幾下門，聽不到答話，便朗聲道：「哥！麥小姐他們來了，你還不出來？」裡面依然沒有回應，他伸手推門，卻推不開。他行過一旁的玻璃窗往內一望，忽然發出一聲驚呼。

福邇站得較近，馬上也走向窗口一看究竟，隨即急道：「出了事！華兄，你快來看看！」

我連忙跑過去，隔著玻璃只見邵世淼一動也不動地趴伏在書齋中間的地上，臉旁有一大灘半乾的嘔吐跡象。我想起澳門不久前才爆發過病疫，驚道：「莫非是霍亂？」

這時福邇已經去到門前，推了一下推不動，道：「裡面上了栓。」他舉腳大力一踢，木門「喀啦」一響應聲而開。邵世濤緊隨他身後，正要搶先衝入看兄長，卻被我及時拉著。

我道：「當心霍亂傳染。我是大夫，讓我來。」我取出手帕，牢牢綁在口鼻之上，示意各人不要跟著，便踏進了書齋。裡面周圍都是放滿典籍的書架，一邊還有一張書桌，但我也不及細看，直赴倒在地上的人。

西醫一般看不起華夏傳統岐黃之術，以爲我們大夫不懂得如何防範傳染，但其實起碼自宋朝歐陽守道起，中國人已曉得「氣接則病，氣不接則不病」的道理。[13]這時我雖已蓋著口鼻，也不敢大意，一路屏著呼吸，在邵世淼身旁蹲下，也不用探他頸上脈搏，一眼便看得出他已沒救。

但奇怪得很，昨天見面時他還沒有絲毫症狀，如果眞是霍亂的話，斷不會死得這麼快。霍亂患者我在東華醫院也照料過不少，他們病發後會不斷嘔吐和腹瀉，情況最嚴重的才會終於因爲大量脫水而死。而邵世淼雖有嘔吐，皮膚卻不見霍亂所致的乾枯現象，胯間更連一點失禁的穢跡也沒有……

我站了起來，回到門外，脫下臉上的手帕對邵世濤說：「非常抱歉，令兄已斷氣多時。請節哀順變。」我轉向福邇又道：「但他絕非因爲霍亂去世。死得這麼突然，我懷疑是身中劇毒！」

福邇似乎也料到事有蹊蹺，立即跟我們道：「邵先生，請你馬上派個僕人去報官。華兄，我先進去檢視現場，你送麥小姐回房休息吧。」

麥猗蘭不用說已嚇得花容失色，我送她回房，安慰了幾句，便趕回去看福邇有甚麼發現。這時邵世濤亦已回到後院，還帶了梅大茂一起，兩人在書齋門口惶然等著，福邇一出來，邵世濤便焦急地問：「福先生，有甚麼發現？」

---

13 南宋教育家歐陽守道（一二〇八—一二七二），曾於白鷺洲書院講學及擔任嶽麓書院副山長，著有《巽齋文集》，其「氣接則病」之說被視為中國最早期對傳染病學的認知。

福邇不答，反問：「你最後見到令兄是甚麼時候？知不知道他今天甚麼時候進入書齋？」

邵世濤道：「我們每天早上都在九點鐘左右一起吃早餐，之後他便如常回到書齋看書，大概是九點半至十點鐘之間吧。我因爲要去接你們，吃完早餐後便出發了。你爲甚麼這樣問？」

福邇道：「待會差人來到，也會問你相同的問題。我現在先問你，其實是出於好意，所以請勿介意。」他頓了一頓，又道：「我在書齋之內沒有發現任何食物或茶水，如果驗出令兄眞的是中毒身亡的話，差人一定會想，他所中之毒是下在了早餐裡。」

邵世濤臉色大變，道：「你是說，差人會懷疑我毒殺親兄！我爲甚麼會這樣做？」

福邇道：「爲了遺產。令兄過了身，你便不用跟他對分尊翁的遺產了。」

邵世濤急道：「我怎會向自己親生哥哥下毒手？福先生，你一定要相信我！」

福邇道：「我只是跟你分析差人會有甚麼想法，讓你心裡有數而已。」他從懷裡拿出一塊摺起了的手帕，又道：「我本來也以爲令兄是吃下或飲了有毒的東西而身亡，但隨即在書桌一旁的地上找到這個。」他小心翼翼的打開手帕，警告我們：「千萬不要碰，有劇毒。」

我和邵世濤及梅大茂湊近一看，只見手帕上有一根又尖又幼的刺，只有一段指節般長短，似是來自仙人掌或龍骨之類的植物，但尾端卻包著一小團好像是乾了的黏泥。

我問：「這是甚麼東西？」

福邇道：「是喂了毒的吹箭。」

梅大茂搔搔後腦，問：「吹箭？即是暗器嗎？」

福邇道：「的確可以稱爲暗器。我也只是在書本上看過描述，卻還是第一次見到實物。」他再包好手帕放回懷裡，才繼續道：「世界許多地方一些未開化的原始部族，都會使用吹管噴出沾上毒藥的鏢箭來打獵或殺敵，但這類武器和毒藥的製作方法多不勝數，我要花好些時間去研究才能告訴你們這東西的確切來歷。」

我道：「既然死者是中了有毒吹箭而身亡的，那麼便可以排除弟弟的嫌疑，因爲當時他已經離開這裡去接我們。」邵世濤聽我這樣說，不禁長長地吁了一口氣。

福邇道：「不錯。可是問題又來了。」他轉向邵世濤道：「大概因爲天氣有點涼，令兄進入書齋後沒有打開窗子，而我們剛發現他出事的時候，書齋的門是上了栓的。換言之，在我們破門進入書齋之前，所有門窗都是從裡面關上的。那麼向死者射毒箭的兇手，又是如何進出現場呢？」

⊕ ⊕ ⊕ ⊕

正當我們面面相覷之際，福邇便跟梅大茂道：「梅師傅，大宅裡不會沒有梯子吧？勞煩你抬一張過來好嗎？夠長上到書齋屋頂便可以。」

梅大茂「喔」了一聲，便跑去拿梯子。

邵世濤問：「你知道兇手怎樣進出現場？」

福邇道：「說穿了其實非常簡單。請跟我來。」

我們隨他進入書齋來到屍體旁，他便從懷裡拿出放大鏡，半跪下指指死者的後頸，道：「傷口非常小，不用放大鏡很難看得出來。」

邵世濤連兄長遺體也不敢直視，顫聲道：「我……我不看了。」

我接過放大鏡看福邇所指的地方，果見屍體後頸有個比針孔大不了多少的傷口。我道：「若非像你那樣觀察入微，一般人根本不會發現得到。」

福邇過到位於書齋一邊的書桌，道：「你們看，書桌後面有一本書掉在地上，椅子還翻倒了。可見死者本來是坐在書桌前看書的，突然後頸中箭，一痛之下站了起來，弄翻了椅子，正在看的書也從手裡掉下。死者必定會自然而然地手摸後頸痛處，這便讓毒箭弄脫，也掉到地上。」

我道：「死者從書桌後面走了出來，大概是想去開門求救，但走到一半便倒下了。」

福邇點頭道：「不錯。」他接著直指上方，又道：「以傷口的位置來看，毒箭是從屋角的樑上發射的。我叫梅師傅去拿梯子，便是要看看兇手有沒有在樑上留下痕跡。」

我道：「原來如此。那麼兇手大可以在死者到來之前，預先潛入書齋爬到屋樑上等待。可是屋樑這麼高，站在桌子上也未必伸手可及……不對不對，就算兇手可以預先潛入躲在樑上，但書齋的門從裡面上了栓，那麼兇手暗算得手之後又是怎樣離開現場的呢？」

福邇道：「這個我檢視過屋樑之後，再給你們解釋。」

這時梅大茂抬了梯子來，福邇便指示他把梯子搬進書齋，斜靠在屋樑，然後便自己爬上梯頂找尋線索。

梅大茂在下面扶梯，忍不住問：「福先生，有沒有發現甚麼？」

福邇答道：「有！」他爬了下來，拍拍手上灰塵，跟我們道：「樑上有腳印，但出乎意料，並不是一般的腳印。」他張開右掌說：「兇手留下的是一雙赤足的腳印，而他的腳板約莫只有我掌心般長。」

我奇道：「兇手竟然是個沒穿鞋子的小孩？」

福邇搖頭道：「不是小孩。足印的腳趾是張開的，像是從來沒有穿過鞋子的模樣。我發現死者是被毒箭殺害的時候，本以爲兇手只不過是不知怎地學會使用這種鮮爲人知的原始部族武器，但現在從腳印來看，兇手本身便是來自一個使用這種武器的原始部族！在東南亞及非洲幾處地區，都有一些原始的侏儒族，就算是成年人的體型也猶如小童，據說有的部落正是習慣使用有毒的吹箭作爲武器。」

梅大茂大惑不解道：「一個野蠻侏儒族人，怎會跟大少爺有甚麼深仇大恨，老遠從非洲還是哪裡來到澳門暗殺他？」

福邇道：「這當然是受他人指使。」

久沒出聲的邵世濤這時突然開口，道：「我知道指使兇手的人是誰。他是先父的仇人，可能使用化名，但眞名叫做冼默。我們正是害怕他會來尋仇，所以才聘請梅師傅做護院的。」

這還是我們第一次聽他提及血書上的名字，福邇馬上道：「我們也知道這個名字，可是發生了命案，還未有機會跟你談。不如趁差人還未到達，你先跟我們一起去找麥小姐說個清楚，待稍後被差人問及時也有個默契。」他轉向梅大茂又道：「梅師傅，請你守著書齋，等候差人到來。」

邵世濤跟我們到麥猗蘭的房間，便告訴我們他父親在離世之前，把他那份十字血盟拿出來給兩個兒子看，解釋了自己及血書上另外三人的眞正身分及整件事情的經過。當他聽麥小姐說她本來不知道血書的祕密，但福邇卻從種種蛛絲馬跡把眞相推論出來，自不免嘖嘖稱奇。

麥小姐幽幽的問邵世濤：「你知不知道我爹是怎樣死的？令尊給我的信沒有說得很詳細。」

邵世濤搖頭道：「對不起，我不知道。事發的時候，哥哥和我都在學校寄宿，回到家裡已經是一兩個月後了。只知道爸爸不知怎樣受了重傷，仍在休養。等到他康復之後，也從此行動不便了。他直到臨死，才肯告訴我們發生了甚麼事情，但也沒有透露細節，只是說他把令尊埋葬在池塘旁的櫻樹下。」

麥小姐眼睛一紅，道：「他信裡也有提到……」

福邇跟他們道：「兩位，這些慢慢再說不遲。待會差人來到，我建議你們不要說出十字血盟的事情，任何關於太平天國和血書上四人之間的恩怨都不用提，以免節外生枝。麥小姐，你只要跟他們說你和邵先生雙方父親是老朋友便行。邵先生，你也可以跟差人說，聽過令尊提及一個名叫冼默的仇人，害怕他會回來尋仇，但別的甚麼也不用說。」

⊕ ⊕ ⊕ ⊕

我們再談不了多久，差人已到達，僕人便進來請我們出去跟他們見面。帶著兩名差人而來的探長姓鍾名亞威，看樣子是個七八分像唐人、兩三分像洋人的混血兒，卻不知名字是眞的中文姓名，還只是洋名音譯。

我們一一把名字告訴他之後，他大喜之下便捉著福邇說話：「原來你便是大名鼎鼎的福邇先生，久仰久仰！早前你過來澳門緝拿花旦滿歸案，差館上下到現在還談論呢！聽說賞金不少啊！」

福邇淡然道：「都捐出去做慈善了。」

鍾亞威道：「一點也沒留給自己嗎？佩服佩服！」

我們帶他到書齋，福邇跟他詳細交代我們怎樣發現屍體，及證實死者是被毒矢所殺。鍾探長聽了，驚訝得一時連嘴巴也闔不上。

福邇又道：「探長，之前你未到達時，我正要解釋兇手是怎樣進出所有門窗都關上了的書齋。」

梅大茂忍不住插嘴問：「難道兇手懂得法術，會穿牆透壁不成？」

福邇微笑道：「兇手所用的方法，也可算跟透壁術相去不遠。說穿了其實很簡單，便是鼠竊狗盜之輩所謂的『開天窗』。即是說，在屋頂上掀去瓦片，抽去椽子，開出一個洞口來鑽進屋子裡面；離開的時候，再把椽瓦放回。」

鍾亞威道：「就是這麼簡單？」

福邇道：「澳門跟香港一樣，就算是中式樓房如今也大多會採用一些西式建築方法；像這間大宅般仍用傳統椽瓦來蓋屋頂已屬少有，也難怪探長你沒遇過『開天窗』這回事。之前我在屋樑上發現腳印的時候，也察覺椽子和瓦片有移動過的痕跡，你不妨自己爬梯上去看看，證實一下。」

鍾探長道：「原來如此！我待會再爬梯上去看。但你說兇手是個不知來自甚麼落後地方的野蠻人，怎會懂得『開天窗』的方法？」

福邇道：「你說得對。兇手本來不會懂，一定是背後指使他行兇的人教他的。既然兇手是個來自非洲或東南亞的侏儒族人，模樣這麼獨特，若有人見過一定會記得。探長你可以派人到港口一帶，查問一下有沒有誰記得有人從一艘途經澳門的外國商船，帶過一個膚色黝黑的侏儒上岸。另外，兇手沒有人幫助根本無法在本地藏身，這個收留他的人，一定會把他藏在一個越偏僻越好的地方，而為了掩人耳目，平時亦很可能把他假扮成小孩子。」

鍾探長點頭道：「對對對。我一回差館，便馬上發散手下周圍查探。」

⊕ ⊕ ⊕ ⊕

邵世濤本來邀請麥小姐與及福邇和我在櫻塘廬作客，但發生了命案，我們當然不便留下。爲保麥小姐安全，福邇拜託一位家底豐厚的澳門朋友，讓我們到他位於舊城裡對著阿婆井前地的大宅暫住，卻沒向鍾探長或邵世濤透露我們搬到甚麼地方。

筆者在之前幾篇拙作中也提過，福邇的抱負乃師夷長技以興華，定居於香港亦無非爲覘西方政制和法律，博觀約取，務求爲大清自強維新做出貢獻。這一兩年間，他便已開始編撰構思已久的鉅著《偵探科學大全》，將古今中外鑑證辨僞的技術共冶一爐。但正所謂「獨學而無友，則孤陋而寡聞」，是以除此之外，福邇亦盡力結交一些志同道合的有識之士，共研國家大事。德高望重者如容純甫與王仲弢兩位耆碩，便與福邇分屬忘年；而這時請我們到他澳門家中作客的鄭天翔先生，年紀雖然沒有他們那麼大，但亦是一位維新名哲。14

福邇擔心麥小姐被她父親的仇人盯上，便叮囑她在澳門的這幾天不要踏出鄭家大宅一步，而他自己則每天都出外找鍾亞威探長，看案情有何進展。鄭先生爲人友善，但這時正忙於著書立說，大部分時間都在書齋裡，所以我每日都留在大宅裡跟麥小姐作伴。

這天福邇回來，說鍾探長雖然仍未找到殺害邵世淼的蠻荒侏儒躲藏在甚麼地方，但已經查出了他的來歷。原來大約兩年前，果如福邇所料，一些隨船航經澳門的外國水手，把這個不知甚麼地方捉來的小蠻子賣給了一個本地的雜技戲班，戲班便把侏儒當作野獸一般展示給觀眾看，待教得他聽懂一些簡單的話，又開始讓他表演吹矢射靶的節目。直到幾個月前霍亂爆發，戲班因爲沒有生意便倒閉了，侏儒賣給了人，之後便不知去向。

我問：「知不知道賣給了甚麼人？」

福邇道：「戲班班主說，他沒有問那買家的名字，只記得他左邊衣袖空空如也，缺了一條手臂。」

我奇道：「竟然是個獨臂人？」

麥猗蘭道：「邵老先生給我的信說，當年冼默跟他和我爹決戰，身上也受了重傷。原來廢了一條手臂，這人一定是他！」

我問：「這人有多大年紀？」

14　華笙提及的三人均為晚清時提倡政治改革的著名思想家。容閎（一八二八—一九一二），號純甫，中國首位留美學生，一八五〇年考入耶魯大學，後協助大清設辦幼童留美計劃，本故事發生時已長居美國，與福邇想必是書信之交。王韜（一八二八—一八九七），號仲弢，新聞業先驅，曾為太平天國獻策，同治初年逃亡香港，期間協助漢學家理雅各（James Legge, 1815-1897）翻譯《尚書》及擔任《華字日報》主筆，但一八八四年已遷往上海。鄭觀應（一八四二—一九二二），字天翔，曾先後擔任太古輪船公司總經理，和上海電報局及輪船招商局總辦，一八八四年退居澳門後潛心撰寫政治改革鉅著《盛世危言》；他的故居「鄭氏大屋」，現列為澳門歷史城區一部分。

福邇道：「班主說這人戴了一頂闊邊洋帽和一副黑眼鏡，口鼻還纏著一條頸巾，所以看不到面貌。不過他聲音蒼老，年紀應該不小。」

我拍案道：「那還不是冼默嗎？」

福邇只道：「的確耐人尋味。」

他離開後，麥小姐便問起我這七八年來陪伴福邇探案的事。雖然我一直有記錄他所偵破的案件，但出版過的故事仍寥寥可數，想不到她竟全部看過，還能如數家珍地跟我討論一番。於是我便告訴了她一些還未公諸於世的奇案，她聽得津津有味之餘，不免讚嘆一番。

我道：「全都是福邇的功勞，我根本幫不上什麼忙，怎敢掠美？不過身為他朋友，自是與有榮焉吧。」

麥小姐道：「你實在太過謙虛了。」她猶豫了一下，忽又道：「華先生，請不要介意我直言。我知道你對於因傷退役一事，一直耿耿於懷，但你有沒有想過，其實是因禍得福才對呢？」

我苦笑道：「你說得對。我若不是因傷退役，也不會來到香港，跟福邇成為朋友，所以真是名副其實的『因禍得福』了。」

她也失笑道：「我不是說這個。雖然我們相處了不過數天，但這幾年來我拜讀過你多篇記錄陪伴福先生探案的故事，所以覺得好像跟兩位認識了很久。我看得出，你是一個宅心仁厚的人，本來就不應該在戰場上打打殺殺。你不是基督徒，不會相信上帝的意旨這回事，但你把它叫做天意也好，命中註定也好，難道你不覺得冥冥中好像自有主宰，安排你和福先生走在一起嗎？你一邊行醫濟世，一邊和他一起行俠仗義，不是活得更有意義嗎？」

多年來，除了福邇便沒有人跟我說過這種勉勵的話，當下自是受用不盡。

麥小姐又道：「再說，福先生得以跟你成爲朋友，也是他的福氣呢。」

我道：「怎會呢？」

她道：「福先生這種百年難遇的天才，根本就不像是應該存在於這個世間上的，但你有沒有想過，他是多麼的孤獨？他雖然相識滿天下，也有一些像鄭先生這樣談得來的人，但芸芸眾生之中，眞正知心的朋友卻只有你一個。所以我說，你們找到對方，是兩個人的福氣。」

⊕ ⊕ ⊕ ⊕

很快到了麥小姐要回律師樓辦理最後手續的前一天。因爲之後她便會跟福邇和我回到香港，這晚鄭天翔在家裡給我們餞行。這時福邇認爲危機將過，已不怕把麥小姐行蹤向外透露，便邀請了邵世濤來到鄭家大宅跟我們一起吃飯。

飯後，大家又到客廳閒談了一會，鄭天翔如常回書房繼續寫作，便先失陪了。過了一會，麥小姐也說要回房休息，邵世濤便道：「我送你回去。」

福邇跟我說：「華兄，這裡地方這麼大，邵先生可能認不得路回來，不如你跟他一起送麥小姐回房吧。」

送完麥小姐，我們便返回客廳，行到一半，邵世濤忽問：「華先生，不好意思……我要去方便一下，請問廁所在哪裡？」我帶他到了廁所，正覺若在外面等他便太過尷尬，幸好他也識趣道：「麻煩你了。這裡離客廳近得多，我認得路回去的。待會見。」

這時已經夜深，我還未回到廳子，忽然不知從哪兒傳來夜鴞哭號之聲，不禁起雞皮疙瘩，心裡頓生不祥之感。在廳裡跟福邇坐了一陣，仍不見邵世濤回來，正開始擔心他迷了路之際，他終於出現了。

他道：「福先生，華先生，時候不早了，我也應該告辭才對，不過有些關於先父和麥小姐父親的事情，不知道可不可以趁著這機會跟兩位討論一下……」

他還未說完，突然聽見外面有數人驚惶大叫，接著便有個傭人跑了進來急道：「福先生！福先生！侏儒！你說的那個侏儒來了！」

福邇拿出他隨身帶備作爲武器的鐵骨摺扇，轉向邵世濤說：「外面危險，關好這裡門窗，不要出去！」說罷便隨那僕人往外跑。我來不及回房拿我那支內藏鋼劍的手杖，便只得赤手空拳跟他去追趕敵人。

我見僕人帶我們往與麥小姐房間相反的方向，暗鬆了一口氣，幸好侏儒顯然不知道她在甚麼地方，只是到處亂跑而已。

很快來到院子一角，我不禁心中猛然一突：只見圍牆頂上果然站了一個精赤上身的矮小人影，黝黑的皮膚讓人在夜裡看不清面貌，只見到一雙炯炯發光的眸子瞪著我們。我還道那侏儒一見有人追來，必定轉身便逃，想不到他卻舉起手中吹管，朝我便是一噴！

說時遲，那時快，福邇眼明手快，把他的鐵骨扇在我面前一張，只聽到有樣小型物件輕輕擊中了扇面，及時擋著了侏儒射出的吹矢。

我還未來得及言謝，福邇隨即又「啪」的一下把扇子闔上，大力向敵人一拋，侏儒料不到有此一著，差點來不及反應，但終於還是讓他一縮避過了。他正要轉身跳到牆外之際，忽聞咻嗖破空之聲，有條飛索遠遠從旁捲至，不偏不倚繞在侏儒足踝之上，原來是梅大茂來到，施展出他最拿手的繩鏢絕技！

侏儒一聲驚呼之下，便被梅師傅用盡全身氣力從牆上扯了下來，重重摔在地上。我們三人一擁而上，把侏儒制伏，梅大茂就地取材，解下繩上的飛鏢，用繩子把敵人牢牢綁起。

侏儒被五花大綁後，我不勝感激跟福邇道：「剛才好險！多得你救了我一命！」

他道：「你我心照不宣，還說甚麼多謝？」他轉向梅大茂道：「我們要多謝梅師傅才對呢，要不是有你相助，我們未必可以擒得著這個兇手！」

我由衷讚道：「梅師傅你這手功夫眞厲害！爲甚麼你會在這裡？」

他呵呵笑道：「是福先生叫我來的。」

正當大家鬆了一口氣，福邇好像正要跟我說甚麼，突然從大屋那邊傳來一道女聲高喊：「救命！救命！」

我急道：「猗蘭！」馬上往麥小姐房間跑去。福邇連忙吩咐梅師傅看守著侏儒，便緊隨我後面趕來。

一跑到麥小姐房間，但見房門半開，我直衝進內，裡面只有桌上一盞油燈點著，火焰已調到最小，在微弱的燈光中只見房中有個女子緊緊握著一支短棍，雙手仍在顫抖，腳邊有個男人趴倒在地，看來是剛被她擊暈的。這時我才覺這女子身形不對，定睛細看，原來竟不是麥猗蘭，而是福邇的丫鬟鶴心！

我傻道：「怎麼你會在這裡？」

這時福邇趕到，見狀馬上跟鶴心說：「你沒事嗎？做得好！」他從鶴心手中接過短棒，扶她坐下，轉向我道：「是我之前拍電報到香港叫她過來澳門幫忙的。」

我擔心麥小姐安危，看到床上被窩裡有個躺著的人形，卻一動也不動，情急之下也不顧避嫌，忙走過去把被子揭開，只見裡面只有一大堆衣物團起成一個身體的形狀，卻哪有人？

我道：「麥小姐呢？」

福邇道：「是我叫她今天晚上偷偷躲到別處的。」

這時他已把油燈調大，光亮中，看見鶴心打倒地上那人之後，自己亦嚇得面無血色，不過眼神依然十分倔強，縱使受了驚也忍著沒有哭出來。我怕她受傷，忙走到她身旁問：「你沒事嗎？有沒有被打著？」

她搖了搖頭，道：「我躲在一旁，他一進門便把他打暈了，他連看也沒有看到我呢。」

福邇責道：「我叫你這晚陪著麥小姐，爲甚麼又自己一個人走來她的房間？」

鶴心伸了一伸舌頭，道：「我幫公子捉拿壞人嘛！」

這時我才看清楚，這個臉孔朝下趴伏在地的人，身上穿了一件深色的洋式大衣，只見他右手旁邊地上有把亮森森的刀子，應是被擊暈時掉的，但另一邊衣袖卻空空蕩蕩，裡面缺了一條手臂。

我驚道：「冼默！」

又見他頭頰間纏了一條圍巾，頭上本來還戴著一頂闊邊洋帽，不過被鶴心擊倒時也掉在了一旁，打扮果然跟鍾探長說過的一模一樣。可是奇怪得很，冼默年紀應也不小，但腦後露出來的頭髮卻依然是黑油油的。

福邇蹲到他身旁，探了一探他頸脈，道：「我也料到他也許會利用侏儒聲東擊西，引開我們，讓他有機會親自向麥小姐下毒手，剛才正想跟你說過來看看，便聽到鶴心大呼救命了。也虧得她不聽我話，擅自來到這裡埋伏，不然也未必這麼輕易便擒獲這人。」

福邇把他翻過來，冼默身上的大衣便敞了開來，只見左邊衣袖空著原來只不過是因爲他沒有把左臂穿進去，而是縮入衣襟內而已，哪是斷了一條手臂？接著福邇把纏在他頭頰間的圍巾扯開，露出來的臉孔令我大吃一驚。我只道刺客是冼默，原來竟然是邵世濤！

⊕　⊕　⊕　⊕

鍾亞威探長和差人到場把犯人拘捕後，大家便在大廳齊集，聽福邇解釋案情。

福邇道：「邵世濤原來的計劃，其實是把兄長之死僞裝成傳染病所致。澳門剛剛才爆發過霍亂，邵世淼中毒的死狀又跟霍亂病徵有點相似，他想必自信在全城對這疫症猶有餘悸之際，把兄長之死說成緣於霍亂亦能矇混過去。那天我們到書齋時，一發現邵世淼倒在地上，我們果然馬上便想到可能是霍亂。」他稍頓又道：「麥小姐，華兄，你們記不記得他當時一見到書齋內的情況，便急著要衝入救人？大家都以爲他念兄心切，完全沒有顧慮到可能會被傳染，但其實他想第一個走進書齋，是爲了在查看兄長的時候，偷偷趁機拿走遺留在現場的毒矢。可是華兄把他拉著，自己先檢查邵世淼，並隨即看出死因並非霍亂，之後我又發現了掉在地上的吹矢和樑上兇手的足印，邵世濤掩飾兄長死因的奸計便不能得逞了。」

鍾探長道：「原來如此！」

福邇道：「可邵世濤這人也有點謀略，早給自己留下了一條後著。依他的計算，若能騙得所有人都以爲兄長死於霍亂，那當然最好；當初他想到用一個蠻荒侏儒謀殺親兄，無非是爲了借助他的毒矢來讓人以爲兄長死於霍亂。但萬一被人發現其實是被毒矢所殺，邵世濤便必須預先想好辦法讓自己脫嫌才行。案發那日，他親自去接麥小姐以及華兄和我到櫻塘廬，便是爲了讓我們可以證明邵世淼被殺的時候，邵世濤是和我們在一起的。但這樣還不足夠，因爲假若查出兇手原來是個蠻荒侏儒，這麼奇特的刺客肯定是有人指使的，所以他還要讓人相信兇案的主謀另有其人。最佳的人選，當然便是他和麥小姐兩家上一代的仇人冼默了。」

鍾探長道：「這麼說，眞正的冼默根本沒有回來澳門尋仇？我們一直在找的獨臂人，自始至終都是邵世濤假扮的？」

福邇道：「當然了。又怎會這麼巧，冼默遲不來早不來，偏偏在麥小姐和邵氏兄弟即將承繼遺產的時候才出現？雖說可能因爲聽到邵滔過身的消息而來澳門，但若是這樣的話，爲甚麼不趁邵滔仍在人世時來報復，反而要等到他離世後才向他的兒子下手呢？所以我便懷疑，這個神祕的獨臂人根本不是冼默。還有，只要想一想人們怎樣形容這個獨臂人的打扮，也應該知道他不會眞的斷了一條臂膀。」

鍾探長奇道：「爲甚麼呢？」

福邇笑了一笑道：「見過這個獨臂人的人都說，他總是戴著帽子和黑色眼鏡，在口鼻之間圍著一條頸巾，對不對？爲甚麼要這樣呢？」

鍾探長道：「還用說？當然是爲了不讓人看到他的面貌。」

福邇道：「假如你少了一條臂膀，已經足以令人注目有餘，爲甚麼還要擔心別人記得你的容貌呢？如果這人眞是獨臂的話，若要避人耳目，首先應該掩飾自己少了一條手臂才對，就算沒有義肢也應該穿上披風斗篷之類。讓衣袖空著，又刻意遮掩面容，只會更加惹人注意。因此我便知道，這個獨臂人是有人假裝的。這件命案裡，最大的受益人是邵世濤，所以他的嫌疑亦最大。我問過律師，遺囑寫明款項原是邵滔與麥小姐先父共有的財產，由雙方子女各承繼一半，但如果麥小姐未完成承繼手續之前也遇害的話，邵世濤在沒有別的承繼人的情況下便可以獨得款項了。」

我道：「可是你雖然懷疑邵世濤謀殺親哥，又怎知道他會繼而企圖殺害麥小姐呢？邵世淼一死，邵世濤所承繼的遺產便由四分之一變成一半，這已經是個非常可觀的數目，他大可以這時便收手，犯不著繼續冒險啊。」

福邇道：「華兄，你說得不錯，假若邵世濤殺了兄長之後便決定收手，的確很難把他入罪，因爲在這個地步，我只是對他有所懷疑，卻沒有絲毫證據。唯一能夠證明邵世濤是主謀的人，便是那個侏儒，所以最明哲保身的做法，便是在差人找到侏儒之前把他滅口。但我認爲邵世濤既然遲早也要幹掉侏儒，又已經花了這麼多功夫製造出一個根本不存在的獨臂人來揹黑鍋，應該不會半途而廢，要連麥小姐也除去，獨吞全部遺產方肯罷休。他最終的計劃，是利用侏儒協助殺害麥小姐，再讓人以爲獨臂人和侏儒行兇後逃去無蹤，到時他悄悄把侏儒滅口，毀屍滅跡，便可以坐擁鉅富，安枕無憂了。」

探長道：「所以你便設下圈套引他出手了？」

福邇點頭道：「對的。邵世淼斃命後，我爲安全計，馬上安排麥小姐住到這裡，卻沒有告訴任何人她在哪裡，所以邵世濤便無從下手。之後我徵得屋主鄭先生同意，今天晚上請邵世濤來吃飯，正是爲了誘他出手，因爲今晚已是他的最後機會了。明天他和麥小姐便會回到律師樓辦理最後的手續，之後麥小姐便會得到一半遺產；邵世濤要全部獨吞的話，必須在這之前把她除去。」

麥小姐這時接道：「福先生事前跟我說，今晚已經給兇手佈下陷阱，要我吃完飯之後假裝疲倦回房休息，但其實已經派了鶴心姑娘暗中接應，迅速把我的床佈置成有人睡在上面的樣子，然後把我帶到別處祕密躲起來。」她轉向福邇又問：「可是爲甚麼你不一早告訴我兇手便是邵世濤呢？還有，連華先生也不許我跟他提及這個計劃？」

福邇答道：「這個我還須向你道歉。如果讓你預先知道邵世濤是兇手，他可能會在席間察覺你神色有異，不會中計。」

我也苦笑道：「同樣道理，通常在類似的情況下，爲免露出馬腳，福兄也是不讓我預先知道兇手身分的，麥小姐你請勿見怪。」

福邇繼續跟大家解釋：「我們吃完晚飯之後，鄭先生回書房寫作，固然是他平時的習慣，但這次也是我預先跟他說好的。麥小姐假裝疲倦回房休息，邵世濤堅持一路送她回房間，並不是展現君子風度，而是爲了弄清楚她房間的位置。我不信邵世濤會這時向麥小姐下手，但以防萬一，提議華兄也一起送她回房。之後邵世濤假裝上廁，其實是趁機召喚侏儒跟他會合。華兄，你那時候有沒有留意，院子裡傳來一聲貓頭鷹的叫聲？我聽出那是由人假扮的。邵世濤今晚來到這裡吃飯之前，其實已把侏儒藏身於附近，吩咐他等候信號會合。那貓頭鷹叫聲，便是他們之間的信號。」

我道：「好狡猾！」

福邇道：「這裡地方太大，邵世濤不夠時間把侏儒帶到麥小姐房間向她下手，而且要是這樣做的話，亦非邵世濤爲自己洗脫嫌疑的最佳做法。所以他便叫侏儒到大宅別處向這裡的僕人現身，把眾人引開，那麼他便可以假裝留在客廳裡，但其實是假扮成獨臂人的模樣，去麥小姐房間將她殺害。用來喬裝成獨臂人的大衣、帽子和頸巾，是侏儒帶來給他的，邵世濤回到客廳前一定是把這些衣物暗藏在外面某處，一待華兄和我離開客廳，他便可以馬上化身成另一個人了。邵世濤原來的計劃，是殺死麥小姐之後再以獨臂人的模樣向僕人現一現身，讓他們知道兇手是甚麼樣子，之後再把用來喬裝的衣服留在之前跟侏儒會合的地點，回到客廳假裝一直沒有離開。侏儒甩掉我們的追捕之後，便會悄悄回到會合地點把喬裝衣物帶走，這樣便沒有證據留下來了。可是邵世濤沒有想到我會請梅大茂師傅來相助，結果擒獲了侏儒，也沒想到麥小姐根本不在房間，讓他反而被埋伏在房裡的鶴心擊暈。」

鍾探長和差人押走兩個犯人之後，我便跟福邇道：「眞想不到原來邵世濤竟會這麼處心積處。不知道眞的冼默究竟下落如何呢？」

他答道：「這個便不得而知了。過了這麼多年，他也可能不在人世了。當年他們三人那場血戰，必定十分激烈。結果麥小姐父親喪生，邵滔殘廢，冼默自己也受了重傷。說不定他逃走之後，就算沒有重傷不治，也不會有好的收場。若說立下這份十字血盟的四個人，最後無一善終，也不爲過。」

⊕ ⊕ ⊕ ⊕

次日福邇和我便陪麥小姐如期到律師樓辦理承繼遺產的最後手續，她順利獲得邵滔留下的一半遺產。因爲邵世淼已經死去，而邵世濤又被拘捕，另外那一半遺產原來的承繼人都無法領受，律師便暫時把款項扣押。多月後，邵世濤被定罪，判處了死刑，麥小姐作爲唯一餘下的承繼人，終於還是領取了另一半的遺產。

期間，福邇和我再次陪她回到澳門，上法庭作供，又協助她安排將父親的遺骨從櫻塘廬移回廣州安葬。她回復了原姓，更名爲蒙猗蘭。

這時我跟她雖然大多相隔粵港兩地，但魚雁往返之餘，亦多次彼此探望，已情苗漸茁；不過我擔心她可能誤會我貪圖她的財富，是以久久也不敢示愛。到她承繼了那四萬英鎊之後，卻認爲那本是不義之財，便盡數拿出來捐給了省港澳三地教會及其他慈善機構，以作造福人群之用。她這一份猶勝鬚眉的胸襟，令我敬佩萬分之餘，亦終於讓我鼓起勇氣，向她求親。

我回到福邇家裡報喜那天，他不待我開口，自然已看出是怎麼一回事，微笑道：「之子于歸，宜其室家；樂只君子，福履綏之。恭祝你和蒙小姐共諧連理，永結同心。」

我道：「我猶豫了很久，也想不好應該怎樣跟你說，卻被你一眼看出來了。」我忍不住眼尾瞟了一眼他放在旁邊桌上的一件東西，一番早想跟他說的話到了嘴邊，卻開不了口。

福邇怎會沒有留意到我剛望了甚麼物件一眼？當下嘆了一聲，道：「你擔心成親搬走之後，我沒有你在身邊看管，便會越來越沉淪這東西，對不對？」說著拿起了身旁那支不久前才用過的鴉片煙槍。

他見我不語，想了一想，便兩手各拿著煙桿一端，澹然道：「請放心。我答應你，從今以後，再也不會用這東西。」說著雙臂運勁一分，煙桿便「啪」的一聲，從中折斷。

我想不到他會這樣，不禁驚呼：「福兄……」但之後也不知道跟他說甚麼才好。

他走到書桌旁，道：「其實我也考慮了很久。」他從抽屜拿出一個洋式皮匣子，打開給我看，原來裡面有一支洋醫用來注射藥液的鋼針筒。接著他又拿起了一瓶藥水，道：「這是一種由鴉片提煉出來的西藥，叫做『摩非』[15]，瓶子裡是稀釋了一百分之七的溶液。我請教過在西醫學院任教的朋友，只要每天注射，逐漸減少次數和分量，假以時日，便可以把鴉片煙癮戒掉。」

15　「摩非」即嗎啡舊稱。

歪嘴皇帝

筆者自戊子〈十字血盟〉一案邂逅畢生摯愛後，次年初夏便與之回到福州老家稟明父母，然後摘定吉日，遂締良緣。拜堂之日，吾友福邇當然遠道來祝賀參宴，還帶同丫鬟鶴心；待我攜同妻子回到香港依法註冊為夫婦，他又為我們擔任證婚人。

倆口子搬到西環，雖離福邇住處不算太遠，但新居入伙後，大家都繁務倥偬，自是無法像跟他同住時那樣朝夕見面。而福邇也許一來顧及我已有家室，二來又樂得沒有人在旁礙手礙腳，亦不復以往般頻頻邀請我協助辦案。是以直到年末，除了偶爾見面時可以聽他親述近來所查辦的案件之外，便只有在新聞紙上才能得知他的探案事蹟了。

庚寅年春節來得早，大家一起吃過年飯和互相賀年後，不覺已一個多月沒見面。時為西曆三月初，正當驚蟄前後，天氣依然十分寒冷，一晚夜闌人靜時，我正要就寢，忽然有人輕叩大門，儘管不甚響亮，卻嚇了我一跳。雖常云：「平生不做虧心事，夜半敲門也不驚。」但香港幾十年來一直施行宵禁令，不准華人深夜外出，甚至連無端叩人門戶或拉門鈴也屬違法，[1]所以這個鐘點竟還有人冒禁到來，必然事非尋常。我還道一定是街坊鄰里有急病找我醫治，便連忙走去開門。

我和妻子所住的地方，是湊合兩人積蓄購置的一棟雙層小屋，位於西環第三街。我打開大門一看，只見來客是個提著燈籠的年輕女子，卻不是福邇的侍婢鶴心是誰？九年前，當我初到香港的時候，她還只是個方當韶齡的小姑娘，但如今已達花信，又生得標緻可人，無論有沒有宵禁也不該深夜在街上單獨行走。我當下不禁心中一凜：難道福邇出了事？

果然，鶴心一見到我便急問：「華大夫，請問公子有來過找您嗎？」

我道：「沒有啊。過年後便沒有見過他了。」香港雖位處嶺南，但冬春之際遇上朔風，夜裡也頗覺冰凍。我見她在街上瑟縮，馬上請她進廳裡坐下，才問：「福兄怎麼了？」

鶴心急道：「公子已經三晚沒有回家了。我等著等著，也不見他回來，想到他可能找過您，便忍不住過來問問。我看見您窗口還有燈光，所以才敢打擾……」她說到這裡，本已紅紅的眼眶也都濕了，連忙側頭拭淚。

拙荊這時已有身孕，本已就寢，這時聽到我們說話聲音，便披衣下樓來看個究竟。吾妻品性仁善，又是相信平等博愛的虔誠基督徒，從沒把鶴心視為下人，此刻見到她這個模樣，便馬上安慰。

鶴心抹抹眼淚，又道：「其實我最擔心的，是公子好不容易才……戒掉了那東西，都是多得華大夫您。但如今他沒有您在身邊，我怕……我怕他又再……」她喉頭一哽，便說不下去了。

她所說的「那東西」，便是遺禍我國的鴉片。我認識福邇之初，他已經染上了吸服大煙的陋習，多年來我不斷敦諭他戒除，卻屢勸不果；直到去年我成親在即，爲免我有所牽掛顧慮，他才終於毅然答應。他先是使用西藥替代，逐漸減劑，然後到了辟除毒癮的最後關頭，我又用良方輔助，他才終於袪清了這害人不淺之物。如今聽鶴心所言，如果福邇眞是重新拾起煙槍，那就前功盡廢了。

我道：「你擔心福兄去煙館流連？」

鶴心弱弱的點了點頭。內子見狀，便說：「笙，那麼鶴心今晚便留在這裡，你代她出去找福先生吧。」

---

1 香港政府於一八四五年頒佈的《維持治安和清潔法例》（Good Order and Cleanliness Ordinance）除禁止華人「無事叩他人門戶或拉門鈴」及「無事雲集多人」之外，還賦予警察隨時可逮捕他們認為不良華人的權利。另外，香港自開埠便對城中華裔居民施行宵禁令，直至一八九八年才廢除的《燈火及通行證條例》（Light and Pass Ordinance）規定華人入黑後出門必須攜帶燈籠，在指定時間後夜歸更須持有通行證。

多年來，福邇和我為方便查案，都備有俗稱「夜紙」的通行證，宵禁時分也可以自由來往。由於香港華人只有因為工作理由方可申請這種通行證，所以一般的夜紙都寫明持有人往返工作地點和住處的路線，不許偏離，還要每年更新。鶴心沒有夜紙，幸好剛才由住處來到我家的路程還算近，沒遇上巡捕，不然像她這樣漂亮的一個大姑娘若被抓回差館關一晚牢，便眞的糟糕了。福邇和我的夜紙跟一般的不同，是由巡捕房總管田尼先生親自簽發的特別許可證，不但可以通行香港九龍整個殖民地，而且沒有期限，永久有效。雖然我已許久沒有陪著福邇在夜裡東奔西跑，但這晚我的通行證又派上用場了。

於是我穿上棉襖，拿了燈籠，冒著寒風踏出街上找尋福邇。

⊕ ⊕ ⊕ ⊕

域多利城人煙稠密，大小鴉片館不知有多少間，應該如何去找人呢？這個鐘點已難找到人力車，若由此步行往域多利城西邊盡頭的堅利地城或東邊下環，又實在太遠，所以為今之計，最好還是先往自己住處與福邇荷李活道寓所之間的煙館去找，然後再往外繞越來越大的圈子，在城裡中、上、西三環逐處查問，起碼不會有所遺漏。要是這樣到天亮還找不到他的話，再坐車前往堅利地城或下環的灣仔和銅鑼灣試試。

這樣一路搜索便是好幾個鐘頭，上至華洋富商權貴光顧的高級鴉片館，下至貧民苦力盤桓的廉價煙窟，少說也尋過十來二十間，但始終不見福邇的蹤影。途中碰到的巡捕都認得我，不用查看夜紙，我問他們這幾天有沒有遇到福邇，他們都說沒有。

這時我已折返上環，來到離海皮不遠的煙館。這間看樣子規模不大，招牌毫不起眼，門口又沒有點燈，讓我路過時差點沒留意。大門外沒有人看守或迎賓，我便吹熄燈籠，放在街邊一角，推門入內。

裡面地方擠狹，陳設簡陋，只點了幾盞微弱的油燈，幽暗中但見一張張榻子上橫床直竹的煙客，似乎大多不是海員水手，便是碼頭苦力。濃濁的鴉片異香中，混雜了眾人的臭汗味，我連忙掩著鼻子，心想，就算福邇眞的忍不住重蹈覆轍，再次沉迷於惡習，也不會選擇這樣一個地方吧？但既然來到，好歹也應該看個清楚。我走過一排排臥榻，細看躺在上面的每一個人，有的仍在吞雲吐霧，有的已經呼呼沉睡，但沒有一個是福邇。

這時一個兇神惡煞的彪形大漢從屋後一個房間走了出來，一見我不像是來光顧的樣子，便喝問：「你是來幹甚麼的？不吸煙便快給我滾，不要騷擾我們的人客！」

我答道：「我是來找一個朋友的，請問你有沒有見過一位……」

我還未說完，這人竟衝過來一把抓著我衣襟，也不知是想揮拳痛打，還是想把我摔出去，但我又豈會容他得逞？我一手扣著大漢手腕，另一隻手猛力一托他手肘，一扭一轉，便把這人臂膀屈到他背後，痛得他哇哇大叫，動彈不得。

我心平氣和的道：「我找不到朋友，自然不會逗留，你不必動粗。」

他大叫之下，房間裡又有幾個粗漢走出來，一眼也知絕非善類。眾人見我制伏了他們的同伴，不由分說便紛紛喝罵：「你嫌命長嗎？」「快放開他！」其中一人還拔出插在腰間的短刀。

我心中暗叫不妙，正盤算如何脫身之際，一道瘦長的人影從遠角一張臥榻站起，快步走了過來，原來是個包著頭的虯髯高個子印度人。剎那間，我還以爲是我和福邇的老朋友葛渣星幫辦，但再看清楚，隨即發覺這人瘦削得多，而且面容憔悴，衣服寒酸，跟雄糾氣昂的星幫辦簡直天差地別。他慌忙地擋在我和對方之間，一開口是半鹹淡的廣東話：「沒事沒事！大家朋友！大家朋友！」又轉向我道：「放手放手！」

他雖自稱是朋友，但我卻一時想不出怎會認識他，莫非是葛渣星幫辦手下的摩囉差人？既然他給我解圍，我便依言放開了那傢伙，將他一把推向同伴，好讓他們一時不能衝過來。

那印度人趁機轉向我，低聲用官話說道：「華兄，是我。」竟然是福邇的聲音！

他轉回向眾大漢又說了兩句「沒事沒事」，迅速掏出一些錢塞進其中一人手裡，也不待他們反應過來，便匆匆拉著我走出門口。我趕快拿回之前放在街角的燈籠，生怕那些人會追出來找晦氣，便和福邇急行了幾個街口才停下來把燈籠點亮。

我滿腹疑團，正想問福邇為甚麼會扮成這個模樣去煙窟，他已先開口嗔道：「鶴心這個傻丫頭，一定是她叫你夜裡出來找我吧？不但讓你招惹麻煩，還破壞了我的事情。」

我見他氣惱，便道：「鶴心也是擔心你而已。我不想她半夜在街上亂跑，留了她在我家裡，自己出來找你。」

他不用我說，自然知道是怎麼一回事，噗道：「華兄你也太看不起我了。我答應過你不再服用鴉片，辛辛苦苦戒掉，又怎會輕諾寡信，背著你們偷偷摸摸的走去追龍呢？我喬裝成這個樣子去煙館，只不過是為了方便查案。」我正欲問個究竟，他卻道：「北風凜冽，深夜街上談話又不方便，先回去我家再說。」

⊕ ⊕ ⊕ ⊕

路上，福邇邊行邊卸除化妝。那個雕啄鼻和濃密的鬍鬚及眉毛當然都是假的，扯下後，他拿出手帕抹走臉上油彩，又解開包頭布，抖開纏在頭上的辮子，回復了眞面目。他位於荷李活道貳佰貳拾壹號乙的寓所離這裡不遠，我們不一會便到達，一上了樓，福邇點起牆上自來火燈，又在壁爐生火先把廳子暖起來，才道：「華兄，我回房洗個臉換件衣服，鶴心不在，可以勞煩你燒壺水嗎？去年家兄送了一些好茶給我，我一直捨不得喝，待會泡來和你一起品嘗，再慢慢詳談。」

我依言入到廚房燒水，水剛滾沸，福邇也正好盥洗完畢，披上一件紫藍色的洋式晨袍從樓上下來。他珍而重之的從架上拿了一個漆木小茶盒，打開給我看，道：「這是雲南的金瓜貢茶，太后賞賜了一坨給家兄，他便吩咐部下來香港辦事時順道帶幾兩給我。」

福邇喝茶素來十分講究，說著便從廚櫃裡取出一隻只用來喝普洱的紫砂蓮壺子，又選了兩隻玲瓏瓷杯，先用滾水把茶具洗滌溫好，方把茶葉放入壺中，注水涴濾一下便小心翼翼倒出來，不漏走一絲一葉。這樣潤過茶後，才重新把沸水倒進壺裡來泡。他將杯壺端到大廳，這時壁爐裡的火已把地方烘得暖意洋洋，寒氣盡驅。

普洱不用久泡，我們一坐下，福邇便倒出兩杯頭道。這茶果然不愧為貢品，色澤黃中暗透金光，聞之香濃芳郁，入口甘厚醇潤，別有一番陳韻。我們細味了一會，我再也忍耐不住問：「你不見了幾天，原來是假扮成印度人去了煙窟，到底是怎麼一回事？」

他道：「說來話長。委託我查案的人你也認識，你猜是誰？」

我道：「我哪會猜得到？是誰？」

他含笑答道：「『歪嘴皇帝』是也。」

⊕ ⊕ ⊕ ⊕

福邇所說的這個人姓賴名忠，當然不是眞的皇帝，嘴巴也沒有長歪，倒是天生一雙瞇成一線的細眼，彷彿睜極也睜不開的樣子，所以還未被冠以「歪嘴皇帝」這個綽號之前，人人都喚他做「盲忠」。

五年多前，香港大部分的華籍商戶、船主海員及貨運工人等，都因爲中法戰爭而拒絕爲法國人服務，其後又因爲有人因此而被政府罰款，更弄到全城不但罷工罷市，街上還爆發暴亂。那時賴忠才不過二十來歲，卻不但參與其事，還是發起人之一；又因爲他在福邇和我的英國朋友俾士先生的書館讀過書，[2]英語說得十分流利，便代表一眾兄弟跟巡捕房交涉，說服他們釋

2 俾士（George Piercy, 1856-1941），香港著名教育家，之前曾出現於《香江神探福邇，字摩斯》第一部裡的故事〈黃面駝子〉。俾士校長在故事發生的年代所主理的孤兒院兼學校，是現在香港名校拔萃男書院和拔萃女書院的前身。由於他患有跛疾，當時華人戲稱該校為「阿跛書院」。

放了不少階下囚。

賴忠因此聲名大噪，有十二個由小販、碼頭苦力、三行工人等組成的小幫會，也因而明白到團結的力量，於是聯合爲一，擁立他做幫主。這個新幫會名爲「和合圖」，乃取「和氣合作」和「大展鴻圖」之意，又因爲「和」字的「口」在旁邊，便俗稱「歪嘴」；賴忠身爲大當家，便順理成章叫做「歪嘴皇帝」了。[3]他出面跟巡捕房交涉時，福邇曾幫過他一點忙，我們也是這樣跟他認識。

我道：「他拜託你甚麼事情？」

福邇道：「這幾個月來，頻有人口失蹤，但不見了的卻不是兒童或婦女，而盡皆是苦力、碼頭工人等壯健男丁，所以我懷疑不是一般的拐帶或逼良爲娼，而是『賣豬仔』。」他所說的「賣豬仔」，是指販賣人口到外地做苦工的意思。

我聽了大奇，問：「英國人不是一早在香港禁制了賣豬仔嗎？現在居然還有這種事情？」

他呷了一口茶，道：「不錯，香港多年前已禁止了這門生意，但澳門直到現在還有一些叫做『巴拉坑』的機構，美其名是招工所，但其實跟以前的『豬仔館』無異。」[4]

我道：「可是美國不是好幾年前已經禁止華工入境嗎？」

福邇道：「不錯，但還有澳洲、南洋、中美洲及南美等多處地區，仍需要大量的廉價勞工，所以賣豬仔這門生意依然未能完全杜絕。咸豐年間，不少人可能眞的相信『去金山掘金』的說法，心甘情願賣身到美國和澳洲，待到達後發現根本不是那麼一回事，卻爲時已晚。許多去到舊金山的華工，連丁點工資也未收到便先欠下一世也還不完的債，簡直跟奴隸無異，被逼著到荒蕪之地興建鐵路，活活累死的不計其數。如今大家都知道多半一去不回，應已沒那麼多人願意賣身出國做苦役，但既然外地仍有需求，到現在依然不時聽到有人被拐騙做豬仔的傳聞。」[5]

我道：「難怪賴忠擔心失蹤了的兄弟。但他爲甚麼又會拜託你調查呢？」

3 賴忠（生卒年不詳），又名賴文星，香港幫會「和合圖」創始人。和合圖俗稱「合桃」，成立於一八八四年香港反法大罷工之後，最初為工人自我組織而成的團體。英國本土自一八七一年的《工會法》（Trade Union Act）已容許工會合法化，但當時殖民地工人並未享有同等權利，是以根據一八八七年修訂的《取締三合會條例》，和合圖之類工人自助團體屬於非法組織。到了二十世紀，和合圖已完全成為從事犯罪活動的黑道幫會，亦衍生出名稱也帶有「和」字的黑幫「和勝和」。

4 「賣豬仔」一詞，形容賣洋華工如同豬隻一般被擠進船艙運到海外做苦工，故專門做這種生意的招工館亦俗稱「豬仔館」。大英帝國雖早於一八三三年已立法禁止奴隸買賣，但由於賣洋苦力生意以勞工合約（俗稱「賣身契」）形式經營，所以不在限內。運送苦力出洋的船隻經常超載，衛生惡劣，令不少華工途中喪生，港英政府遂於一八七一年訂立《中國乘客條例》（Chinese Passengers' Act）禁止該等船隻從香港駛出，賣豬仔生意因而移往澳門。「巴拉坑」，即葡文 barracão（營房）的中文音譯，專指用來囚禁賣洋苦力的牢房，故亦引伸為豬仔館的代名詞。

5 美國加州和澳洲新南威爾斯先後在一八四九和一八五一年發現金礦，掀起一片尋金熱，引致大量華人「賣豬仔」到那裡當廉價勞工，三藩市和墨爾本也因而稱為「舊金山」和「新金山」。美國自一八八二年通過的《排華法案》（Chinese Exclusion Act）開始禁止中國人移民美國，直至一九四三年才廢除這政策。

福邇道：「他說，失蹤的大多是去年從兩廣來到香港謀生的人，因爲人地生疏，和合圖便幫忙他們找工作，大多到碼頭等地當咕喱[6]。可是農曆新年前後，很多人忽然失去蹤影，賴忠本以爲他們只不過回鄉下過節，所以也不以爲意，可是直到現在，竟然沒有一個再出現過。賴忠問遍認識他們的人，才發現每個失蹤者都是不辭而別，沒一個事前說過返鄉探親的。後來有些人的同鄉回到香港，更說他們根本沒有回老家過年。賴忠還說，新年過後通常是最多人從國內前來香港找工作的時候，但今年的人數卻大量減少，所以他擔心很多人可能甫一到埗便被騙拐了去賣豬仔。和合圖被香港政府視爲非法團體，有事也不能找差人，所以賴忠只能向我求助。」

我又問：「那你爲甚麼又要假扮成印度人去煙館調查呢？」

他微微一笑道：「假扮成一個不會說多少句中文的印度人，本地人便不會對我存有戒心。我連日來喬裝混入碼頭苦力之類常會流連的廉價煙寤，是想到若眞的有人賣豬仔，在這種地方最容易下手。鴉片吸得迷迷糊糊的人，根本不會反抗；待一覺醒來，已不知道被送到甚麼地方關起來了。」

聽他這樣說，我擔心的倒不是他會被人擄去賣豬仔，而是他會重新染上惡習。他見到我的表情，又怎會看不穿我心裡想甚麼，便道：「華兄你可以放心，自從你幫助我戒掉鴉片之後，如今一聞到這東西的味道也感到不適，這幾天在煙窟裡當然也只是假裝吸食而已，絕沒有下肚。」

我鬆了一口氣，道：「討厭大煙的味道，是好事哩。」

他再給我們斟茶，道：「這金瓜茶眞的了不起，聞了幾天大煙，正好給我提神醒腦。」說著喝了一大口。

我道：「那你有沒有查出甚麼？」

他放下茶杯，搖頭嘆道：「我最初懷疑黃墨洲可能與此事有關[7]，但隨即發現原來連他也毫不知情。可惜這幾天我幾乎走遍城裡各大碼頭附近的煙窟，依然沒有發現任何線索，看來要換一換調查的方法。」

我問：「換怎樣的調查方法？」

他道：「雖然查不出人是怎樣失蹤的，但還可以試試查一查他們去了哪裡。這個早上我便搭船過澳門，看看是否眞的有人被賣到那邊的豬仔館。」

6　「咕喱」即英語 coolie「苦力」的粵語音譯。

7　黃墨洲（一八二二—一八九二），當時香港黑道上赫赫有名的老大，曾在收錄於上一部《香江神探福邇，字摩斯》的故事〈越南譯員〉裡登場。

我跟福邇談著，不覺已天亮，便回到自己家裡，告訴鶴心已找到他。鶴心聞言自是大喜，馬上告辭趕回荷李活道給公子做早餐。

⊕ ⊕ ⊕ ⊕

過了數日，我沒有收到任何消息，不覺已是禮拜天。內子如常去教堂守禮拜，我正在家裡閒著看書，福邇卻突然來找我，一進門便道：「剛有命案發生了！你可以陪我過九龍走一趟嗎？」

我驚問：「是賣豬仔案嗎？怎麼會有人死了？」

他搖頭道：「不是賣豬仔案。」他掏出金錶看了一眼，道：「說來話長，我們應該剛好來得及趕上下一班船，上了船我再慢慢跟你說。」

我匆匆跟女傭交代了一聲，告訴她內子回來時說我跟福先生出去辦案，便緊隨福邇趕往碼頭。我家位於山坡之上，要落到山腳的大馬路才有人力車，幸而剛好有幾個車夫正在那裡候客，我們便一人乘了一輛，很快來到中環過海火船碼頭。[8]上船一坐下，我便急不及待問：「到底是怎麼一回事？」

他道：「幾個鐘頭前，兩個差人在油蔴地巡邏時，發現有人爬上一間客棧外牆，好像企圖破戶入內的樣子。差人喝止之下，這人便跳到旁邊的屋子瓦面之上，逃去無蹤。」

我道：「這個小偷膽子眞大，居然敢光天化日之下爆竊。但聽你這麼說，他輕功似乎不錯，可能因此便有恃無恐吧。」

福邇道：「差人追他不著，便趕進客棧，找到小偷剛才想撬窗進入的房間。客棧伙計說那位客官十來分鐘前才回來，進入房間後便沒有再露面。差人拍門拍了很久都沒有回應，擔心出了事，便叫伙計用客棧的後備鑰匙開門。誰知房門從裡面上了栓，幾個人合力把門撞開，發現客人倒斃在床上，但身上卻不見有傷口。更奇怪的是，他們發現窗子仍是鎖著的，沒有被小偷從外面撬開。」

我沉吟道：「既然房門上了栓，窗子又鎖著，總不會是凶殺吧？會不會是客人突然發覺窗外有小偷，大吃一驚，活活嚇死了？如果這人心臟不好，也是有可能發生的。」

他道：「我也馬上想到可能是這樣，所以趕來找你陪我一起到現場，看看是否如此。」他

---

8 「過海火船」是當時渡港汽船的俗稱，一八八八年開始由一艘名叫「曉星號」（Morning Star）的蒸汽輪船往返中環畢打碼頭與九龍尖沙嘴，是現代天星小輪的前身。

頓了一頓，又道：「兩個差人發現有人死了，便一個守在現場，另一個跑回差館報告，當值沙展便馬上派他坐船過海到大館找昆士幫辦。」[9]

我聽他這樣說，不由覺得有點奇怪，便問：「不是應該先由油蔴地差館的幫辦處理嗎？」

我多年來陪伴福邇協助香港差人查案，知道每區的罪案照例都由駐守當地差館的幫辦處理，只有案情最嚴重的，才會由俗稱「大館」的巡捕總部接手。我們的老相識王昆士是全香港唯一的華人幫辦，又駐守位於中環的大館，所以若有甚麼涉及中國人、洋幫辦又搞不定的大案，遲早都會轉交給他，但這回卻似乎有點操之過急了。

福邇道：「我也覺得奇怪。昆士收到消息之後，馬上派人傳口訊請我幫忙，自己先趕去油蔴地等我們一起過去驗屍。」他頓了一頓，又道：「依我看，可能因爲今天是禮拜日，本應在油蔴地當值的幫辦根本沒有回到差館。我早聽說那邊的差人紀律欠佳，讓『差頭』不勝煩惱。」他所說的「差頭」名叫田尼，是一位我們認識了多年的英國先生，主管全香港所有差人。

我念念不忘賣豬仔案，便問：「那賴忠拜託你的事情呢？你去了澳門一趟，有沒有甚麼發現？」

他憤然道：「我查出最近幾個月，其中一間巴拉坑賣洋做工的苦力數目突然暴增，不用說一定是跟香港人販子合作的夥伴。根據澳門法律，賣洋的苦力如非自願，當然也是不合法的，但這些被擄的人大多目不識丁，更言語不通，怎看得懂用葡文寫成的賣身契？契約上所簽的名字，也一定是人販子代筆的。澳門官員多半收了賄賂，只要文件符合手續，讓他們可以交差，便隻眼開隻眼閉了。」他嘆了一口氣又道：「賴忠可能怪我太久沒有進展，在我過了澳門的時候又另外找別人幫忙。你聽過李善祺這個名字嗎？」

這名字好像有點耳熟，但我卻想不起在哪裡聽過。

他道：「李善祺是城中一位富商，兼營許多不同生意，又熱心公益。中法戰爭時香港工人反法大罷工，他是首先站出來支持的華商之一。當時賴忠代表碼頭工人出面，要求差館釋放被捕的兄弟，有些人的保釋金聽說也是李善祺代爲支付的。如今賴忠擔心有手足被擄去賣豬仔，而我調查了這麼久又依然茫無頭緒，便忍不住去找李善祺想想辦法。」

我道：「連你也一時查不出來，李善祺又可以做甚麼呢？」

福邇道：「這個我也想過。失蹤的人當然有可能是被逐一誘騙到澳門才關進巴拉坑的，但這樣要多花很多時間和功夫。假如我是人販子，在香港下手便方便得多。先在這邊擄人關起來，

9 「沙展」音譯自英語 sergeant，原為軍隊的「軍士」，亦為英制警隊內員佐職級，在香港現在的正式中文名稱是「警長」。文中提到的「當值沙展」，現稱「警署警長」，是員佐級警察最高級別。

待湊夠人數才一併送到澳門的豬仔館，豈不是更乾淨俐落？所以，應該調查一下城裡有甚麼可以用來關起數十人的地方，例如空置已久的貨倉之類，這兩個月來突然有人租用；又或者有甚麼往來港澳之間的貨船，可能間中被人用來偷運豬仔。李善祺在商界人面廣闊，打聽這些事情比我容易得多，於是我便告訴賴忠不妨拜託他明察暗訪。」

我聽了不禁黯然長嘆，道：「希望盡快破案，不然不知道又有多少人會被賣豬仔，流落異鄉。」

⊕ ⊕ ⊕ ⊕

割讓給英國人的九龍半島南端，地方比香港島小得多，雖不及對岸域多利亞城那麼繁榮，但亦發展得不錯。從這裡往北眺望，可見到大清境內自東往西的一列連綿巒嶺，有若屛障般橫隔著這片陸地，中間有座奇峰突出，狀如山君踞伏，本地人稱之爲「老虎岩」，英人卻喚作「獅子石」。[10]

我們下船的地方叫尖沙嘴，是英人聚居和營業之處，往北再走一段路才到油蔴地。說到「油蔴地」這個名稱，據說來自當地漁民以往在這一帶岸邊曬乾蔴製的繩纜和上了桐油的船木，不過多年來這裡樓房越建越多，政府又已開始填海工程，是以原來風貌已不復再見。

案發的客棧離油蔴地差館和天后廟不遠，到達時，守在門口的綠衣華差馬上帶我們上樓見昆士幫辦。死者的房間在三樓，昆士正坐在裡面等候，一見我們來到，如釋重負道：「福先生，華大夫，我當差這麼多年，從來未見過有人死得這麼離奇的！」

客棧這個房間不大，傢俬陳設都頗殘舊，屍體依然在床上躺著，看來沒有搬動過，只有人找來一塊白布蓋在上面。窗子位於房間的另一邊，依然是關著的，清清楚楚可以看見上了窗栓，玻璃也完好無缺。福邇巡視過房間一遍之後，昆士便喚了早上發現命案的兩個綠衣巡捕進來，給我們複述一次事發過程。

年紀較長的綠衣說：「今天早上大約八點半鐘，我們兩個巡邏經過這間客棧的時候，發覺有人爬到這房間的窗口外面，還好像正想用拳頭打破玻璃的樣子，我們便大聲喝止。」他往窗外指了一指，又道：「小偷看見有差人，便跳到對面那棟房子的屋頂上，又馬上翻過屋頂的另一邊，之後便不見人影了。」

---

10 九龍半島南端於一八六〇年英法聯軍之役後所訂的《北京條約》割讓了給英國，但直到一八九八年，現今界限街以北的「新界」才由《拓展香港界址專條》租借給英國九十九年，整個香港於一九九七年回歸中國也是依此為理據。獅子山山腳一帶「老虎岩」的地名，沿用至一九七三年才因興建公共屋邨而更名為與粵音相近的「樂富」。

我們望出窗口，見對面那棟樓房的屋頂跟這房間差不多高，距離也不算遠，但縱是這樣，要一口氣從這邊外牆跳過去再翻過屋脊，身手差一點也不行。

福邇問：「這個小偷是甚麼樣子的？」

綠衣答道：「他看來四五十歲，生得粗粗壯壯，但衣衫襤褸，活像個乞丐的模樣。」

另外那差人接口道：「最近巡邏時，不時留意到有個新來的叫化子在油蔴地行乞，好像就是這個小偷，但我一時看不清楚，所以不敢肯定。」

福邇道：「那之後呢？」

第一個綠衣道：「我們見追不上小偷，便走進客棧告訴他們發生甚麼事。我們拍門拍了很久也沒有人應，試門時又發覺從裡面上了栓，擔心出事，便撞開房門進去。最初我們看見死者一動不動的躺在床上，還以為他不知是睡著還是喝醉，但搖極他也不醒，再探鼻息和脈搏，才知原來已經死掉。」

福邇轉問昆士幫辦：「死者是甚麼人？」

昆士道：「目前還未能確定他的身分。客棧的人說，死者只是報稱姓李，沒有留下全名，去年十一月租下了這個房間長住，還預交了半年租金。不過雖說長住，死者其實每個禮拜頂多來客棧一兩次，而且很少過夜，更從來沒見過他帶任何人回來。當然，只要客人交足租金，客棧也不會理會。」

福邇過到床邊揭開屍體上的白布，一看見死者臉孔，竟然全身一震，呆立當場。

我急問：「甚麼事？」

他詫然道：「死者是李善祺！」

⊕ ⊕ ⊕ ⊕

俗語雖有謂「一講曹操，曹操便到」，但不久前福邇才在船上提起李善祺，現在竟發現死的人正是他，確實教人意想不到。我不禁心想：難道他爲了打聽賣豬仔的事，因而不知怎地死於非命？我跟福邇對望一眼，他一定看出我的想法，但有昆士幫辦在場，自是不便明言。

昆士一聽到死者是誰，便道：「你是說那個富翁李善祺？會不會認錯人？」

福邇道：「我跟他曾有數面之緣，雖然不算熟絡，但絕對不會認錯。」

我奇道：「李善祺怎會來到這種地方？」以油蔴地來說，這客棧雖不算簡陋，但確不像是一位有名紳賈會下榻之處。

福邇道：「死者身上的衣服十分普通，遠遠不及他平時穿著的那麼華麗，明顯是刻意隱瞞自己的身分地位。房間內也沒有擺放甚麼私人物品，連衣櫃內也沒有多少件可以更換的衣物，可見他只是把這裡用作來到油蔴地時可以歇腳的地方。我們暫且不用理會這個，先弄清楚他是怎麼死的再說。華兄，麻煩你檢驗一下屍體。」

我知道是突然暴斃的情況，最先想到可能死於中風，但這光從遺體外觀難以看得出來，有待洋醫解剖，於是便先行檢查死者頭顱，看看有沒有受過撞擊的傷痕。這時李善祺過身才幾個鐘頭，屍首仍未僵硬，但當我檢視完前額，把他的頭側轉再看後腦之際，卻發覺頭項竟然出奇地軟綿綿。我急摸他後頸，驚道：「他的頸骨斷了！」

昆士訝異道：「怎會這樣的？是跌斷的嗎？」

我道：「假若他不慎滑倒，後頭撞到桌子或椅子，確有可能弄斷頸骨。但要是這樣的話，他就算不馬上斃命也多半會昏迷。你不是說，他回房不過十餘分鐘之後，巡捕便撞門入內發現屍體嗎？很難想像在這麼短的時間內，他已從昏迷中蘇醒，從地上爬起來再安安靜靜的躺到床上才死去。」

福邇道：「還有，房內的桌椅放得整整齊齊，不像有意外碰撞過的跡象。死者倒地時，頭顱撞在地板上也應該會留下痕跡。華兄，死者頭上有沒有發現任何傷痕？」

我搖頭答道：「沒有。」

昆士愕然問：「如果不是意外碰撞，那麼他的頸骨是怎樣弄斷的？」

我道：「斷口不偏不倚，正好在頭骨與頸骨之間的天柱穴。凡是練武之人都知道，這是身體上最脆弱的要害之一，輕輕碰撞也可令人昏迷，用力重擊更足以致命。若非當時房間內沒有別人，這其實最像被人掌劈或用硬物打斷頸骨。」

昆士一時傻著，道：「窗子上了栓，玻璃也沒有破，那乞丐怎可以從外面打斷李善祺頸骨？」

福邇道：「我們還未能斷定那個怪丐便是兇手。」

昆士道：「不是他還會是誰？難道是李善祺弄斷自己的頸骨嗎？」

我道：「如果李善祺眞的是被人殺害的話，無論兇手是這怪丐還是另有其人，多半已經逃回國內了。」

油蔴地往北走，是一處名叫「芒角」的地方，除了一些醬園和菜田之外便別無人跡，之後已是中國國界。雖然按照規矩，在這裡須通過一個由官兵把守的關卡，但其實形同虛設，不難繞過。又或由芒角往東走，腳程快的話，不消半個時辰便去到有清軍駐守的九龍寨城。若取水路，位於國界另一邊的深水蒲跟油蔴地之間海程極短，每日不知有多少船艇往來兩處。無論用哪個方法，都可以輕易潛逃回國。

昆士沉思了一會，忽發奇想，問：「華大夫，依你剛才所說，李善祺頸骨所斷的位置算不算是死穴？我聽人說過，被人打了死穴未必一定馬上死的，如果是高手的話，要你在七七四十九日之內任何一天才死也可以。李善祺會不會中了這種功夫？」

我忍俊道：「所謂死穴，只不過是指身體上一些最容易讓人重傷或死亡的脆弱部位而已。怎會像你所說那麼誇張，可以讓兇手隨意選擇死亡日子和時辰？像你說的那種延緩死亡，也不是沒有可能發生，但那只會是因爲被人毆打之後受了內傷，過了好一段時間才因爲內臟出血之類的情況而斃命。但若說打傷人的時候可以控制他甚麼時候死亡，便純屬無稽之談了。」

之後，福邇仔細搜查了房間一遍，又盤問了客棧上下各人，但都沒有發現甚麼線索，便留下昆士幫辦在油蔴地打點一切，和我回到尖沙嘴乘船渡海歸返中環。

⊕ ⊕ ⊕ ⊕

次日我回到東華醫院當值，那裡在福邇寓所附近，中午時分我正要出外用膳之際，福邇來找我，說：「昨天發生了很多事情，我請你吃午飯，慢慢告訴你。」

我們沿著水坑口行落大馬路，去到杏花樓找到位子，叫了茶和點心之後，福邇便道：「今天早上我去了中央大差館找昆士一談，他告訴我，原來昨天我們離開油蔴地之後，他便吩咐差人把遺體送到差館，等候中環那邊派個西醫過來驗屍。誰知昆士回到大館向差頭報告之後，李善祺的家人接到消息，居然到油蔴地私自領走了屍體。」

我問：「依照法律，但凡死因不明的命案，不是必須讓洋醫解剖屍體檢驗的嗎？」

他道：「不錯，這是裁定死因的法定步驟之一，油蔴地的差人不會不知道。不用說，李善祺家人一定是賄賂了差館裡的人，才領得走他的遺體。」

我道：「中國人喪殯之事，最忌褻瀆死者，他們不願讓遺體被人解剖，也是情有可原的。」

他道：「如今最大的謎團，是李善祺之死的確不像意外，但我仍想不透他是怎樣喪生的。巡捕房現正跟李家交涉，如能取回遺體給醫官解剖的話，也許可以解開這個謎。」他喝了一口茶，又道：「一波未平，一波又起，到了晚上，又發生了另外一件事情。夜裡竟然有人闖入凶案現場。」

我驚問：「是兇手嗎？」

福邇道：「目前仍很難說。昨天差人抬走屍體後，凶案現場的房門便一直鎖著，但今天一早，客棧有個伙計出外巡視的時候，發現有人在夜裡偷偷撬開了李善祺房間的窗口。昆士幫辦在大館收到消息時，我正好跟他在一起，便和他到油蔴地一看。起初也不覺有甚麼異樣，雖然有被闖入的跡象，卻看不出有甚麼東西不見了。我用放大鏡徹底檢視房間每一寸地方，終於發現有幾塊鬆了的地板，揭開一看，原來有人用地板下的小空間作爲暗格，藏了某件東西，但那東西現在已經不在了。」他用手指比劃了一下，說：「從暗格裡灰塵痕跡看得出，放在裡面的東西是這麼大小的長方形物件，可能是個盒子，也可能是一本書籍或簿子。」

我問：「客棧的人怎樣說？」

他道：「他們堅稱毫不知情，又說房間裡本應沒有這麼一個暗格，一定是不知哪個住客自己弄出來的。那幾片地板也確有被人用小刀撬鬆的痕跡，尚算頗新，我估計這個暗格是在最近半年裡造出來的，但到底是在李善祺入住之前還是之後，卻無法判斷。」

我道：「這麼說，暗格內的東西可能是李善祺自己藏在那裡的，但也可能是之前住客留下的。這個房間在李善祺之前租給了甚麼人住？」

福邇道：「我們查看過客棧的紀錄，在李善祺入住之前的幾個月，租過這房間的都是只住數天的短客，有好幾十人，未必留下姓名，而且就算寫下了名字也未必是眞的，所以很難追查。」

我沉吟道：「無論暗格裡的東西是李善祺藏起來的也好，還是之前某個住客藏起來的也好，兇手看來都是爲了取得這東西而把李善祺殺害。」

他自責道：「只怪我一時大意，昨天搜查房間時沒有發現這暗格。」

吃完午飯，我們一起回到荷李活道，便互相道別。福邇說一有甚麼消息，便馬上通知我。

⊕ ⊕ ⊕ ⊕

這年我還未開設自己的醫館，除了在東華醫院當輪值大夫之外，每個禮拜二和五仍在朋友在石板街的藥材店做坐堂醫。翌日正是禮拜二，這天上午我在那裡給人看病的時候，忽然有人揹著另一個人跑來鋪頭，一進門便大喊：「華大夫！我的兄弟受了傷！」

我轉頭一看，原來是賴忠。只見他揹著那人面無血色，半昏不醒的樣子，顯然受傷不輕。自從福邇告知我賣豬仔的事，我一直未曾見過賴忠，想不到竟會在這樣的情況下見面。這刻仍有幾位病人正在輪候看診，我唯有請他們稍等，讓我先治理傷者；病人們見事態嚴重，也沒有異議，我急忙幫賴忠把那人扶到我的位子。

我問：「發生了甚麼事？」

賴忠道：「我五位兄弟被人打傷了，其餘四個還能走動，我便叫他們自己去找跌打師傅，但這個傷得最重，我知道你這天在石板街看診，便馬上揹著他來找你。」

我一邊解開他手下的衣衫檢查傷勢，一邊問：「是跟別的幫會打架嗎？」

他搖頭說：「不是。」壓低了聲音才再道：「是爲了幫李善祺先生報仇。」

我奇道：「爲他報仇？」

賴忠道：「你也知道李先生對我們和合圖有恩，罷工那年許多兄弟都被抓進差館，哪有錢交保釋金？後來多得一些像李先生的善長仁翁出錢，他們才可以出來。幾日前眾兄弟聽說李先生被一個外地來的乞丐殺了，便嚷著一定要爲他報仇。」

我道：「那乞丐確有嫌疑，但李善祺到底是怎樣死的，仍有待調查。」

他道：「我也是這樣跟大家說，但幫會這麼多兄弟，總有一些不聽話。今天居然給這幾位兄弟找著那人，但誰知一動起手來，五個人也不是一個的對手。」

我驚訝道：「對方只一個人，竟然打傷了你五個手下？」

他道：「他們五個還帶了武器，但人家卻是赤手空拳呢！這個乞丐非常厲害！」

這時我已檢查清楚，賴忠的手下斷了幾條肋骨，可幸不像有嚴重內傷，最主要的傷勢是一邊髀骨受了重擊，關節與髖骨脫了臼，難怪痛得半昏了。當年我在陝甘綠營領兵時，跟軍醫學過祕傳「綽班」正骨之術，這時便教賴忠怎樣拿穩傷者，讓我爲他髀髖合臼。用力拉扯之下，傷者痛得殺豬般尖叫，接著便暈死過去，完全不省人事。我檢查他腰腿關節已回復原位之後，便一邊為他包紮肋骨，一邊聽賴忠講述事情始末。

他說：「昨天晚上，幫中有個兄弟回到碼頭告訴大家，日間送貨到對岸九龍寨城時聽說，最近有人夜裡經過寨城與油蔴地之間的大石鼓觀音廟[11]，看見一個形跡可疑的乞丐在那裡過夜。這乞丐生得十分壯健，不像尋常乞兒，更像一個江湖客，所以過路的人也不敢招惹他。當時我不在場，但這五位兄弟懷疑這個乞丐便是殺死李先生的兇手，二話不說便帶備刀棍，找了個相熟船家半夜渡他們過海去跟這個人算帳。」

我責道：「怎可以這樣魯莽？要是弄出人命，不單你這五位兄弟有罪，你們幫會也可能受到牽連。」

賴忠道：「就是啊！今天一早我回到碼頭聽大家說起，大吃一驚，便馬上坐船過海。誰知上岸後還未跑到半路，便遇上其中三人一跛一拐的迎面而來。原來他們到觀音廟的時候，那乞丐果然在那裡過夜，但想不到這人武功十分了得，輕而易舉便打低了眾人，而且出手不輕。乞丐走了之後，他們辛辛苦苦捱到天亮，便留下一人陪著這個不能行動的，其餘三個走路去油蔴

11 「大石鼓」是當時芒角（今作「旺角」）的一面巨石，位於現在加多利山旁窩打老道與亞皆老街交界。石下本有一座始建於一八八四年的小型觀音廟，亦稱「水月宮」。到了一九二六年，香港政府為了興建馬路，夷平了大石鼓，把水月宮遷至旺角山東街現址。

地找人幫忙，便遇上我了。」

我道：「你說這乞丐出手不輕，但我說他已經手下留情。你這些兄弟不但以多欺少，還帶備了武器，分明想取人家性命，對方就算把他們打死也算自衛而已。」

賴忠道：「這個我也明白。我們幫會叫做『和合圖』，也是要大家記著『以和爲貴』的道理。希望這幾位兄弟受過這次教訓之後，不要再胡亂闖禍了。」

我包紮好傷者，又開了個方讓掌櫃給他抓藥，賴忠再三謝過我之後，便揹起他的兄弟告辭了。他走了之後，我不由得想到，李善祺命案最大的謎團，當然是兇手如何能夠隔著上了鎖的門窗殺死房間裡的人，但除此之外，還另有一個耐人尋味的疑點。假設這個來歷不明的怪丐眞是案中兇手的話，既然他饒過那五個和合圖幫眾的性命，爲甚麼又要殺害李善祺呢？

⊕　⊕　⊕　⊕

隔了一天，我在醫院上班，福邇突然又來找我，興奮地說：「找到被賣豬仔的人囚禁在甚麼地方了！」

我又驚又喜，問：「怎樣找到的？」

他道：「說來話長，我還要趕去大差館安排一些事情，之後再慢慢告訴你。我來找你是需要你幫忙。」

我拍拍心口道：「只管說，我當然義不容辭！」

福邇道：「被擄的人關在油蔴地一個貨倉裡，但就算是差頭田尼也無權單憑我片面之詞便派人去搜查，必須先向法庭申請搜查令。可是沒有任何證據，法庭多半不會發出搜查令，而這麼一來反而會打草驚蛇。因爲我懷疑人販子必定已買通油蔴地差館裡的人，才夠膽在那裡肆無忌憚的進行非法勾當，所以採取任何行動對付他們，都要慎防走漏風聲。」

我問：「那怎麼辦？」

他道：「幸好我查出人販子集團明晚會在那貨倉裡祕密經營賭莊，所以我想請你陪我一起趁機混入去。到時我會安排好一班可以信任的差人在附近等候，只要溜出來向他們報告那裡有人非法聚賭，他們便可以名正言順進入貨倉拘捕罪犯，同時救出囚禁在那裡的人。」

福邇接著跟我詳細解釋計劃的每一步，還叮囑我到時千萬要準時到達尖沙嘴會合，說罷便匆匆趕去大館打點一切。

⊕ ⊕ ⊕ ⊕

第二天是禮拜五，我如常又回到石板街藥店坐堂，給人看病時也念念不忘晚上的事情，整天都忐忑不安。薄暮時分，我正想早點收工，趕往九龍跟福邇會合，不巧卻有一對年輕夫婦抱了個發燒的小孩上門求診。他們以為孩子生了天花或痲疹，哭啼著求我救他一命，幸好我一看之下，原來只是水痘，便馬上先煮一劑藥給孩子退燒定驚，然後給他們開方抓藥回家慢慢治理。

送走病人後，我急忙趕去中環碼頭，但這麼一耽擱，已錯過了原本想搭的那一班渡海船。待等到下一班火船啓航，終於到達尖沙嘴碼頭時，已比原本約定的時間遲了一個鐘頭有多。

賴忠已在等候，急得有若鍋上螞蟻，一見到我便怨道：「福先生等不及，已經自己先行去了。」

我歉道：「臨出發時遇上個急症，所以遲了。」

這時天色已全黑，賴忠給我們預備了燈籠，點起之後，便帶著我半行半跑的趕往油蔴地，邊走邊道：「我們和合圖十二位皇叔都來幫忙，能打的都像福先生那樣假裝賭客，混入了貨倉，以便有個照應；不懂功夫的，也在附近的街上把風，必要時可以裡應外合。」

賴忠帶我來到一座貨倉，門口有個大漢守著，問我們：「來幹甚麼？」

賴忠用預定暗語答他：「來掘金的，大家發財！」

對方點了點頭，拿了我們的燈籠，便敲敲大門，叫裡面的人讓我們進去。

入到貨倉，原來地方比我想像還要大，樓底也極高，這時掛滿了一盞盞大型火水燈，大放光明。只見到處擺放了一張張大桌子，每張桌子都圍滿了人，興高采烈地玩著骰子、牌九、翻攤等等不同的賭博遊戲。又見貨倉中央圍著一大群人，不知道正在看甚麼，只聽到他們話音鼎沸，還不時傳出喝彩聲，好像觀賽的模樣。我心想，主辦這賭莊的人大概還加了個鬥雞鬥狗的項目來助興。

這時有個中年男人遠遠見到我們，便揮一揮手，迎了上來。賴忠給我介紹：「這位是才哥，我們歪嘴十二皇叔之一。」

這人向我點點頭，道：「叫我崩牙才好了。」他一開口，果見他人如其名，一隻門牙眞的缺了一角，看來是打鬥所致。他又道：「你們來遲了，好戲已經開始。」

賴忠問：「甚麼好戲？」

崩牙才向人群一指道：「番鬼佬打擂台。」說罷便轉頭帶我們過去看。我方才還以爲是鬥雞鬥狗，想不到原來竟是這個玩意。

他和賴忠口中說著「借過、借過」，老實不客氣地帶我穿過人群。人們看他們的樣子，大概以爲是賭莊的一分子，都識趣讓開。我們來到貨倉中央時，只見原來沒有眞的搭起擂台，而是用一個個木箱圍起了一個大圈子，每個木箱都有胸腹那麼高，周圍的觀眾便擁在箱旁邊觀看；擠不到戰圈旁的人，則登上貨倉上層的樓梯，居高臨下來看。

圈內赤拳比拚的都是高大健碩的洋漢，兩人皆裸著上身，這時已大汗淋漓，可見已經打了好一段時間。明顯處於下風的一方，臉上腫了數處，眼角還流著血，看他疲態畢露，不會支撐得多久。果然，他連揮數拳太慢落空後，對手看準機會，一記勾拳重重擊中他面門，馬上把他打倒地上，不省人事。

木箱圈子一邊留了個開口，這時一個三十來四十歲、衣服半中半西的混血男人便從那裡走了進來，抓著贏了的拳手右臂高舉起來，大聲用英語和廣東話宣佈他是優勝者。戰圈周圍之前下注押贏的觀眾，隨即紛紛爭先恐後向莊家索錢。這時又有幾個中西混雜的嘍囉走進圈子裡，合力把那倒地的拳手抬走。

我問崩牙才：「福兄呢？」

他環顧四周一遍，道：「剛才他和另外幾位皇叔走到一邊說話，但現在又不見人了。」

我道：「那我應該甚麼時候出去帶差人回來？」因爲福邇要留在現場主持大局，和合圖幫眾又不便與差人接觸，所以在我們的計劃裡，說好由我去把差人帶進來。

賴忠道：「再等一會吧。你一來馬上又走，守門的可能會起疑。」

不久，司儀回到優勝者身旁，用英語高聲喊道：「我們的優勝者已經連勝兩場！有沒有人想挑戰他？每一場打勝都有獎金！」接著又用粵語說了一遍。

司儀重複再喊了幾次，但眾人見識過這優勝者的厲害，一時沒有人敢挑戰。司儀走到圈旁跟其中一個嘍囉低聲說了幾句，那人點了點頭，走進貨倉後面一間房間，不久，便和另一個嘍囉一起從房間裡把一個綁著雙手的中國青年拉出來，給他鬆綁之後便粗暴地推他進戰圈裡。看這青年只有二十出頭，也生得頗爲壯健，但這時卻神情委靡，蒼弱無力，一副餓壞了的模樣，臉上還可見被虐打過的痕跡。我心念一動：莫非是被擄去賣豬仔的人？

司儀喊道：「既然暫時沒有挑戰者，下一場我們連贏兩場的冠軍便跟這個中國人打吧！」戰圈旁一個洋人觀眾叫道：「一個中國佬怎打得贏冠軍？我們怎樣下注？」接著和他一眾同伴哈哈大笑起來。

司儀陪笑答道：「我還未說完，賭的是這中國人可以支撐多少個回合！一個回合一賠一，兩個回合一賠二，三個回合一賠三，如此類推，誰想下注？」他轉用中文又說了一遍，之後他擔任莊家的夥伴便開始向周圍觀眾收錢。

這些人販子不但抓了人去賣豬仔，還押了一個出來給洋人做沙包，本已讓我氣上心頭；這刻又見許多華人觀眾紛紛下注，絲毫不理同胞死活，更是氣上加氣，一時恨不得跳過木箱向那冠軍挑戰。賴忠看見我的表情，輕輕按著我手臂，低聲道：「華大夫，還是不要多等了，你快去叫差人來吧。」

我正要動身之際，莊家已經收完錢，混血司儀便把手一揚，大喊：「打！」中國青年一時不知所措，還垂著雙手，連防禦招架也不會，但冠軍拳手卻不跟他客氣，馬上衝過去一拳打在他小腹上，痛得他捧著肚子蜷伏地上呻吟。冠軍哈哈大笑，高舉雙臂向四方觀眾耀武揚威，一時掌聲和喝彩聲不絕。冠軍高呼：「一個回合？我一拳便打低他了！」

想不到那青年雖不懂武功，卻很有骨氣，這時竟強忍痛楚掙扎著爬了起身。冠軍見狀大怒，衝過去又是一拳，這次卻是打在臉上，青年再次倒地，但這回已被打得迷迷糊糊，一時不能再起身。冠軍意猶未盡，正要舉腳在青年身上再跺一下，忽然有人用英語大喝：「停手！」

一個身穿灰白長衫的身影隨即飛掠過木箱，輕輕巧巧的落在戰圈之中。定睛一看，不是福邇是誰？

⊕　⊕　⊕　⊕

冠軍洋人見忽然有個中國人跳進戰圈，不禁一愣，道：「你想幹甚麼？」

福邇冷冷道：「你已經贏了，不要再傷害他。要打的話，我跟你打。」說罷捋高衣袖，拿起辮子往左肩後一拋，辮子便旋回右肩之上，繞在了頸上。

混血司儀樂得有人自己送上門，便道：「好極，我們有個新挑戰者！」待幾個嘍囉走進圈子把被擊暈的青年抬走之後，司儀想了一想，又道：「冠軍連勝三場，下一場買他打贏，便只能買三賠一了！」雖然賠率不佳，但依然有不少人下注，莊家一邊付錢給上一場的贏家，又一邊收錢。

這時在我身旁的賴忠突然用英語大呼：「下一場我買十圓這個中國人打勝！賠率多少？」說著從衣袋掏出銀紙，舉起來展示。在場許多洋人們聞言，都哈哈大笑起來。

司儀想了一想，道：「既然冠軍是買三賠一，那麼這位新挑戰者……便買一賠三吧！」

賴忠又道：「那麼如果我買新挑戰者第一回合便打贏冠軍，你又賠多少？」

司儀望了冠軍一眼，笑道：「那麼……便一賠五吧！」

這時莊家已行了過來，正要收賴忠的錢，但賴忠聽了司儀的話，把本要遞過去的銀紙又縮手收回，假裝失望道：「一賠五那麼少？」

司儀猶豫了一下，道：「好吧！要是挑戰者第一回合打贏冠軍，便給你一賠十！」

賴忠聽了，便高舉手中銀紙給四周的觀眾看，大聲道：「請大家給我做見證！我這裡是十圓香港錢，買挑戰者第一回合打贏冠軍！贏了的話是一賠十，大家記住了！」接著又用廣東話跟場邊圍觀的唐人再說了一遍。

在場觀眾之中，洋人根本不知道福邇是誰，而唐人雖然應該聽過他的名字，但似乎沒有人認得出他的容貌。大家見他雖然生得高，但卻修頎瘦削，又文質彬彬的模樣，哪會把他放在眼內？是以除了賴忠之外，便連一個買他打贏的也沒有。

不一會，投注完畢，司儀便跟場中兩人說：「打！」

福邇沒有擺起甚麼架式，只是略沉腰馬，全身外弛內張，便向對方輕輕招一招手，示意他放馬過來。洋冠軍早已等得不耐煩，此刻便不屑的往地上吐了一痰口水，掄起右拳往福邇衝過去。

稍懂武藝的人，一眼便看得出冠軍破綻大露，因爲他這樣先把拳頭往後抽起待發，然後才跨步進攻，另一隻手又不做出適當守護，便無異自己拳頭未到，已先把面門送給對手做目標。他如此輕敵，一定是以爲福邇跟剛才那青年一樣不懂招架。

說時遲，那時快，只見福邇不閃不避，上步迎敵，左手往上斜掤，封死敵人攻勢，右掌順勢往對方面門直推，正是太極拳裡連消帶打的一招「玉女穿梭」。冠軍的拳頭才揮到一半，前臂已被福邇掤手輕輕卸到一旁，同一刹那，福邇右掌掌根已不偏不倚擊中他下頷。福邇看來只用了兩三成力，但冠軍來勢太兇，這一擊便讓他有如迎面撞向牆壁一般，頓時震得他腦袋猛地往後抽擢，雙足離地，重重仰摔地上，之後便兩眼翻白，一動也不能動了。

觀眾沒想到福邇竟可以輕描淡寫地一招克敵，全場頓時鴉雀無聲；過了片刻，才眾聲譁然，不止在場中國人歡呼叫好，連西方人群中也傳出零落鼓掌和讚嘆之聲。

崩牙才大聲道：「你們知不知道這個人是誰？他就是荷李活道的福大俠福邇先生！」觀眾之中有人聞言大叫：「福大俠！」在場唐人便開始「福大俠！福大俠！」的齊聲附和，吶喊助威。

洋觀眾們雖然聽不懂他們叫嚷甚麼，但也能明白大概的意思，這時圈旁有個洋人便急不及待舉起手裡的銀紙，向莊家大呼：「下一場我買這個中國人打勝！」許多圍觀者見狀，毋論華洋都不甘爲後，也紛紛爭著要照樣下注，整個貨倉頓時一片喧鬧。

賴忠轉向我道：「華大夫，快去請救兵！我在這裡盡量拖延！」說著便向莊家大嚷著要收剛贏了十倍的錢。

我回到貨倉門口，正要出去，門旁一個守衛卻伸手攔著，板起臉問：「一來到又走？」我情急生智，道：「我住在附近，賭本不夠，要趕回家拿錢！」

守衛點了點頭，開門讓我離去。出到街上，我跟外面那人取回燈籠，連忙點起，辨清楚方向，便往東面會合地點急奔。

⊕　⊕　⊕　⊕

油蔴地以東不遠有個山丘，十分荒蕪，福邇便是約了差人在那裡等我。我一路走到山丘，也不見有人，突然聽到黑暗中有人叫我：「華大夫！」我認得是老相識洋幫辦麥當奴的聲音。他從山坡上走下來，道：「你來遲了，我還擔心發生了甚麼事！」

我急道：「人販子不但在貨倉裡開賭，被擄去賣豬仔的人也的確囚禁在那裡。福兄有危險，你們快來！」這時另一位老友葛渣星幫辦也走了出來，身後跟著一大班他屬下的印度差人，我速速告訴他們貨倉的情形。

福邇這次擒拿人販子的計劃，便是找了麥當奴和葛渣星兩位幫辦相助，卻沒有告訴王昆士。這當然並非覺得昆士信不過，但因爲人販子勾結了油蔴地的差人，便不能不提防昆士的手下會向油蔴地同僚透露口風。但油蔴地差館沒有派駐摩囉差，所以這晚請星幫辦帶齊他手下出動，也不用擔心不夠保密了。又因爲和所有差館一樣，油蔴地差館是由一位洋幫辦主持，所以這次行動必須有一位來自中央差館的洋幫辦同行才能壓得住對方，所以大家合作多年的麥當奴自然是最佳人選。

我帶著這一大隊人馬靜悄悄地回到油蔴地邊緣，麥當奴請星幫辦和一眾摩囉差稍等，自己一人跟著我去到貨倉附近。因為他穿了便服，所以就算被人看見也不會露出馬腳。我遙遙給他指出正確位置，又再形容了貨倉內的格局，他想了一陣，便道：「給我和星幫辦十分鐘時間部署。我們一聽見你們的信號，便馬上進去拘捕犯人！」

⊕ ⊕ ⊕ ⊕

我若無其事的回到貨倉，進門時之前的守衛沒再問我甚麼。來到戰圈，但見福邇在場中正與另一個精赤上身的西洋拳手周旋。這人沒有之前那個冠軍高大，但全身筋肌結實，沒有一絲贅肉，而且出手敏捷，腳步靈活，一看便知是個高手。

賴忠道：「司儀介紹這個番鬼佬時，說他是英軍的拳擊教練，他們已經打到第三個回合。」他又告訴我，我不在的時候，福邇已經擊敗了兩個洋漢。第一個對手以為他只不過一時僥倖才能打敗冠軍，結果當然也是不堪一擊。第二個對手身形肥碩，仗著體重佔優，一上來便試圖抓著福邇角力，卻不知福邇自小熟練滿人「布庫」撩腳技法，留學日本時又兼習東洋擒鎖跤撲之術，輕而易舉便把這人摔了個四腳朝天。但之後這個西洋拳教練上場，福邇便遇上了勁敵。

鬥場內，福邇已佔據了中央位置，逼著對方一直環繞他左竄右擺，不斷找尋空隙進攻。但無論拳擊教練腳底多快，福邇卻仍好整以暇守在原地，一邊踩著掰扣步踏圈轉動，把對方保持在自己前方，一邊又不斷前後轉換著雙掌，嚴密防衛。洋拳手不時發出兩三記連環快速直拳，用來試探和誘敵，但都被福邇輕易化解。

我明白福邇只守不攻，是因爲他的戰略並非是要取勝。打倒了一個，還不是要對付下一個？若要一個接一個連番鏖鬥，吃虧的始終是自己。倒不如像現在這樣，以固若金湯的守勢疲敵一番，拖延到差人到場把人販子一網打盡才是上策。

可是常言道，久守必失；精明如福邇，也有失算的時候。他顧著應付戰圈內的對手，卻忽略了圈外也有敵人。大部分觀眾都只想看一場拳拳到肉的搏鬥，許多洋人群眾已看得不耐煩，開始鼓噪和喝起倒采。有人用英語大呼：「快打！別再跳舞了！」

福邇依舊從容不迫，沒有理會他們。突然，有人從圈外向福邇猛力投擲一物，幸好他眼角瞥見，及時縮身避過。只聽見那東西「哐啷」一聲在地上破碎，原來是個喝光了的玻璃酒瓶。

福邇這麼一避，便退到圍著戰圈的木箱旁邊。打鬥之間，本來繞在頸上的辮子早已掉下，這時一個站在他身後的洋人觀眾，竟然伸手一把抓著他的辮子，用力一拉，接著哈哈大笑起來。福邇冷不及防，辮子猛然被這麼一扯，頓時往後失去平衡，中門大開。

這時洋拳教練正要上前進攻，正當我暗叫不妙之際，想不到他卻甚有武德，竟然硬生生停下腳步，伸手指著扯福邇辮子那人怒喝：「你幹甚麼？」

那個觀眾仍不放手，福邇見拳師沒有趁人之危，便馬上轉身，掄翻左臂來一個大外掛，甩掉身後那人捉著辮子的手，右手順勢一拳重重打在他臉上。中國人最恨被人扯辮子，這下子連福邇也動了眞怒，拳頭結結實實擊中那傢伙牙關上的頰車穴，老遠也聽到「喀嚓」一聲，打脫了他下顎。只見那人向橫摔下，倒在圍在場邊的木箱之後，左右同伴還未及反應過來救助，福邇已經回身面對洋拳手，速移馬步離開鬥場邊緣，以防再被偷襲。

圍觀的人群想不到福邇竟能瞬間扭轉劣勢，先是呆了一陣，接著眾多在場唐人便爆出熱烈的歡呼聲；就連洋人，亦可以聽到零星的鼓掌聲。

洋拳教練見狀，居然咧嘴一笑，學著中國人的模樣向福邇翻起大姆指，用英語道：「好拳！」接著雙拳擺起架式，又道：「再來？」

福邇點點頭，也擺起八卦掌的禦勢，腳下運起趟泥步慢慢逼近對方。兩人正要再動手之際，司儀卻大聲宣佈：「時間到！時間到！第三回合結束！休息一分鐘！」

⊕　⊕　⊕　⊕

休息過後，福邇便跟洋拳教練開始第四個回合。我拿出懷錶一看，跟賴忠和崩牙才低聲道：「等他們打完這個回合，便可以發出信號讓差人進來。」他們點點頭，便分頭去找和合圖幫眾，叫他們準備。

這擂台跟從西洋拳規矩，一個回合是三分鐘，好不容易等到福邇和對手打完，再次休息的時候，我便遙遙跟賴忠和崩牙才打個手勢，是時候了。不一會，貨倉內數處角落突然同時冒出濃煙，隨即有許多人大叫：「火燭！火燭！」接著又有人用英文再喊數次，是賴忠的聲音。

貨倉當然不是眞的失火，只是福邇早前把一些自製的煙霧彈交給了和合圖幫眾，吩咐他們在適當時候偷偷使用。但貨倉裡的人不知就裡，嚇得要死，慌忙逃命，待他們一跑出門口，才知道差人已在街上等候。不料這時卻見那混血司儀及眾嘍囉卻沒有逃往門口，反而朝相反方向走，合力推開了一個靠著牆壁的大木箱，露出後面的一道暗門。

福邇已攀過木箱回到我身旁，急道：「不能讓他們逃走！」

幸好那裡離我們不遠，暗門又上了鎖，司儀掏出了一串鑰匙，但還未能打開暗門，福邇和我便已趕到。人販子人數不少，有十來二十個人，我們兩個沒有帶備武器，當然知道凶險，但也顧不得這許多了。福邇和我先下手爲強，不由分說便出重手一人打倒了一個嘍囉，但隨即被七八個人包圍。我們素有默契，馬上背對背站著，擺起架式準備以寡敵眾。

忽然之間，不知從哪兒衝出一個髒兮兮的漢子，來到包圍我們的嘍囉背後，左一拳右一掌，瞬間便解決了三四個人。福邇和我見及時殺出一個程咬金，精神為之一振，馬上轉守為攻，頓時扭轉了戰局。

混血司儀不夠冷靜，找了良久才找對打開暗門的鑰匙，這時看見我們竟然片刻之間便幾乎解決他一半的手下，便對其餘的嘍囉喝道：「等甚麼？上！」

幸好這個時候，賴忠和崩牙才亦帶著四五個和合圖皇叔過來幫手，雙方人數便沒那麼懸殊。混戰間，司儀不顧手下，終於打開了暗門，正要逃走之際，賴忠及時從旁閃了出來，左腿一記「撐雞腳」狠狠蹬中他的腰腹，把他踢得匍匐地上，口吐白沫。

這時聽見有人在貨倉大門口吹起數響警笛，我便對人販子們大喝：「差人進來了！還不投降？」他們本已知道打不過我們，只有乖乖住手。

這時再看之前給福邇和我解圍的人，只見他已登上樓梯，直奔貨倉頂層。福邇向我道：「追！」說著拔腿便跑，我馬上緊隨。這時我才看清楚這人衣服懸鶉百結，形同乞丐，才想到可能是我們懷疑殺死李善祺的兇手。

我們追上頂層，這裡沒有燈火，若非屋頂上有幾道玻璃天窗，必然會漆黑一片。再看清楚，其中一道天窗是打開的，福邇便道：「他是從這裡進來的，現在又回到屋頂了！」

貨倉頂層樓底不算高，福邇輕輕一跳便抓到天窗邊緣，迅速爬出去之後便馬上伸手拉我上去。我也上到屋頂之際，一時看不見怪丐，但福邇一指，原來怪丐已經跳到貨倉旁邊那棟樓的屋頂。

福邇急呼：「英雄留步！」

怪丐看來也不像急於逃走，轉頭向我們說：「現在大家不方便說話。這裡往北走，過了國界不遠，海濱有座村子，你們一定知道吧？」

福邇答道：「知道。」

怪丐道：「村外有幾間荒廢的破屋，黎明之前，我在其中一間破屋等你們兩個。不要帶別人來。」他不待我們回應，便翻過屋頂的另一邊，一躍而下，消失在黑暗的街道之中。

⊕　⊕　⊕　⊕

回到貨倉內，星幫辦手下的差人看來已經拘捕了大部分人販子，縱有漏網亦想必不多。這時麥當奴亦已從後面房間釋放了被擄去賣豬仔的人，比我所預料的還要多，少說也有四五十個。我和福邇擔心賴忠等人也被逮捕，但不見他們蹤影，想必已在混亂中趁機逃之夭夭。

我找到打擂台時被那冠軍毆傷的青年，見他已無大礙，便放心下來。之後我於心不忍，又給那被福邇打脫下顎的傢伙重新闔上牙關，痛得他呱呱大喊也是活該。待福邇和我幫忙兩位幫辦記錄被救出的人及其他證人的身分和口供之後，已是凌晨時分。我們還要趕赴那怪丐之約，便向幫辦告辭，前往大清國界。

途中，我不禁問福邇：「你道這個怪丐到底是何方神聖？」

想不到他答道：「依我看，他很可能是丐幫中人，而且地位不低。」

我奇道：「不會吧？丐幫只不過是江湖上的傳說，世上怎會有由乞丐組成的幫會呢？」

他道：「所謂『天下丐幫』的傳說，稍微一想也知道絕不可能存在。莫說在古代，就算是今時今日，一個由全國各地乞丐組成、勢力遍佈大江南北的幫會，要怎樣才可以通訊聯絡呢？難道叫化子會互相拍電報嗎？就算是飛鴿傳書，也要養多少隻鴿子才行？」

我一想又是，失笑道：「對，做叫化子的若能養得那麼多鴿子，也一定先用來填飽肚子再說。」

福邇又道：「不過在個別地方上組成的乞丐幫會，卻肯定存在，而且自古便有記載。宋朝時，有種叫做『團頭』的人，其實便是一個城鎮甚至州縣裡的丐幫老大，負責照顧手下的兄弟，而他們則要把乞來的錢分他一份，所以幫眾雖然都是叫化子，但團頭自己卻可能過著頗為富裕的生活。有說丐幫弟子分爲『汙衣派』和『淨衣派』，可能便沿自普通乞丐和團頭的分別。」他頓了一頓，又道：「還有一個說法，謂丐幫也有南北之分。大名鼎鼎的『廣東十虎』，其中人稱『蘇乞兒』的蘇燦，有傳便是上一代南丐幫的幫主；但這個『南丐幫』的地域到底有多大，便不得而知了。聽說黃飛鴻少年時跟蘇燦學過拳法，我們下次見到黃師傅，一定要向他請教一下蘇老前輩的事蹟。近年，山東又有一位名叫武七的奇丐，竟然拿出幾十年來乞討所得的錢來興辦義學，還獲朝廷嘉許。有人猜測，他其實便是當今北丐幫的掌缽龍頭，亦即是管理幫裡財務的長老。」[12]

說著，已到達大清國界。關卡在入黑之後便已關閉，但用來劃界的竹籬日久失修，我們向旁再行遠一點，很快便找到一個破爛不堪的缺口，輕易穿過。不一會，來到一座靠丘臨海的小村莊，水濱築有堤壆圍田。村子另一邊遠處有幾間斷垣殘壁的廢屋，其中較爲完整的一間透出微弱火光，我們過到破屋，怪丐果然已經在裡面等候。他用隨手拾來的爛木點起了一個小火堆，坐在旁邊取暖，一言不發的看著我們。

福邇拱手道：「在下福邇，這位是我的摯友華笙大夫，請問大俠高姓大名？」

怪丐站了起來，哈哈一笑道：「我們這些要飯的，哪有甚麼高姓大名？『大俠』兩字，更是不敢當。兩位的大名我早就聽過，你們見義勇爲，難怪人稱『香江雙俠』。我嘛，只不過是來清理門戶罷。」

福邇聽他這樣說，心念一動，便道：「聞說丐幫裡，執法長老之職只有數一數二的高手方能居之。莫非便是閣下？」

怪丐道：「好，給你看出來，我正是在幫中負責執行幫規的那個。原來的姓名早就不再用了，我排行第五，幫裡的人都叫我五長老。」

福邇道：「原來是五長老，失敬失敬。」

我不禁問：「這麼說，難道貴幫的弟子被這些人捉去賣豬仔，所以引得五長老你出手相救？」

執法長老嘆了口氣，道：「正所謂『樹大有枯枝，族大有乞兒』，我們丐幫就算紀律如何嚴明，也難免出現一些爲非作歹的敗類。我們發現省內居然有些不肖門徒勾結外人，以介紹工作爲名把新加入的弟子騙到香港，其實卻把他們統統賣豬仔到外國。我已經在廣東多處地方清

---

12 關於「團頭」的記載，比較有名的是馮夢龍《喻世明言》裡所收錄的〈金玉奴棒打薄情郎〉，故事自宋元時已廣為流傳，家境殷富的女主角父親金老大便是杭州的團頭。著名嶺南拳師「廣東十虎」之一的蘇燦，綽號「蘇乞兒」，生卒年不詳，估計主要活躍於咸豐同治年間。他曾為武狀元之說，實乃一九九〇年代港產電影杜撰情節；至於是否擔任過丐幫幫主，現在亦已難巧證。武訓（一八三八—一八九六），原名武七，有「義丐」之稱，以畢生行乞而來的積蓄，於一八八八至一八九六年間在山東省先後興辦三所義學，受光緒帝表揚及賜穿黃馬褂。

理了門戶，終究還是要來香港找出罪魁禍首，才能把事情了結。」說著向我們攤了一攤右手，只見他指掌異常粗厚、堅剛勁實，接著又隨手一揮，霍地生風，顯然功力匪淺。

福邇道：「這麼說，李善祺之死確是與閣下有關了？」

五長老冷冷一笑道：「甚麼有關沒關，叫化子說話最討厭轉彎抹角。人是我殺的，你們想抓我回去，便即管動手吧！」他不待福邇答話，又道：「福先生你今晚打了幾場，元氣未復，而華大夫雖然也是練家子，但看得出身上帶有舊患，武功已打了個折扣。不是我誇口，但就算你們二人聯手，也難以把我拿下。」說著向我們身後的破牆一指，說：「不如叫你們帶來的幫手出來，三個人一起上吧。」

我和福邇轉頭一看，只見有道人影聞言從破牆後踏了出來，待他一走進火光，才知原來是賴忠。他先向我們賠了個笑，才轉向執法長老歉道：「前輩請不要誤會，不關兩位大俠的事，是我自己多事，偷偷跟蹤他們到來的。」

好小子也真有他的，老遠跟到這裡竟也沒有讓我們察覺，還是執法長老夠老練，賴忠躲在暗處也瞞不過他。

五長老上下打量了賴忠兩眼，道：「小伙子，看你模樣，你便是人稱『歪嘴皇帝』的那個了？」

賴忠道：「讓前輩見笑，請叫我『盲忠』好了。」

長老道：「我看到你在貨倉裡露了一手，功夫不錯。你和他們兩個聯手，跟我有得打。但我先旨聲明，你們三個一起上的話，我便非出重手不可，若有死傷可不要怪我。」

福邇道：「這裡已是大清國境，香港法律在此無效，我們三個亦非差人，莫說沒本領捉閣下回去，更無權這樣做。福某來跟長老一會，只是希望弄清楚整件事情的來龍去脈。」

執法長老聽他這樣說，頓時消了氣，道：「好。久聞福先生神機妙算，你到底看出了多少，說來聽聽吧。」

福邇道：「人人都把李善祺當作案中的受害者，以為他因為發現人販子集團的某些祕密才會被殺，但其實他才是人販子集團的主腦。」

他一語驚人，我和賴忠聞言都嚇了一跳，齊聲道：「甚麼？」

福邇解釋道：「李善祺受賴忠所託，幫忙打聽賣豬仔的事，不出數日便在油蔴地暴斃，表面上看來，的確像是因為發現了某些祕密而被滅口。可是這時我調查賣豬仔案已快半個月，卻依然沒有甚麼重大發現，很難相信李善祺竟能捷足先登。待我去到命案現場，聽客棧的人說李善祺幾個月前已隱瞞身分在那裡長租房間，便知道另有蹊蹺。那也正是碼頭工人開始失蹤的時候，所以我便想到，李善祺自己其實可能跟賣豬仔事件有關。」

賴忠嗟嘆道：「我當初還以爲李善祺是好人才會找他幫忙，眞是所託非人了！你說他就是人販子集團的主腦，是怎樣查出來的？」

福邇道：「我對李善祺起疑，便開始調查他的底細，發現他的生意其實沒有別人所想的做得那麼好。他的業務以航運爲主，六年前的反法大罷工，令他的轉口貨運生意損失慘重。他當時依然站出來表示支持罷工，相信只是逼於無奈，賣個口乖而已。他出錢保釋被捕的碼頭工人，大概也是看出你們越來越團結，他作爲雇主，與其跟你們對立，倒不如施恩望報來得高明。」

賴忠道：「但他爲甚麼又要捉人去賣豬仔呢？」

福邇又道：「前年澳門爆發霍亂成爲疫埠，令他仍未復原的航運生意再度陷入困境。李善祺急需資金周轉，便想到利用他多年來在省港澳三地打下的關係，暗中捉人去賣豬仔牟利。」

執法長老道：「被他賣豬仔的不止是已經來到香港打工的人。在廣東省裡，他還勾結丐幫的一些不肖弟子，誘騙許多地區的貧苦百姓，甚至我們自己幫裡的新丁，說介紹他們到香港打工。試問如果有可以自食其力的工作，又有多少人會選擇做乞丐呢？但他們來到之後，便被關了起來，偷運過澳門賣給豬仔館。當初我便是因爲幫中很多新弟子突然無故失蹤，一路追查下去，才揭發這卑鄙勾當。」

福邇點頭道：「不錯。我去了澳門一趟調查，發現果然有一間豬仔館在這幾個月間經手賣洋的苦力數目突然暴增，計算了一下，便知道在香港失蹤的碼頭工人只是一小部分，李善祺可能爲了湊數才會向他們下手，但大部分被賣豬仔的人其實必定來自大清境內。今時今日，就算在國內也應該很多人知道香港早已禁止賣豬仔的生意，所以聽說可以介紹他們來香港打工，也一定不虞有詐。」

我問：「那麼你又是怎樣查出被騙拐的人關在哪裡呢？」

福邇道：「我知道李善祺這幾個月來頻頻微服到油蔴地，便著手調查這一帶有甚麼地方可能用來囚禁這麼多人。這區貨倉林立，我花了好幾天才查出李善祺名下一間公司果然在這裡擁有一間貨倉，但沒有證據，差人無法向法庭申請搜查令入內調查。這時聽到江湖上的消息，說有人即將在這貨倉開辦地下賭莊，便想到一定是李善祺同黨在他死後，沒有人主持全盤生意，難以繼續經營下去，便索性利用貨倉來搞個非法賭莊再賺一筆。我本還擔心，賭莊還未開檔之前，他們便已把這一批賣豬仔的人祕密送到澳門，幸好他們急不及待開賭，不然我們也救不了這麼多人。」他轉向執法長老問：「五長老，你又是怎樣發現李善祺是主謀，及找到這個貨倉呢？」

長老笑道：「我的腦筋怎及得上你？我來香港之前，已先對付了丐幫裡勾結人販子的叛徒，逼他們供出一切。可是我在香港人生路不熟，又只不過是老乞兒一個，怎樣上門去找李善祺算帳？我知道油蔴地的差人跟人販子勾結，便暗中監視差館，終於給我看到李善祺在那裡出入。幸好他是城中名人，上過新聞紙，我拜託報販找一份有他照像的給我看，所以雖然他來油蔴地時打扮得跟普通人一樣，還是被我一眼認出來了。至於那個貨倉，我今晚在那裡出現，只不過是因爲剛巧看見有那麼多差人突然衝進去，便去看看發生了甚麼事而已。」

福邇道：「我估計也是這樣，因爲如果你事先知道那裡是用來囚禁被擄的人，大概一早便會有所行動。」他頓了一頓，又道：「那麼只剩下兩個問題仍待解答。第一個問題，是李善祺到底是怎樣死的。五長老你剛才已經直認不諱，說人是你殺的，即是說李善祺被你打斷頸骨而死，但他斃命時你卻明明身在窗外，所以我百思不得其解。」

五長老嘿嘿一笑，道：「連大名鼎鼎的神探福邇先生也想不出來，我執法老五確實光彩了！說出來其實十分簡單，就只怕你們不信。」

福邇和我對望一眼，將信將疑道：「難道眞的有一種武功，打了人之後會過一段時間才讓他斃命？李善祺若死於內臟出血，那還可置信，但他是斷了頸骨致死的，這怎可能呢？」

長老道：「我這種功夫是從不外傳的祕技，幫中也沒有多少人練得成，沒有正式名堂。傳授我的上一任執法長老戲稱它做『一睡不起掌』，我們便姑且用這個稱呼吧。兩位都是練武之人，華先生更是大夫，不會不知道天柱穴這個穴道吧？」

我點頭道：「當然知道。事發那天我檢查過李善祺遺體，一摸便發現他的頸骨不偏不倚斷在天柱穴上，所以便懷疑不是意外而是人爲的。」

他拍一拍後頸道：「大家都知道用力打在這裡會打斷頸骨，但我這門功夫運用的卻是巧勁，的確是把頸骨打斷，卻不讓頭顱與頸骨分離，仍靠頸項裡面的筋肌連著。」他輕輕揮出一掌，劈下時手腕微微向外一挑，作爲示範。「對方中掌之後，只要保持腦袋直立，頭顱繼續托在頸骨之上，便依然可以像平時一樣坐立行走、說話吃喝；但一躺下來，頭顱便會脫離頸骨，一命嗚呼了，所以叫做『一睡不起』。」[13]

福邇道：「即是說，事發那天，李善祺回到客棧之前，其實已經被你打了一記『一睡不起掌』？」

長老道：「不錯。你要是不信，我也沒有辦法，總不成要我示範給你看吧？要練這掌法也不容易，只能抓最罪大惡極的壞人下手，我也不記得當年當場一掌劈死過幫中幾多個叛徒，才

---

13 華笙文中提到死者頸骨折斷於天柱穴，應是指寰椎（第一頸椎）的位置。兇手所描述那種可能在傷者受到撞擊後數小時甚至數日才延緩性死亡的情況，現稱「寰枕脫位」（Atlanto-occipital dislocation，簡寫作 AOD），亦俗稱「體內斬首」（internal decapitation）。在本故事發生的年代，「體內斬首」仍未為醫學界所認識，直至一九〇八年才在英美專業性期刊《外科年鑑》（Annals of Surgery）首次記載（Ann.Surg.1908; 47 : 654-658）。

把握到箇中竅門。」他說得輕描淡寫，但我聽了不禁打了一個寒慄。

福邇嘆道：「就算長老你願意跟我們回去向差人交代李善祺的死因，他們也一定不會相信。」接著又跟他說：「那麼還有最後一個問題，便是事發之後，你回到李善祺的房間，從地板下的暗格拿走了甚麼物件？」

執法長老微微一笑，行到一邊牆角，挖開幾塊鬆磚，原來後面有個小破洞。他從洞中捧出一件用爛布包著的物件，交給了福邇，道：「便是這東西。」福邇揭開爛布，我和賴忠靠近一看，原來是一本帳簿。

待福邇走近火堆翻看帳簿，我便問長老：「你又怎會知道李善祺有本帳簿，還藏在了暗格之內呢？」

他道：「如果我只是要取李善祺狗命，大可以當場把他斃了，但他利用丐幫作惡，我還需要找出證據，證明他是罪魁禍首才行。於是我打了他一掌之後，便跟他說了這功夫的名堂，告訴他，下次睡覺便會一睡不起，所以還是趕快辦理身後事吧。也不知他信還是不信，但我料到他被我識穿了所作所為，如果有甚麼可以證明罪行的東西，必定會馬上回去把罪證拿走。我假裝離開，但其實躲起來暗中跟蹤他；這時他已經嚇得六神無主，被我一路跟著回到客棧也毫不知情。我及時爬上客棧旁邊那棟房子的屋頂，看到李善祺進入了哪個房間，便攀到窗口外面偷窺，看到他打開地板暗格把這本帳簿拿出來。」

我道：「那兩個在街上巡邏的差人，便是在這個時候發現你？」

他點頭道：「不錯。我當時正想撞破玻璃窗進房搶走帳簿，想不到被街上的差人看見，他們向我大喝，驚動了房間內的李善祺。他轉頭看見我在窗外，大吃一驚，自然而然又把帳簿放回暗格。我不便久留，便翻過幾重屋頂逃走了，等到深夜才回去再找。幸好差人沒有發現暗格，帳簿仍在裡面，我便把它拿走了。油蔴地差館的人跟李善祺是一夥的，我又怎會把證物留下給他們呢？」長老說罷，見福邇一直翻閱帳簿，便轉向他問：「福大俠，我是個字也不識多一個的粗人，這些帳目我看不懂，你說拿來做證據夠不夠？」

福邇「啪」的一聲闔上帳簿，喜道：「我想應該足夠。拿李善祺的書信來比較一下，想必能證實是他的筆跡。更重要的是，雖然沒有寫明買賣的是甚麼，但每一宗交易的日期、金額、雙方所用的銀行帳戶、『貨物』的數目、運載船隻名稱和目的地等，都一一詳細記錄下來，只要照著追查，一定可以證明做的是甚麼生意。雖然豬仔館在澳門是一門合法生意，但這本帳簿裡所記錄的公司和船隻，只要是在香港或其他英國屬地所註冊的，根據大英法律便都犯了販賣人口的罪行。再者，被擄的人並非自願賣身，而是被逼或被騙的，所以那些人販子還要加上綁架、禁錮和恐嚇等罪名。」

執法長老道：「之後在香港的事情便拜託你了。」他轉向賴忠，道：「賴兄弟，我看你年輕有爲，和合圖這個幫會由你來領導，將來走上的道路是黑是白，全看你了。老乞兒有幾句話想跟你說，不知道你願不願意聽一聽？」

賴忠一直端立在一旁聽大家說話，這時忙答道：「晚輩洗耳恭聽。」

五長老道：「我們丐幫上上下下都不過是世間上最低賤的人，雖說我們人多勢眾，但不過是討飯吃的可憐蟲，再多人又能有甚麼作爲？但千百年來，黑白兩道一向敬重我們三分，你道是甚麼原因？是因爲我們丐幫向來最講一個『義』字，絕不容許弟子作奸犯科，所以就算世人如何看不起我們乞丐，江湖中人也沒有誰敢看不起丐幫。我身爲執行幫規的長老，所做的其實便是防止弟子破壞丐幫的信義。我們一無所有才會成爲乞丐，但就算做乞丐，也不能沒有信義。你明白我的意思嗎？」

賴忠道：「晚輩明白。」

長老道：「明白便最好了。你們和合圖是新興幫會，你這個一幫之主要以身作則，因爲你手下大大小小人馬的所作所爲，最後都是算在你頭上的。我們丐幫的消息最是靈通，假若給我聽到和合圖做出傷天害理的事，那麼你最好希望在我找到你之前，兩位大俠便已經先把你抓了上差館，不然的話，嘿嘿！」他舉起右掌，微微作了一個下劈的手勢。

賴忠弓身道：「多謝前輩教誨。」

長老又道：「香港是英國人地方，我們丐幫在這裡沒有人，我才單人匹馬行事。這次多得幾位拔刀相助才救得出這麼多兄弟，將來如果你們在廣東省內有甚麼事情需要丐幫幫忙的，大小城鎮都可以找到我們的兄弟，只管出句聲便行。」之後便教了我們聯絡的方法和一些暗號隱語，以備日後使用。

大家說話之間，不覺火堆已經熄滅，破屋外天色亦已漸明。執法長老抱一抱拳，道：「青山依舊，綠水長流。有緣的話，江湖再見。」

我們三人一起回禮，道：「後會有期。」

晨曦中，我們目送他揚長而去，之後便再次繞過大清關卡，回到九龍。

⊕ ⊕ ⊕ ⊕

有了李善祺的帳簿作爲證據，把一班人販子和包庇他們的油蔴地差人入罪，自是容易得多。那晚從貨倉救出來的人，經此一劫，大部分都馬上回到鄉下跟家人團聚，但好幾個賴忠的碼頭工人兄弟都樂於出來指證，而福邇和我當然亦上庭作供。因爲案情複雜，法庭審理了不少時間，最後毫不留情地重判所有犯人。李善祺雖已不在人世，但其名下與這案有關的資產仍被充公。

油蔴地差館所有差人幾乎都受到牽連，原來他們不但包庇人販集團，許多竟然還參與其中，那晚在賭莊被拘捕的犯人中不少便是休班差人。他們丟了工作自是不用說，職位最高的洋幫辦和他的洋沙展及不少下屬都鋃鐺入獄。麥當奴幫辦這次立了大功，巡捕房總管田尼便把他調派到油蔴地，重新整頓差館。

在澳門那邊，由於事情鬧大了，跟人販子合作的巴拉坑雖然沒有被當地政府控罪，但也不敢放肆，悄悄把本來囚禁於豬仔館裡等候上船的人都盡數釋放。福邇知道了，馬上趕往澳門，協助安排他們返回國內。

唯一不了了之的事情，是李善祺的死因。前文也提過，根據香港法律，凡是死於非命的案件，必須召開官方聆訊，正式裁定死因。但李善祺既已被揭發爲人販子集團主腦，他的家人亦已悄悄把他入土爲安，差頭田尼便沒有再追究李家私自領走遺體的事。

有天我跟福邇談起，他便惋嘆道：「醫官沒能解剖李善祺的遺體，實在十分可惜。要是能證實他的死法跟五長老所說的一樣，寫成一份官方醫學報告，那麼這個案例不但會成爲醫學史上一項嶄新發現，我也有依據把它寫進我的《古今中外偵探科學大全》了。」

法庭判決了案件之後，賴忠這位和合圖「歪嘴皇帝」及其「十二皇叔」便給福邇和我擺了個慶功宴，作為答謝。席上，想不到他們還送給我們一份禮物，原來是一卷畫。捲開一看，只見是一幅仿古畫風的人像圖，畫了兩個身穿僧袍的人物，卻是福邇和我的容貌，一個手裡拿著荷花，一個捧著個圓盒，相視而笑，形態倒畫得維肖維妙。

我笑問：「這是甚麼圖畫？」

福邇莞爾道：「是和合二仙，對不對？」[14]

賴忠點頭說：「是才哥出的主意。」

崩牙才哈哈道：「我們叫做『和合圖』，當然要找人畫一幅『和合二仙圖』送給兩位嘛！」

福邇打趣道：「既然『和合圖』亦戲稱『歪嘴』，假如我投桃報李，也送一幅『歪嘴皇帝與十二皇叔』的肖像給各位，是不是應該吩咐畫師把大家嘴巴畫在一邊？」

14 「和合二仙」是寒山和拾得兩位唐朝著名詩僧的合稱，民間相傳他們分別是文殊和普賢兩位菩薩的化身。畫中兩人所持的荷花和盒子，是取「和」、「合」兩字的諧音，代表和平和好合，是以二仙的形象常用作比喻友誼或姻緣。

駐家大夫

光緒七年，筆者初抵香港，機緣巧合成為神探福邇的房客，於荷李活道貳佰貳拾壹號乙同屋共簷八載，直到光緒十五年成親後才搬出。期間，協助他偵破的大小案件幾近百宗，當中已寫成傳記的，僅十中一二而已，其餘仍待日後涉筆細書。然而自我有了妻室，卻難再如前跟福邇合作無間，唯偶有機緣方能予以臂力，是以往後數年，有緣親身參與的案件便變得寥寥可數了。

由始至終，每次探案完畢，我必定趁著記憶猶新之際稍作記錄，以待日後詳修成稿。綜觀所有案件，我無不充當助手角色，唯獨一次例外，便是案中身當其事的疑犯，竟然是我本人。回想案發經過，雖餘悸猶存，但如今既已事過境遷，便不妨於此敷陳，以饋看官。

話說之前記述過的〈歪嘴皇帝〉一案了結後，福邇忙得不可開交，很少有暇一敘。四月時英國王子訪港，我有幸協助福邇為殿下暗中辦案，但自從那年夏天我長子出生，喝滿月酒時大家暢聚一番之後，我們夫婦倆便沒有跟他見過面了。這時福邇早已蜚聲遠近，香港以外也不時有人邀請他遠渡辦案，所以便越來越少時間在城中。秋冬之間數月，他回過國內幾次，更一度遠赴朝鮮爲閔妃效力，[1]歲末還偵破了航往福建途中遇劫的「南澳號」客輪海盜案。[2]

期間我一如既往，在東華醫院當輪值大夫，每個禮拜兩天又到朋友開設在石板街的藥店擔任坐堂醫。說來慚愧，人到中年才成家立室，這時雖然說不上功成業就，但一家三口倒也生活無憂。誰知好景不常，不久竟有厄運來臨。

⊕　⊕　⊕　⊕

時至光緒十七年辛卯，即洋曆一千八百九十一年，乃香港開埠五十週年，英人於西曆二月舉行的慶祝活動又正好在春節前後，所以城內特別熱鬧。這時候忽有人收購我坐堂藥店那棟舊樓來改建，東主久已無心經營，便馬上賣給了對方，藥材存貨亦盡數轉售給行家。我兩份工作突然失去其一，收入減半，僅憑在東華醫院輪值的薪水，家計頓時左支右絀、捉襟見肘。

可幸天無絕人之路，正當我暗愁之際，阮囊解羞的方法卻自行送上門來了。之前我在石板街藥材店坐堂的時候，有一位不時來找我看病的老先生，姓白名昇彤。這人雖然算不上大財主，但看樣子應也頗有積蓄。我見他明明不是沒錢去看那些自設醫館的有名大夫，本以爲一定是個摳門兒的吝嗇鬼，但他卻跟我說，絕非斤斤計較價錢，而是因爲眾所周知我妙手仁心之故。這當然是客套話，我聽了也只是一笑置之，想不到這時他竟來到東華醫院找我，卻不是看病，而是想跟我談生意。

他說：「華大夫，有件事情我其實想了很久，之前不好意思跟你提起，但剛剛聽聞你在石板街坐堂的那間藥店結了業，我便馬上過來找你談一談。請問你有沒有想過自己開一間醫館呢？」

我道：「怎會沒有想過？我和內人本來各自都有點積蓄，但成親之後用來買了房子，也不知道要再儲多久才夠錢來開自己的醫館了。」

白昇彤道：「恕我冒昧再問一句，如今單靠你在東華的一份薪水來養妻活兒，會不會有點

---

1 閔茲暎（一八五一—一八九五），朝鮮高宗王妃、純宗母親，本貫驪興閔氏的祖先是孔子學生閔損（子騫）。她在政治上與高宗生父興宣大院君敵對，經過多年派系鬥爭，終於在一八九五年「乙未事變」中被一班支持大院君的日本浪人攻進王宮殺害。兩年後朝鮮脫離大清，改號「大韓」，閔妃諡為「明成皇后」。

2 「南澳號」（Namoa）客輪劫殺案，是香港早期一宗有名的跨境案件。一八九〇年十二月，由星加坡航往福州的南澳號中途被假扮乘客的海盜洗劫，船長和多名船員及乘客遇害。事後數名賊人在香港就擒，卻因為證人認不出樣貌而被法庭釋放，但隨即又被駐守九龍寨城的大清官兵拘捕，次年四月於寨城海濱問斬。

不足呢？」他看見我的表情，知道說得不錯，便繼續道：「我住在中環嘉咸街，整幢樓都是自己的產業，有上下兩層，我一個人也住不了那麼多地方。本來也想過像很多業主那樣，把樓下一層租出去給人做街鋪，但又怕遇不到好租客。如果騰出來給華大夫你做醫館，你覺得如何？」

我苦笑道：「正如你所說，我單靠一份微薄薪水，養妻活兒也吃力得很，又怎會有閒錢租得起你的地方做醫館呢？」

白昇彤道：「華大夫你不但醫術高明，而且跟你朋友福先生一起行俠仗義的事蹟，在香港更是街知巷聞，要是你自設醫館的話，一定其門如市，又怎怕負擔不起租金呢？」

我長嘆了一聲，答道：「其實我又何嘗沒有想過自立門戶？可是就算眞的有人慕名而來求醫，恐怕也不會如你所說那樣，馬上可以做得風生水起。我在東華這裡做輪值大夫，薪金雖然不多，但始終穩定可靠。你的好意，我心領了。」

他聽我這樣說，想了一想又道：「那麼這樣如何？我當作跟你合營醫館，非但不用你交租，而且東華醫院現在每個月給你多少薪水，我便保證每個月也給你相同的數目。條件是，醫館的收入扣除了這份薪水之後，有賺的我便跟你七三分帳，我七你三。這樣你便不用擔心收入不足了。」

聽他這樣說，我當然不免心動，但事情來得太突然，也自是受寵若驚。

白昇彤見我依然猶疑不決，便道：「華大夫，實不相瞞，我除了敬重你的醫術和俠名之外，也是因爲覺得你奇貨可居，才會向你做出這樣的提議。我雖然不缺錢，但除了名下這幢樓之外，便只有十多年前做生意賺來的一筆錢。我再過幾年便七十歲，若有福氣給我再多活一二十年，也會害怕總有坐吃山空的一天。我這樣跟你合辦醫館，一定好過把地方胡亂租給張三李四。再說，我身體現在還可以，但往後只會越來越多毛病，若有一位像你這樣出色的大夫坐鎮，便可以安枕無憂了。」

我不禁嘀咕道：「那你是要我做你的住家大夫了？」

他見我有點介意的樣子，忙道：「不敢不敢！我又怎會斗膽請你搬進來跟我同屋共住呢？只是請你在我家樓下開醫館，好作照應吧，所以不能說是住家大夫，應該是進駐的駐才對，姑且稱爲『駐家大夫』吧。你也不用馬上答覆，回家慢慢想想再做決定。過兩天我再來找你，好嗎？」

常言道：「不治已病治未病。」有錢人在家裡長聘一位大夫來防病保康，本來也是十分平常的事情。我家有妻小，當然不願如此屈就，但如今白昇彤跟我合營醫館的這個提議，卻正好解決了我財匱之急。而對他來說，亦一舉兩得，既有收入，又有個「駐家大夫」常在左右，這如意算盤確打得響亮。我唯一擔心的是，萬一醫館入不敷支的話，那麼他豈不是賠了夫人又折兵？但他既然胸有成竹，我也不用怕占了他的便宜。那晚我回到家裡跟內子商量，都覺得有利無弊，等到白昇彤再來找我的時候，便一口答應了他。

⊕⊕⊕⊕

白昇彤那幢樓位於嘉咸街上段，距離荷李活道交界不遠，正是街市所在，洋人稱之為「巴剎」，即是英語「市集」的意思。[3]屋子位於市集一旁，雖然有點陳舊，樓高亦只有兩層，但他把上層留來自住，樓下讓給我用作醫館，地方也足夠應用。這一帶熙來攘往，繁喧紛雜，大部分樓宇都是上居下鋪格局，很多甚至沒有門口可言，而是鋪面直接往街上開揚，日間做完生意之後，晚上打烊時便用一塊塊木板蓋上，再穿上鐵鏈鎖起。幸好白昇彤的房子本來建作民屋之用，有一道正正經經的街門，一進之後，左邊是直上二樓的樓梯，右邊另有一道裡門，再進便是給我用作診室的大廳。

我們立好合約之後，他還預支了一個月薪金給我，好讓我購備一些開業時所需的物品。我辭掉了東華醫院的工作，和白昇彤找來工匠把樓下大廳略為粉飾佈置一下，再添置了幾件傢俬，還請福邇給我親筆題了「華笙堂」三個大字，拿去製成牌匾掛在醫館裡面。一切準備就緒，便擇了個吉日開張。

啓業在即，我仍擔心會無人問津，但白昇彤不愧是個生意人，果然很有辦法。他到印刷行印了一大疊廣告招紙，然後雇人從西環一路到下環，或派途人、或貼牆壁，而我也找了福邇常用作跑腿的一眾街童來幫忙。

轉眼到了洋曆三月初，華笙堂正式開業，慶祝新張那天賓朋盈門，熱鬧非常。福邇一早便來道賀，還遣了丫鬟鶴心過去我家代爲照顧小兒，好讓內人瑪麗可以和我一起在醫館迎接客人。反而白昇彤卻不知爲何好像突然有點怕生，跟拙荊和福邇打過招呼之後，見賓客陸逐到達，便悄悄退回樓上。我請他留下，他卻說甚麼也不肯，笑道：「這個是你的高興日子，應該讓你獨領風騷才對嘛！有我這樣一個老頭在旁，只會礙手礙腳。」

之前我坐堂那間藥店姓譚名發的東主，也一早便過來幫忙打點一切。他因爲賣了鋪頭自己發了財，卻累我丟了工作，雖然早已向我道過歉，但始終過意不去，這天便給我包辦了燒豬酒水，還安排舞獅助慶，當作是賠罪。其實我多年來承蒙他照顧，非但沒有怪他，這次塞翁失馬，

3 「巴剎」即 bazaar 的粵語音譯，原指中東地區的市集，是由波斯語引進到英文的單詞。文中地點即現在的嘉咸街街市，自一八六〇年代已有記載，是香港現存最古老的露天市集，英文名現已不再使用 bazaar 一字而稱為 Graham Street Market，但上環機利文新街和銅鑼灣渣甸街仍保持了 Gilman's Bazaar 和 Jardine's Bazaar 的英文舊稱。

更是反而應該多謝他才對。

不久賓客陸逐到達，想不到除了應邀而來的相熟朋友之外，竟還有許多萍水之交聽到消息後不約而同前來道賀，當中不少是福邇和我曾經幫助過的人，但大多卻是我從醫以來治癒頑疾、或甚而救活過的病人。華笙堂內容納不下這許多賀客，門前街道很快便擠得水洩不通。妻子瑪麗欣慰地跟我道：「你看，原來這麼多人都記得你的恩惠。這不是證明，施比受更有福嗎？」

我道：「你說得對。『天下皆知取之爲取，而莫知與之爲取』，便是這個道理。」

多年以來，福邇和我也結識了一些城中顯貴，這天好幾位也賞面光臨，令場面生色不少。雖然不能於此一一盡列，卻不得不提一個往後會出現於本故事的重要人物。他姓何名啓，是本地著名狀師，像福邇一樣在英國留過學，除法律之外也讀過醫，爲人樂善好施，數載前創辦了一間西式醫院，去年還獲總督委任爲香港唯一華人議員。[4]難得他才三十來歲年紀便有如此成就，自是眾所讚羨，公認爲社會棟樑。也幸好有他這麼地位顯赫的朋友，才有助我擺脫不久之後所遇到的困境。

另外，香港差人之中和我們交情最深的王昆士、葛渣星和麥當奴三位幫辦也有到賀，還帶來了他們上司巡捕房總管田尼先生送給我的一份禮物。福邇和我難得跟他們幾個共聚一堂，自是互問近況。我聽到他們談及所查辦的最新案件，也不免暗暗懷念往昔陪伴福邇探奇歷險的日子。這天之後，大家各自忙碌於事，做夢也不會想到兩個月後再見面時，我竟已身處牢獄之中。

⊕ ⊕ ⊕ ⊕

次日，華笙堂正式開門爲人診症，白昇彤之前所做的廣告果然奏效，病人絡繹不絕，都是看了街招和傳單之後慕名求醫的。我一時應接不暇，只好向病況最輕的致歉，請他們改天再來。這樣一直忙到月底，醫館的收入眞的令我喜出望外，扣除了之前已經預支給我的薪水和其他開支，多出來的金額跟白昇彤三七分帳之後，比起我以前在藥店坐堂及醫院輪值時的工資優厚得多；而白昇彤那份，更是遠遠高於把樓下租給人作街鋪的數目，教我不得不嘆服他的頭腦。

此外，我亦履行了充當白昇彤「駐家大夫」的協定。每天一早去到醫館，我趁還未開門爲

4 何啟（一八五九—一九一四），父親何福堂（一八一七—一八七一）是香港早期基督教牧師、富商及慈善家。如文中所述，何啟是香港唯一華人非官首立法議員，在任二十四年之久，其間不斷為殖民地制度下的同胞爭取福利，建樹良多。本故事發生之後數年，亦曾大力支持孫中山的革命事業。他於一九一二年授勳成為第一位華裔爵士，可惜兩年後突然病逝。香港一九九八年停用的舊「啟德機場」，名稱便來自何啟以及其合夥人區德（一八四〇—一九二〇）於九龍灣填海而成的「啟德濱」。

人診症，便先會給他把個脈、看看氣息。以他的年紀來說，健康其實不差，唯獨體型偏胖，生活又過於優逸閒適，以至肝弱脾虛，血氣不暢。我給他開了一條方，用人蔘、遠志、石菖蒲、茯苓等藥材調理身子，定志安神，養心益血，很快便奏效。

白昇彤雖然爲人友善，但生性卻十分孤僻。他不喜歡家裡有個外人住進來，便沒有聘請家傭。他自己從不下廚，又沒有人爲他煮食，每餐都出外用膳或買回家吃，但除此之外便幾乎足不出戶。他看來沒有甚麼親戚朋友，從來不見有人到來探訪，有幾次我問及他的家人，他總是避而不談，之後我便不好意思再問。他閒時唯一的消遣，便是躲在樓上看書。

他這棟樓房的間格，是由街上一進大門，登上樓梯頂還有一道門，打開了才能進入二樓。白昇彤說，這是因爲房子本來是建給兩戶人家樓上樓下分住之故，他買下之後才把樓下的房間打通成爲一個大廳。他帶過我上二樓參觀，前後有兩個大房間，對著大街的一間陽光充足，他便用來做書房；對著後巷的房間則是他的臥室。

他一個老人獨居，自然擔心家居安全。房子雖然面對人來人往的市集，後面卻背著一條頗爲僻靜的後巷，爲防盜賊從那兒撬窗入屋，樓下對著後巷的廚房和二樓的臥房，窗口都嵌有粗大的鐵枝。屋裡每個房間都設有堅固的門鎖，而對著大街的前門更是安裝了一個特別昂貴的洋鎖，依他所說，就算是最高明的小偷也沒可能挑得開的。大門和樓下診室的鑰匙他當然給了我一份，但二樓的門匙便只是他自己才有。日間我在醫館看病的時候，因爲樓下會有不少外人出入，他必定把樓梯頂的門鎖好，把自己關在樓上。他請了一個婦人每隔幾日來打掃，清潔二樓時白昇彤一定親自在場監督。他還告訴我，夜裡一個人在家的時候，除了一定鎖好大門之外，連樓梯頂的二樓門也要鎖起才放心；就寢時，更要鎖上臥房門才能安然入睡。

然而他雖如此朝兢夕惕，竟很快便出事了。

⊕ ⊕ ⊕ ⊕

轉眼到了西曆五月初第一個禮拜一，之前兩日不斷下雨，幸好早上出門時天色已經大晴，我便如常由西環住處步行到華笙堂，路上買了一些早點帶到醫館跟白昇彤一起吃。想不到當我把鑰匙插進大門匙孔之際，便馬上發覺不對勁了。

之前也提過，白昇彤在前門安裝了一個頂級的洋鎖，據說是最保險的防盜設計，狗偷鼠竊不但無法挑得開，若有人把不對的鑰匙或挑鎖工具插入匙孔轉動或撥弄，更會牽動內置的機關，把門鎖卡死；這時便必須使用正確的鑰匙朝反方向一扭，才能解除機關，讓門鎖回復正常操作。換言之，這種鎖不但防盜，還可讓屋主知道曾經有人偷偷試門。[5]這天我開門時便正是這樣，一扭門匙便驚覺門鎖竟然是卡著的。我依照白昇彤教過的方法，逆向再扭解除機關，方能正常地轉動鑰匙打開大門。

白昇彤習慣早起，通常我到醫館時，他都已在樓下泡好一壺茶等著，待大家喝過茶和吃過早點之後，我才爲他把脈。可是這天我入到屋內，他卻仍未下樓，我便登上樓梯頂二樓的門口，一試之下，卻發現這道門仍是鎖著的。我沒有二樓鑰匙，只好拍門呼叫他名字，可是拍得越來越大力、喊得越來越大聲，也始終聽不到他回應。我心裡不禁起疙瘩，怕他可能有甚麼不測，便把心一橫，決定撞門。可是這道門十分堅固，樓梯頂又不夠地方讓我起步衝前，試了幾次也撞不開，便唯有回到街上找人幫忙。

雖然時候還早，市集的攤檔鋪頭還未開始營業，但已經有些人在搬運貨物，我正要喚他們過來，卻看見剛好有兩個綠衣華差巡經街角，便馬上向他們揚聲求助。福邇和我多年來跟香港差人合作偵破了不少案件，他們很多都認得我們，而無巧不成話，當兩個綠衣走過來的時候，我發現其中一個更是相識已久的熟人。

這個差人姓侯名健，這年還未滿二十，小時候曾與其他同年齡街童爲福邇擔任過戲稱「荷李活道鄉勇」的跑腿。福邇見他聰明伶俐，便安排他到我們一位英國朋友主持的學校讀書，所以學得一口流利英語，待他畢業後又引薦他投身差館，成爲巡捕。

侯健一見到是我，便道：「華大夫，認得我嗎？我是健仔！發生了甚麼事？」

我道：「我剛才回到醫館，發現有人弄過前門的鎖，雖然門鎖沒有被打開，但不免有點擔心。住在二樓的房東通常這個時候已經下樓，等我來和他一起吃早點，但我入到屋裡卻不見他，上樓拍門拍了很久也沒有回應。房東已差不多七十歲，獨個兒住，我怕他出了事，但二樓的門鎖著，我沒有鑰匙，自己一個又撞不開。請你們陪我一起上去吧！」

侯健聽了，便和另外那個綠衣隨我入屋上樓。樓梯頂二樓門前的位置太過狹窄，僅容兩人勉強一起站立，侯健和同伴請我讓過，上前又大力拍了一陣門，但裡面依然沒有回應，兩個差人於是一起撞門，費了九牛二虎之力才終於把門撞開。我們入內之際，發現門匙原來是插在了匙孔裡面。

撞門弄出了這麼大的聲音，白昇彤就算是睡得多熟也斷無不被吵醒之理，我這時心裡已暗叫不妙，一來到他臥室門前，鼻子察覺裡面傳出一陣惡臭，更是知道事態嚴重。我一試門把，

5 文中所指的應是英國 Chubb 公司所生產的「detector lock」探測鎖或其仿製品。這是一種特別設計的槓桿鎖（lever-tumbler lock），如文中所述有探測不正當使用的功能：若有人用不正確的鑰匙或挑鎖器開鎖，內置的「重鎖器」（re-locker）會把鎖卡死，必須使用正確的鑰匙朝相反方向扭轉解開重鎖器，才能再正常使用。這設計不但防盜，亦能讓屋主知道有人曾經試門。這種探測鎖最早的設計於一八一八年出現，之後不斷改良，雖在一八五一年曾有一位著名鎖匠在一次公眾表演成功挑開過當時的型號，但直至十九世紀末仍享有「牢不可破」的美譽。

果然又是鎖著的，我們三人合力把門撞開，一看見臥房裡面的情景，頓時嚇得呆在當場。

敘述故事的時候，凡提到有人死亡，有種情況一般都會略而不談，便是當人斷氣的一刻，經常二便失禁。這正是我之前在房間外嗅到的穢味，所以已料到白昇彤可能已不在人世。但讓我吃驚的是，破門之後看見他竟然不是倒斃床上或地上，而是懸樑吊頸而死！

⊕　⊕　⊕　⊕

我們驚魂稍定，立即上前探看還能否扶救，但一碰之下發現白昇彤身體已僵硬冰冷，顯然死去多時。華笙堂每個禮拜日休息一天，我上次見他便是前天禮拜六，當時他還是好端端的有說有笑，誰料只隔一日竟已自尋短見。

這時我又留意到，寢室房門的鎖裡並沒有插著鑰匙，便跟兩個差人道：「房門的鑰匙只有一把，應該仍在這房間裡面。」

白昇彤是從房間中央的橫樑引頸自盡的，用來墊腳的凳子踢倒在一旁。只見他臉色發黑，雙目突出，口張舌露，死狀令人不忍直視。用來吊頸的是一條兒腕粗幼的麻繩，一端結了個活套，牢牢勒在白昇彤脖子上，長繩中段拖過房頂的橫樑拉到對著後巷的窗子，在其中一條嵌於窗口的粗大鐵枝上緊緊地打了個結，還剩下數尺繩尾垂到地板上面。窗子是開著的，但因爲有鐵枝，當然不可能有人進出過。

侯健正想過去窗口解開鐵枝上的繩結，把屍體放下來，我卻拉著他道：「我們先弄清楚現場情況。」

白昇彤寢室裡沒有多少傢俬，房間右方放了一張大床，床邊有張小桌，床腳有一個樟木箱子，除此之外，便只有對牆的一個衣櫃和兩張矮凳。因爲只有床底和櫃裡才足以讓人躲藏，我們馬上查看了一下，但發覺兩處都沒有異樣。

我上過戰場殺敵、在醫院當過大夫、又陪福邇調查凶案多年，見過的死人當眞要數也數不清。這時細看白昇彤屍體，發覺皮膚緊縮，身體和四肢已達到最僵硬的程度，可見死了應起碼有六個時辰。又見他身上穿著的不是睡衣而是常服，看來上吊的時間不會太晚。福邇曾借過《洗冤集錄》給我閱讀，接下來我便依照書中有關自縊的記載，按部就班檢查。[6]死者口吻和胸前吐了不少涎沫，胯間大小便自出，均是吊死的徵狀，都早已乾透。接下來的一步，是查看繩子

6　南宋提刑官宋慈（一一八六—一二四九）所作的《洗冤集錄》，公認為世界上第一部法醫學及科學鑑證技術專書。福邇跟華笙相識之初便已提到此作「開創天下偵探科學之先河」（詳情請見第一篇神探福邇故事〈血字究祕〉）。

留下的勒痕，我把白昇彤上吊時踢翻的凳子扶正，擺在屍體一旁正要踏上去檢視他頸項之際，心頭猛然一震，驚覺事有蹊蹺。我急轉向兩個差人道：「死狀不對勁！」

侯健奇問：「甚麼不對勁？」

我道：「死者一定要站上凳子才能上吊的，可是你們看，他雙腳吊得有多高！就算他站在凳上踮起足尖，也沒可能把頭套進繩圈裡！」

另外那個差人好像還是不明白的樣子，但侯健卻恍然大悟：「那麼說，他並不是自殺的，而是被人謀殺！」

⊕ ⊕ ⊕ ⊕

多年來，福邇和我大多跟俗稱「大館」的巡捕總部合作，但這天的兩個巡捕卻隸屬較近的九號差館；侯健自告奮勇趕回去報案，另外那個綠衣便陪我回到樓下等他帶幫辦到場。

過了大約半個鐘頭，侯健終於帶了一個洋幫辦回來，隨行還有幾個華洋夾雜的差人。陪著我的綠衣馬上起身立正敬禮，侯健則用英語跟那幫辦做介紹：「長官，這位是華大夫，是跟我們一起發現屍體的。」接著又轉向我道：「這位是班拿幫辦。」

我跟這個幫辦素未謀面，但第一眼便看見他衣冠不整，好幾天沒刮鬍子，還滿身隔夜酒臭，已知不會是甚麼好東西；此刻聽到侯健說出他的名字，更不禁暗叫糟糕。

一年前，我協助福邇在油蔴地揭發了一宗駭人聽聞的販賣人口案，牽連到當地差館包庇罪犯的一眾洋差人，輕者革職，重者入獄，與我們聯手破案的麥當奴幫辦也因而立了大功，事後調派過九龍負責重整油蔴地差館。7 班拿這個傢伙雖然並非駐守該處，但因為早已惡名昭彰，又與事件中的洋差人混得很熟，沆瀣一氣，所以當時也被麥當奴調查過，唯缺乏證據而終於沒事。麥當奴知道他懷恨在心，便忠告福邇和我以後必須提防此人。誰知遲不遲、早不早，竟然偏偏這天讓我跟他冤家路窄。

班拿顯然也記得我的名字，不懷好意地上下打量了我幾眼，冷哼道：「你會說英文嗎？」福邇和內子瑪麗都受過西式教育，英語都說得跟洋人無異，多年來我先後跟他們學習，雖然不敢說講得流利，但一般的交談倒沒有困難，當下便答道：「會。」

我正要告訴班拿發現屍體的經過，他卻打斷我道：「侯巡捕已經跟我說過。我要先看屍體。」

7　請見神探福邇故事〈歪嘴皇帝〉。

我帶他們上樓到白昇彤的臥室，班拿掩著鼻子，隨隨便便的看了屍體和房間幾眼，便命令巡捕把死者解下來。我陪福邇查探過不少命案，每次勘察現場時都必定會把所有細節詳加記錄，這時見班拿這樣馬虎，便忍不住提醒他：「幫辦，請你留意，死者站到凳子上也不夠高上吊，所以……」

他不耐煩道：「阿侯告訴過我了。」

我見他又沒有檢查門鎖，便再跟他說：「也請你留意，睡房的門是從裡面鎖上的……」

他突然發火，指著我鼻子怒道：「我辦案不用你教！明白嗎？」可是一轉頭，卻又眞的走過去門口視察門鎖。

侯健見狀，打圓場道：「報告長官，我們撞破房門進來的時候，發覺門鎖裡沒有插著鑰匙。」

班拿問：「那麼門鑰匙在哪裡？」

我忍不住揶揄他道：「不要問我。我不敢教你怎樣辦案。」

班拿好像又要發作，但一時卻想不出說甚麼。這時幾個差人已將死者放了下來，還是侯健機靈，馬上搜查白昇彤屍體，先在他右腰衣袋搜出一把鑰匙，接著又在他左胸口袋發現另一把鑰匙，便道：「長官，死者身上有兩把鑰匙。」

我道：「第一把是大門的鑰匙，我也有一把，一看形狀便認得出。胸口衣袋那把應該是這房間的門匙，只有死者自己這一把。」我當時無暇細想，爲甚麼白昇形的大門、樓梯頂及臥室三把鑰匙竟不放在一起，直到後來福邇破案，才知原來這正是整個謎團的關鍵。

侯健把兩把鑰匙交給班拿，他接過了便到房門把第二把鑰匙插進鎖內試試，果然是臥室的門匙。他轉向我道：「你一定有另外一副鑰匙。」

我道：「我剛才也說過，我只有屋子大門和樓下醫館的鑰匙，但樓上這一層是死者自住的，只有他才有鑰匙。」

班拿抓了一抓下巴的鬚渣，又問：「你跟死者是甚麼關係？」

我道：「他是這棟樓的業主，自己住在樓上，樓下給我用作醫館。」

班拿道：「那麼他是你的房東了？」

我道：「應該說是生意伙伴才對，因爲他不收我租，而是跟我對分醫館的收入。」

我看見班拿臉上露出一個不懷好意的表情，便知道說錯話了。他轉向隨他而來的一個高大洋差人道：「沙展！給我拘捕這個中國佬！」[8]我心中一凜，急問：「爲甚麼拘捕我？甚麼罪

8 「沙展」是英文 sergeant 的粵語音譯，原為陸軍軍階，亦用於英制警隊作為職銜。現代香港警察正稱為「警長」，級別處於「警員」與「督察」（即文中的「巡捕」和「幫辦」）之間。

名？」

班拿陰笑道：「還用說嗎？當然是謀殺這個人的罪名。」

那個洋沙展拿出了手鐐行了過來，道：「伸出雙手來。」

我道：「等等！我為甚麼要殺他呢？」

班拿道：「你剛才自己也說他是你的合作伙伴，殺了他便可以把生意獨吞。」

我想不到他竟會藉故誣衊，慌忙解釋道：「不是這樣的！我跟他……」

洋沙展已等得不耐煩，喝道：「伸出雙手來！你想反抗嗎？」說著另一隻手便摸上掛在腰間的短棍。

侯健在旁見狀，急勸我道：「華大夫！千萬不要反抗，回到差館慢慢再說。」

在如此情形下，我確實毫無反抗的餘地，除了乖乖就範之外還能怎樣呢？當下唯有伸出雙腕，讓那洋幫辦把手鐐扣上。侯健說得不錯，像班拿這種作威作福洋差人的惡行我也聽得多，若給他任何藉口說我拒捕，那麼他和沙展便可以名正言順把我痛打一頓，就算沒有還手也一定被他們說成襲擊差人，本來沒罪也變成有罪了。

班拿下令把我帶回差館，洋沙展便粗暴地半拉半推的把我押下樓梯。出到街上，班拿又吩咐兩個華差在門口把守現場。這時嘉咸街市已有一些商戶開始營業，看到我扣著手鐐被差人帶走，都紛紛走過來看個究竟。

有位跟我比較熟絡的街坊上前問：「華大夫！發生甚麼事？」

被抓上差館當然不是光彩的事情，但我問心無愧，又亟需有人代爲告急，忙呼：「我今早回來發現白先生死了，這幫辦卻冤枉我謀殺！請你給我通知福先生！」

班拿走過來一巴掌大力打在我腦後，道：「閉嘴！」

那街坊見事態嚴重，慌道：「我馬上去找福先生！」說罷立刻奔往荷李活道方向。

⊕ ⊕ ⊕ ⊕

在香港這個洋尊華卑的殖民地，歐人普遍賤視華民，福邇和我若非探案時得到巡捕房總管田尼器重，私底下又認識不少開明的西方朋友，處境也必不會與一般百姓有異。這次遇上班拿這麼一個橫蠻無理、仗勢凌人的惡吏，才教我眞正體驗到同胞捱欺受壓的屈辱。

九號差館跟華笙堂只隔幾個街口，由市集往山上走到嘉咸街盡頭東折至些利街，沿街再上到堅道交界便是。行到半路，班拿叫洋沙展把我交給佚健和另一個華差押送，之後班拿和沙展兩人便竊竊私議，不時回過頭來瞟我一眼，彷彿正在商量待會如何慢慢把我炮製。

侯健趁他們不覺，哭著臉低聲跟我道：「華大夫，對不起！我想不到幫辦會這樣的！」我道：「這不能怪你。待會一到差館，你盡快找個機會溜出去，到大館找昆士或葛渣星傳達給差頭知道。」我說的「差頭」便是巡捕總管田尼，侯健只是一個資歷尚淺的綠衣，沒可能見得著頂頭上司，所以叫他找個跟我相熟的幫辦相助更為妥當。

侯健點點頭，接下來我們怕讓班拿起疑，便再沒說話。

不久到了九號差館，班拿便和那洋沙展走了過來跟侯健和另一個華差說：「沒你們的事了。」說罷便和沙展一左一右抓著我兩邊臂膀，把我直押進差館深處。我回頭望了侯健一眼，只見他向我微微點了一下頭，便轉身奔出差館。

班拿和沙展把我帶到一道厚厚的鐵門前面，本來坐在門旁看守的中年華差看見長官出現，馬上起身立正敬禮。

班拿命令他開門，然後從他手裡搶過那串鑰匙，道：「一個鐘頭之後再回來。」中年華差不敢跟我目光相接，急步離開。

一進門，原來是差館裡的監倉，僅有兩間牢房，隔著鐵枝看得見一間是空的，而另外一間裡面亦只有一名囚犯，本來還在睡覺，但這時便醒來，坐起瞪著我們。

沙展拔出腰間短棍，重重地敲著囚犯面前的鐵枝，喝道：「看甚麼？想再嘗一嘗我棍子的滋味嗎？」囚犯嚇得馬上退到牢房最遠的角落。

這十年來，不知多少罪犯因爲福邇和我被關進牢獄，但除了有次爲已故域多利監獄長杜老志解開一宗離奇越柙案之外，我便沒有見識過監倉是甚麼樣子，更是萬料不到，自己竟會有天身陷囹圄。

班拿用鑰匙打開了另外那個空的牢房，狠狠地把我推了進去。兩個洋差有甚麼意圖，這時已非常明顯，我心臟不禁怦怦亂跳，但知道絕不能示弱，便強裝鎮定道：「不是應該先問話才把我關起來嗎？」

班拿也抽出腰間的短棍，在掌心上「啪、啪、啪」的擊了幾下，冷笑道：「我現在便用這個來問話，看看你要多久才認罪。」

我道：「我沒有犯罪。如果你們打傷我，那麼你們自己才有罪。」

班拿一步一步慢慢走近，獰笑道：「我們說是你先出手襲擊，兩個人對你一個，誰會信你？」

我道：「我手無寸鐵還戴著手鐐，又怎會先動手？會有人信嗎？」

班拿已來到我跟前，也不答話，怒吼一聲便向我迎面一棍揮來。當初他拘捕我時，我已料到他準備向我動手，但我是堂堂一個大清武進士出身、領過兵打過仗的綠營守備，又怎會束手待斃？自從踏進這監倉，我便已步步爲營，這時側身一讓，輕易避過班拿揮出的襲擊，順勢伸腳勾他足踝，他便餓狗搶屎般撲倒地上。

我早已看準身位，班拿倒地之際已閃到洋沙展前面，既然扣著手鐐，便合十雙掌齊劈落他頸側的天窗穴。他冷不及防便已中招，頓時兩眼翻白，暈倒地上。我回身面對班拿，他這時方從地上狼狽起身，見我竟已擊倒他的同伴，又再大吼一聲衝過來向我揮棍，但可笑得很，居然不懂變招，還是重施故技，用著剛才一模一樣的動作。

這次我不閃不避，雙手施展擒拿抓著他的手腕，運勁把他手臂反扭，同時腳下橫掃他雙腿，把他重重摔到地上。我已手下留情，收起了幾分力道，他才不至於腦袋開花；縱是如此，這一跤也足以令班拿滿天星斗，一時爬不起來。

我知道只有速戰速決方能反轉劣勢，此刻便不敢怠慢，立即回到沙展身邊，搜出鑰匙打開腕上手鐐，趁他和班拿兩人都未清醒之際，迅速走出了牢房。那串鑰匙仍插在鎖裡，我便把牢門關上鎖好，然後把整串鑰匙放進自己衣袋裡。

另外一個牢房裡的犯人目睹一切，這時才反應過來，忍不住喝彩：「打得好！打得妙！華大夫果然功夫了得！」

我奇道：「你認得我？」

他道：「全香港九龍有誰不認得福先生和華大夫兩位大俠呢？可是為甚麼鬼佬差人竟然會把你抓進來？你們跟差頭不是朋友嗎？」

我嘆道：「一言難盡，總之是這兩個洋差冤枉好人。」

那囚犯道：「任誰都知道華大夫你是好人，這兩個死鬼佬分明想屈打成招，我看得清清楚楚，你不用擔心，我一定給你作證！」

我道：「謝謝。不過我怕他們事後向你報復，你還是甚麼都不要說吧。」

他拍拍心口道：「我昨天偷東西給抓個正著，想不認罪也不行，但還不是被他們打了一頓？大不了再讓他們打多一次好了！」這時我才看清楚，這人果然鼻青目腫，看來真的吃了不少苦頭。他又道：「是了，你打倒了這兩個鬼佬，為甚麼卻要把他們關在牢房裡呢？」

我苦笑道：「這也是逼不得已的做法。我雖然制伏了他們，但總不可以這樣便走出差館。他們帶我進來監倉的時候遣走了守門的綠衣，吩咐他一個鐘頭後回來，所以我把這兩個洋差關在這裡，反而是最安全的做法，起碼在這個鐘頭之內他們便拿我沒辦法。」

他吞了一下口水，忐忑問：「但一個鐘頭之後呢？」

我道：「已經有人去了給我請救兵，相信不用一個鐘頭，救兵便到。」

⊕　⊕　⊕　⊕

我既有那串鑰匙在手，以防萬一，便索性把由監倉通往差館的鐵門也鎖上。雖然差館裡不會沒有另一套鑰匙，但我把鑰匙留在鎖裡再扭到一半，對方便無法從外面把鑰匙插進鎖裡開門。這樣就算福邇或大館那邊的幫辦趕不及一個鐘頭之內到達，這道鐵門也起碼能爲我多拖延一點時間。

我和那犯人再談不了多久，班拿和沙展便先後蘇醒過來，一發現竟然被我鎖在了牢房內，先是破口大罵，繼而恫嚇，見我懶得理會他們，最後便高聲呼叫，向外面的差人求救。幸而監倉的鐵門非常厚實，聲音不能遠傳，本來把守門外的綠衣又不在，所以任憑兩個洋差喊得喉嚨沙啞，也始終沒有人聽到來接應。這二人不停地吵鬧，確令人不勝煩厭，但反正我也無心細究他們英文的髒言穢語，便對之不聞不問作罷。

整件事情發生得太過突然，這時我才有時間思索白昇彤的命案。我與他雖非深交，但他助我成立醫館，我自是不勝感激，想不到我未能報答，他便死得如此不明不白。可是枉我看出有人把他的死因僞裝成自殺，卻絞盡腦汁也想不通案中最大的謎團：既然兇手把白昇彤的鑰匙都留在了屋內，又怎樣可以穿過三道上了鎖的門離開現場呢？

我不斷掏出袋錶來看，起初只是恨不得時間可以過得快一點，好讓福邇他們早點出現，可是越等越久卻仍不見人，便越是希望錶上的指針可以慢下來，彷彿這樣便會給救兵多一點時間趕到。終於過了大半個鐘頭，突然聽到外邊有人試門，發覺鎖上了之後，便大力拍門。我正擔心是守門的差人早回來了，卻聽那人用英語喊道：「我是田尼！馬上開門！」[9]

我想不到巡捕總管親自來到，當下如釋重負，立刻過去開門。鐵門一開，只見田尼身旁還站了一個人，卻不是福邇是誰？

他一見到我便急問：「華兄，你沒事嗎？」關切之情，盡形於色。

我忙道：「沒事，沒事。」這時又看到福邇和田尼身後還有五個人，除了侯健和昆士及葛渣星兩位幫辦之外，連駐守對岸九龍的麥當奴也不知怎地來了；但最令我意外的，卻是最後一人竟然是之前提過的狀師兼議員何啓。

我奇道：「何先生，怎麼你也來了？」

他道：「福先生一聽到你被捕，便馬上去找我陪他一起來，我們一到差館便碰到田尼先生

9　田尼（Walter Deane, 1840-1906），一八六七至一八九二年間香港警察的最高指揮官，當時俗稱「差頭」。之前曾在收錄於《香江神探福邇，字摩斯》第一部裡的故事〈黄面駝子〉及〈越南譯員〉登場。

他們。」

田尼問我：「班拿呢？」

我道：「跟沙展一起在裡面。」說著便請眾人入內。

班拿和沙展一看見上司竟然出現，心知闖下大禍，慌忙爭先恐後自辯：「這個中國佬襲擊我們！」「他搶了鑰匙，把我們關在這裡！」

他倆色厲內荏，諉過於人，田尼又怎會看不出來？當下喝道：「閉嘴！」轉向我道：「華大夫，請你說。」

我道：「我們一到差館，他們兩個便把我押到這裡，還支開了守門的差人。他們把我推進那個牢房，拿出棍子想打我逼供，於是我便制伏了他們，把他們鎖在裡面，等你們到來。」

班拿還想抵賴，急道：「他說謊！我們帶他進來只是問話，但這個姓華的卻突然偷襲……」

田尼怒道：「我說閉嘴！這裡是問話的地方嗎？你把人家帶進來想做甚麼，你以為我不知道嗎？」

之前跟我說過話的囚犯也不知道聽不聽得懂英文，但大概猜得到班拿大放厥詞卻捱了罵，這時便忍不住指著他說：「是這個番鬼佬先動手的！」

田尼本是譯官出身，又在香港住了三十年，粵語說得非常流利，聽了便轉向囚犯道：「你願意作證嗎？」

囚犯可能想不到一個英國高官居然會說廣東話，先是嚇了一跳，但隨即鼓起勇氣道：「願意！」

何啓跟巡捕總管說：「田尼先生，差人濫用私刑是嚴重的罪行，班拿幫辦和他的沙展必須馬上停職查辦。」

田尼點頭道：「我正有此意。」轉向班拿和沙展道：「你們聽到了沒有？」二人聞言，一時不敢作聲。

何啓又道：「那麼我有個提議。涉及華大夫及這位願意作證的犯人的案件，應該由這個差館轉交到巡捕總部那邊處理，以示公正。」

田尼道：「說得對。」

何啓道：「還有，撇開濫用私刑的問題不談，我希望能夠跟巡捕房澄清一下，華大夫到底是不是正式被拘捕了呢？作爲一個執業律師，我必須指出班拿幫辦把華大夫帶來差館的時候，還沒有落案便把他送進監倉，是完全不符合手續的做法，最起碼導致拘捕無效，嚴重的話更可視作非法禁錮，所以我要求立即釋放華大夫。」他頓了一頓，又道：「雖然以我狀師的身分，不能在此擔任華大夫的法律代表，但身爲他的朋友，如果需要的話，我可以馬上爲他聘請律師向法庭申請法令放人。」[10]他不愧是名滿香港的狀師，雖然我不大明白他所提及的法律細節，但也聽得出他客氣說話之中暗藏的銳利詞鋒。

田尼本來就無意爲難我，這時聽到何啓舉出大條法理，便道：「何先生，你說得不錯，以任何標準來看，班拿也明顯超越了權利。」他走過來跟我握手，道：「華大夫，我代表香港巡捕向你道歉。你當然可以走了，但我們仍需要你繼續協助調查。」

我道：「毋須道歉。我也希望找出兇手，一定盡力協助調查。」

田尼吩咐侯健打開牢房把班拿和沙展放出來，便對兩個洋差道：「你們濫用職權，由現在開始暫停所有職務。待會我回到總部便會調派一位幫辦過來接管九號差館及調查你們的失職行爲，你們在這裡等他過來，然後服從他一切指示，明白嗎？」二人垂頭喪氣，只有唯命是從的分兒。

他轉向我們又道：「華大夫的事情解決了，但還有嘉咸街這宗離奇命案。大家既然來了，我們現在便一起過去視察現場吧。」

⊕　⊕　⊕　⊕

臨離開差館時，福邇告訴我得知我被捕的時候，丫鬟鶴心不巧正出外糴米，他情急之下來不及另找別人去轉告我妻子。我怕醫館附近有熱心街坊去了我家告急，便忙借紙筆寫了一封簡函報安，託一個綠衣送到我住處。

之後我和福邇跟田尼、何啓，以及昆士、葛渣星、麥當奴三位幫辦和侯健，一行八個人由堅道徒步回到嘉咸街。路上我不忘多謝各人趕來相助，問起麥當奴，才知他雖已調派到對岸的油蔴地差館，這天卻剛好一早回到中環大館辦點事情，所以侯健第一個找著的反而是他。麥當奴一聽到班拿對我公報私仇，便馬上告知田尼，然後還找了昆士和葛渣星兩個一起過來。

他道：「巡捕房裡個個都知道班拿這人貪汙濫暴，可惜我之前調查他的時候，始終找不出任何足以開除他的證據。這次你可以站出來指證，他一定脫不了身！」

田尼聽到我們的說話，也道：「班拿這次濫用職權，本來也是由麥當奴處理最爲妥當，可是他剛調派到油蔴地整頓差館，總不能工作做了一半便調回來香港島。不過華大夫你可以放

10 香港沿用至今的英式律師制度，基本上分為處理一般法律事務的「律師」（solicitor）和專門上法庭打官司的「大律師」（barrister）（俗稱「狀師」或「大狀」）。當事人如需要上庭，不能自行雇用大律師，必須透過律師委託。故事裡身為狀師的何啟不能直接擔任華笙的法律代表，要為他代聘律師，便是這個緣故。文中提到向法庭申請放人的法令，是指現稱「人身保護令」的 Habeas Corpus（拉丁文字義可直譯為「交出人來」），命令警察（或其他機關）把受拘押人士送交法庭，由法庭審判該人士拘押的合法性，是英美普通法裡對於人身自由的重要保障。

心，我保證班拿以後也不會麻煩你。」

隨後昆士也跟我說：「班拿這傢伙也眞笨，竟忘了『卜』你，不然可能眞的像何大狀所說，要鬧到向法庭申請法令放人。」他說話時不時夾雜一兩句英文，「卜」是「落案」的意思。[11]

說著我們回到華笙堂，守門的綠衣見差頭來到，連忙肅立敬禮，而街坊鄰里看到我無恙而歸，都紛紛上前問好。入到屋內，我和侯健便給大家再次詳述發現死者的經過。白昇彤遺體放下來之後，便一直攤在睡房地上，死不瞑目，繩子仍套在頸上，面上連布也沒有蓋一塊，情狀淒涼。

福邇鬆開白昇彤頸間的繩套，掏出放大鏡來檢查傷痕，又看了死者雙手，道：「死者確是吊死的，頸項只有一道傷痕，並非先被人勒死然後再吊起來僞裝成自殺。頸間皮膚有抓痕，雙手指甲縫也有血漬，都是吊頸時垂死掙扎的跡象。」

他說罷拿出一把軟尺，仔細量度了屍體和凳子的高度，及繩子掛在橫樑上磨損之處與後頸繩結之間的距離，接著又站在凳子上再量度橫樑有多高，便跟大家道：「華大夫說得不錯，死者沒可能自己上吊。他腦後的繩結離地幾乎有七英尺，雖說繩子負上了整個人的身體重量會伸張，但以這條繩子的粗幼來估計，伸張之後跟原來的長度也不會有太大差距。死者後頭到足跟有五英尺兩英寸，加上十八英寸高的凳子，合計才六英尺八英寸。死者站在凳子上就算踮起腳尖，也不夠高把繩圈套在自己頸上然後收緊。」

昆士幫辦道：「所以其實是有人把他活活吊死了？」

福邇道：「不錯。若眞的是上吊自盡的話，中國人一般只會把繩子一端拋過橫樑，兩端打個死結，然後把脖子掛到繩上，很少會這樣把繩子一端打個活圈套在頸上的。兇手必須這樣做，因爲只有使用繩圈勒著白昇彤頸項才能防止他掙脫，可是百密一疏，把他吊得雙腳離地太高，讓華大夫看出了死者沒可能是站在凳子上自己上吊的。」他頓了一頓，又道：「眼前這個殺人方法，也正好可以用來洗脫華大夫的嫌疑。華大夫是練武之人，要制伏一個老翁當然易如反掌，但大家也知道他曾是大清軍官，因傷退役才會來到香港當上大夫；他當年其中一處受過重創的部位是左邊肩膊，礙於傷患，若要用繩子把活生生的一個人扯上橫樑吊死，肯定非常困難。」

我嘆道：「我左肩中過子彈，這條臂膀不能抬得太高，力量也大不如前。」想了一想，又道：「再說，我若眞的有心加害白昇彤，又何必花這麼多功夫把他吊死然後僞裝成自殺？我是他的駐家大夫，只要在平時給他吃的藥裡做些手腳，任何人都只會以爲他壽終正寢而已，不會

---

11 「卜」即是英文「book」（動詞）的粵語音譯，直譯便是「寫在簿裡」，指警方正式拘控犯人所作的紀錄。在共同法下，如警方拘捕方式或程序不當，可構成「非法拘捕」（false arrest）和「非法禁錮」（false imprisonment）的違法行為。

起疑。」

何啓道：「更重要的是，華大夫非但沒有加害白先生的理由，白先生遭遇不測，更是只會對華大夫有弊無利。死者雖然跟華大夫是生意伙伴，但這棟樓是白先生名下的產業，兩人之間的合約只不過是讓華大夫在樓下免租經營醫館，然後再分收入。當其中一位立約人逝世，彼此的合約便隨即終止，華大夫又不是白先生的承繼人，沒可能把房子據爲己有。再者，假如死者生前沒有立下遺囑，又沒有親屬可以承繼遺產的話，所有財產便會由政府沒收，到時華大夫亦須另覓新址來經營醫館。光是這些考慮，便足以讓華大夫洗脫嫌疑。」

田尼跟我道：「華大夫請放心。班拿幫辦根本沒有足夠理由懷疑你，我剛才也說過，你在本案中並不是疑犯，巡捕房只是希望你能協助我們找出眞兇。」

福邇道：「依我看，要把白昇彤吊死，兇手應該不止一人方能成事。還有，他們很可能跟死者有甚麼深仇大恨，才會使用這個有點像行刑的殺人方法。華兄，你開業才兩個月，有沒有任何可疑的新病人向你求醫？兇手心思周密，在下手之前多半會假扮病人先來看清楚屋子裡面的情況。兇手應該不止一人，所以極可能還另有自稱親屬或朋友的人陪他一起來。」

若他不問起，我也不會想到，但此刻略爲思索，記得果然眞的有如他所說的人上過門，便道：「你這麼說，又確有一對父子有點可疑。我記不清楚名字，好像是姓羅的，來過兩三次，父親年紀跟白昇彤差不多，兒子也有四十上下。我本來也不以爲意，但現在再想想又覺他們容貌一點也不像，年輕的那個又高得多，未必眞的是父子。兩人廣東話說得很地道，但臉色卻像久歷風沙霜雪的樣子，我問起，他們說在西北邊塞經商多年，最近才回到嶺南。羅老先生說患了頭風，但這種病的症狀大多是要聽病人自己陳述，所以不難假裝。我當時也覺得奇怪，他的脈象沒甚麼不妥，但更奇的是我給他把脈時發現他雙腕都用藥布緊緊包著，他說是因爲患了風濕，但我叫他給我看看，他又說不用。」

福邇忽問：「那麼他的兒子呢？有沒有留意他兒子雙腕？」

我道：「你不說我也未必會記得，但有次我看見那兒子雙手原來戴了護腕，從袖子裡露了出來。我見他似是練武的，便問他是甚麼門派，他卻尷尬地笑笑，說只是三腳貓功夫，馬上拉低衣袖。」

昆士奇道：「父子兩人的手腕有甚麼古怪？」

福邇道：「你想想，雙腕上有甚麼痕跡會不想讓人看到？這兩個似乎是廣東人，卻在邊塞多年，我懷疑他們其實是發配到邊疆服刑的囚犯，最近才回到嶺南，所以需要掩飾腕上多年戴著枷鎖留下來的疤痕。」

我在新疆行軍時也見過不少流放當地的罪犯，便道：「流放犯不是要在左右面頰刺上罪名和發配地點的嗎？」

福邇道：「重犯的確如是，但如果罪行較輕的話，是可以免刺或在臂膊上刺字的。」

我道：「說不定這兩個人多年前正是因為白昇彤才會被判發配邊疆，所以現在回來報復。」

福邇道：「姑勿論他們之間有何仇怨，白昇彤似乎預料到這兩個人衝著他來到香港，才會資助你開設醫館。他看中的除了是你的精湛醫術之外，還有你的武功和對付罪犯的經驗。」

我被他一言驚醒，道：「原來如此！他不單止要我做他的駐家大夫，其實也要我做他的變相保鑣！」接著不禁嘆道：「為甚麼他不一早跟我說清楚呢？如果我知道必須提高警惕，可能便不會讓兇手有機可乘。」

何啓道：「華大夫你無須自責。不是我多疑，但如果他自己沒有虧心之處的話，又怎會對你有所隱瞞呢？」

福邇點頭道：「我也有同感。他和兇手之間到底有甚麼過節，還有待調查，但我們首先要弄清楚的，是兇手怎樣進出命案現場。兇手為了偽造白昇彤閉門自殺的假象，必須把死者鑰匙留在屋內，那麼他們離開的時候是怎樣鎖上睡房門、樓梯頂的門和大門呢？」

麥當奴道：「華大夫說，大門只有他和死者才有鑰匙，而樓上的鑰匙更是只有死者才有一副。既然兇手沒有拿走死者的鑰匙，那麼唯一的解釋，是其實另外還有一套鑰匙才對，兇手離開時用來鎖門。」

福邇搖頭道：「不對。就算兇手真的有另外一套鑰匙，也只能解釋他們怎樣可以鎖上睡房的門，卻解釋不了其餘兩道門的情況。不要忘記，樓梯頂的二樓門鑰匙是從這邊插在鎖內的，所以就算兇手真的有另一把鑰匙，也無法從樓梯那邊插入匙孔來把門鎖上。還有，屋子大門的鎖有特別的設計，如果用不對的鑰匙或挑鎖工具來嘗試開門，鎖便會自動卡著，華大夫早上來醫館時便正是這樣發現有人弄過門鎖。如果兇手另有一把大門鑰匙，這個鎖又怎會卡著呢？」

我本來也沒有想過這許多，看到眾人聞言後都面面相覷，顯見大家都跟我一樣，如墮五里霧中。

福邇繼續道：「三道門鎖的問題，我已有點端倪，不過還須好好檢驗一下才能作出結論。這樣吧，給我一天時間，明天早上我們再回到這裡，到時我便可以給大家一個答案。我們就約定上午十點鐘，好嗎？」

田尼一直不語，這時便道：「好的。福先生，這便拜託你了。昆士幫辦、星幫辦，這案件便交由你們兩個配合福先生調查。」他轉向侯健又道：「侯巡捕，你現在跟我一起回大館，待我指派一位幫辦接管九號差館，你便協助他查辦班拿及那沙展。」

侯健立正敬禮道：「遵命！」

我再三謝過各人，田尼便帶著侯健回到大差館，何啓和麥當奴亦告辭了。我從病人紀錄裡找出姓羅那人的病歷給福邇和兩位幫辦看，他自稱「羅思安」，不用說一定不是眞名。我盡量憑記憶形容這對假父子二人的容貌，讓兩位幫辦分派手下周圍查詢。

福邇跟我說：「華兄，這個早上發生了這麼多事情，你還是快點回家陪陪嫂子吧，以免她擔心。接下來交給我和兩位幫辦跟進便行。明天上午十點鐘再見！」

⊕ ⊕ ⊕ ⊕

次日上午，我準時回到嘉咸街，只見侯健和另一個差人已守在華笙堂門外，我跟他打過招呼之後入到診室，見到福邇和昆士及葛渣星已在裡面等候。不久，何啓也來到，田尼和麥當奴亦隨後到達，還帶來了另一個我沒見過的西人。

侯健接了他們進來之後，田尼先跟我們介紹他帶來的那位西人，叫做活豪士，原來是負責裁判死因的法官，到場的目的自是不言而喻。後來福邇告訴我，活豪士正好是田尼的妹夫，香港英人的圈子便是這麼小的。[12]

福邇向大家說：「昨天我和昆士及葛渣星兩位幫辦一起檢視現場，他們已廣派手下周圍調查，綜觀所有證據，我們已經重整了前天命案的過程。」他轉向昆士道：「首先，昆士幫辦查出了白昇彤遇害當天的最後行蹤，請你跟大家說說。」

昆士道：「我昨天派人到附近的食肆查問，查出白昇彤前晚獨個兒去了嘉咸街下段一間小菜館吃飯。我親自再去問個清楚，原來死者是熟客，掌櫃和小二都認識他，說他不喜歡太晚吃飯，前晚如常六點半鐘左右便來到，不到一個鐘頭吃完飯便離去。」

福邇接著又請葛渣星報告追查兇手下落有何進展，星幫辦便道：「我和昆士幫辦手下可以出動的差人，全部都去了查問城中的客棧旅館，看看有沒有兩個符合疑犯年齡和外貌的人投宿，但目前未有收獲。」

福邇謝了兩位幫辦，便向各人道：「華大夫昨天早上八點鐘左右發現死者，根據他的證供，屍體當時已經由全身僵硬開始漸漸變軟，這是死後約莫十二個鐘頭才會出現的現象，所以白昇彤一定是禮拜日吃完晚飯回到家裡不久便遇害。這也正是兇手對付他的最佳時機，因爲在別的

---

12 華笙在文中音譯作「活豪士」的 Henry Ernest Wodehouse（一八四五—一九二九），於本故事發生的年代在香港擔任警察裁判司（Police Magistrate）及死因裁判官（Coroner）。死因裁判官亦譯作「驗屍官」，在英式制度下，其職責是在法律上研訊及裁定可疑命案中的死因，工作跟解剖屍體的「法醫」不同。他在一八七七年與田尼胞妹 Eleanor 結婚，兩人的第三子便是英國著名幽默小說家伍德豪斯（P. G. Wodehouse, 1881-1975）。

時間便難以動手。」他頓了一頓，又道：「試想，白昇彤這屋子大門安裝了一個沒可能挑得開的鎖，屋後對著小巷的窗口又嵌有鐵枝，除非兇徒夠膽在夜闌人靜的時候，撬開或打破對著大街沒有鐵枝的窗口，否則是無法進入屋殺人的。但這麼一來，便無法把白昇彤之死僞裝成上吊自殺了。」

田尼道：「對，差人看見死者家裡的窗子被打破，便知道一定有外人入過來，就算誤會是劫殺案而不是復仇，也依然會追緝兇手。」

福邇繼續道：「白昇彤深居簡出，只有他出外用膳的時候才有機會下手，但市集由早上開市到晚上打烊都人來人往，就算兇徒夠膽當眾把他斬殺，也會擔心逃不掉，所以最好的辦法是趁他出門或進門之際把他挾持入屋。可是華大夫平時在醫館一直診症到傍晚，只有禮拜日休息，所以兇手只能在這一天殺掉白昇彤。」

麥當奴道：「但中國人大多不守禮拜，嘉咸街巴刹很多商戶禮拜日都繼續營業。兇手趁死者出外用膳時把他挾持回屋，也依然可能會被人看見啊。」

福邇道：「你說得對，風險當然還是有的，可是你忘記了禮拜日下過雨嗎？禮拜日午後雨勢已經沒有那麼大，但直到夜裡還未停。我相信兇手之前已經花了許多個禮拜日等候機會，前天終於給他們等到了；因爲下雨，街上途人少了，個個亦撐著雨傘，便沒有人看到白昇彤被人挾持進屋。」

我搖頭嘆氣道：「白昇彤已經萬分小心了，但最後還是防不勝防。」

福邇道：「要解釋兇徒如何進屋不難，本案最難解釋的地方是他們殺了人之後，如何把現場佈置成從裡面上鎖的密室，讓人以為死者是自殺的。接下來，我便把過程一步一步重演給大家看。」

⊕　⊕　⊕　⊕

福邇帶我們出了診室來到樓梯口，道：「兇手挾持了白昇彤進門後，便把他押了上樓。樓上地方比較狹窄，太多人一起上去不太方便。昆士和星兩位幫辦昨天和我一起研究過案情，已聽過我的解說，現在還要留在下面給我安排一些東西待會給大家看，其餘五位請跟我上樓吧。」

我們隨他登上樓梯，經過樓梯頂的門口時，福邇便停了下來，道：「兇手挾持白昇彤上樓的時候，二樓這道門應該也是鎖著的，但白昇彤有鑰匙，所以不成問題。」他指指門鎖裡插著的鑰匙，又道：「但大家請留意，昨天差人破門時，這把門匙卻已是現在的樣子，插在室內的門鎖裡。為甚麼會這樣呢？這個我待會再解釋。」

他帶我們進入臥室，這時仵工已移走了屍體，但吊頸繩仍留在地上。床上放了一件摺起的衣服，看樣子正是昨天發現白昇彤時他穿著的上衣，床邊的小桌上還放了兩把鑰匙，一把我認得是屋子大門的鑰匙，另一把想必是這個房間的門匙。

福邇走到小桌旁，左右兩手各拿起一把鑰匙給大家看，道：「這兩把鑰匙都是昨天發現屍體時，侯巡捕在死者身上搜出來的，一把是樓下開往大街的前門的鑰匙，另一把是這個臥室的門鑰匙。但有點奇怪的是，兩條鑰匙並非放在一起，前門的鑰匙是在死者上衣的右腰衣袋裡，而臥房的門匙卻在左胸口袋裡。」

接著他拿起放在床上的衣衫，揚開來給我們看，是一件中式男裝半身上衣，又道：「這是白昇彤遇害時所穿的上衣。」他從懷裡掏出放大鏡，跟衣服一併遞給法官，道：「請你用放大鏡檢視左胸口袋，有兩個細微的小孔，像是用較粗的縫針刺出來的，看到嗎？」

活豪士拿起放大鏡看，點頭道：「看到。這表示甚麼呢？」說罷便把衣服和放大鏡傳給田尼，他看過後我們幾個又逐一接過來看。

福邇道：「兇手便是利用這兩個小孔，把兇案現場僞造成死者反鎖房門自盡的假象。」他取回衣服，把房裡的小凳放到白昇彤懸樑之處下面，便向侯健招一招手，道：「侯巡捕，請你過來，幫忙我示範。」

他讓侯健穿上死者的上衣，道：「侯巡捕，請你告訴大家，你身高有多少？」

侯健挺起胸膛立正，道：「我身高有五英尺八英寸半！」他雖然比白昇彤高，但身形卻瘦得多，所以這件上衣穿了上去雖然短得多，卻並不窄。

福邇道：「兇手一時大意，把死者吊得太高，讓華大夫看出他沒可能是踏上凳子懸樑自盡的。侯巡捕比白昇彤高幾英寸，我們已經量度過，他站到凳子上便大約是死者昨天凌空吊著時的高度。」

說著便向侯健點一點頭，道：「請你站到凳子上吧。」

侯健依言站上了凳子，福邇又拿出一綑粗線，道：「這綑線的粗幼，跟衣袋上的小孔吻合，兇手便是用這種線玩了一個把戲，現在讓我來再做一次給大家看。」

當我們大惑不解之際，福邇拿起另一張凳子放到侯健前面，也站了上去，然後把粗線的一端穿上針，道：「兇手吊死了白昇彤後，便像我現在這樣站到凳子上玩針線把戲。大家可能記得華大夫昨天說過，年輕的那個疑兇生得較高，我認爲他正是無意中配合了自己站在凳子上的高度，才會失誤把死者吊得太高，露出馬腳。」

他說罷便拿出睡房的門匙，道：「接下來我照著死者左胸口袋的小孔穿針引線，請大家看清楚了。」

福邇把針線穿入衣袋上其中一個小孔，再從袋口把針線取出，然後又把針線穿過鑰匙的環狀把手部分，道：「睡房門匙這樣穿在線上之後，兇手又從衣袋裡將針線從另一個小孔穿出來。」他邊說邊做，伸手進侯健所穿的上衣胸袋，把針插出來，接著連線一併抽出。

他從凳子踏下來，道：「這樣，線從衣袋外面穿了進去，又從衣袋裡面穿了出來，而穿了線的鑰匙則是留在衣袋裡。」

福邇把那綑線捲放開，把線的兩端交給了我，道：「華兄，請你雙手各拿著線的一端，站到窗口旁。」

我依言照做，正過到窗口之際，忽聞窗外有聲響，接著鐵枝外竟驀地出現昆士幫辦的臉孔，向我咧嘴一笑。我嚇了一跳，驚問：「怎麼你在窗口外面？」

他笑道：「星幫辦也在，他力氣較大，在下面給我扶梯子。」

我往外一望，果見昆士騎在一張木梯上，葛渣星正在下面後巷給他扶著梯子。葛渣星見到我，也對我笑笑，揮了揮手。

福邇道：「昨天我在死者衣袋上發現小孔後，又和兩位幫辦在屋後的小巷找到一張梯子，於是識穿了兇手所玩的把戲。華兄，請把線的兩端交給昆士幫辦。」

我依言把線的兩端遞出窗外交給昆士後，福邇便拿著侯健口袋裡那串著線的鑰匙，一邊把線拉長、一邊走到房門旁邊，道：「像我剛才那樣把線穿過衣袋和鑰匙之後，其中一個兇徒便走出屋外，繞至後巷爬上梯子到睡房的窗口外，像昆士那般拿起線的兩端。另一個兇手則像我這樣，把掛著鑰匙的部分拖在地板上拉出門外，然後在房外一手拿著鑰匙，一手把房門閉上，這樣線便從門縫下面伸出房外了。」

他邊說邊做，拿著鑰匙把線拖出臥房外面。由於房門已經被撞破，他只是把門虛掩，讓我們看得到他在門外的動作，這時我們亦大概猜得到他接下來會做甚麼。

福邇假裝在房外用鑰匙把門鎖上，然後把鑰匙放到地上，道：「兇手離開了房間，鎖門後放下鑰匙，窗外的幫兇便用線把鑰匙從門縫下拉回來。」他提高聲音喊道：「昆士，可以了！」

昆士在窗外把線的兩端一齊耷拉，疊起來成雙的線，穿過侯健胸前的口袋一路收緊，把鑰匙從門縫下拉回房內。雙線越收越短，把鑰匙從地板拉到侯健所站的凳子旁，然後又把鑰匙吊了起來，直到把鑰匙扯進口袋裡爲止。

這時福邇已回到寢室裡，道：「這樣把房門鑰匙用線拉進死者口袋之後，窗外的人只要放開線的其中一端，繼續拉另外一端，便可以把整條線收回來。」他向窗外點點頭，昆士便如言放開線的一端，然後不斷拉另一端；放開的線端從窗外被拉進房裡，一路由侯健胸前口袋上的一個小孔收了進去，馬上又從另一個小孔拉了出來，最後整條線都被昆士收回到窗外了。

活豪士道：「若非親眼看見，簡直難以置信！」

福邇向侯健示意可以脫下死者上衣從凳上下來，又走到窗口謝過昆士和葛渣星，便道：「梯子大概是兇手事先放到後巷裡的。白昇彤大約在晚上八點鐘斃命，當時街外依然會有途人，所以兇手一定等了幾個鐘頭，待宵禁開始後才到後巷玩這個把戲，之後回到屋內在其餘兩道門再做手腳，直到天亮時才離去。接下來我們去看看樓梯頂的二樓門吧。」

⊕　⊕　⊕　⊕

我們跟著他出了寢室，回到二樓開往樓梯的門口。

福邇指了一指插在鎖裡的門匙，道：「剛才大家經過這裡時我也說過，昨天差人撞破這道門時便發覺這把鑰匙是插在鎖裡的。大家有沒有想過，爲甚麼大門和睡房門的鑰匙都在死者身上，但這把二樓門匙卻留在鎖裡呢？這讓我想到，兇手一定需要這樣才能夠把門鎖上。」

活豪士道：「鑰匙插在房內的鎖裡，兇手怎能夠在門的另一邊把門鎖上？」

何啓也道：「如果眞的有辦法這樣做的話，那麼兇手也不需要在睡房裡用到窗外扯線的詭計吧？」

福邇道：「你說得不錯，用在這道門上的詭計的確也可用於睡房，不過兇手可能害怕重複使用同一種手法容易讓人看破，所以便在睡房裡施展了必須有窗口才能使用的扯線詭計，而把接下來我要示範的把戲留給這道門。」

二樓門被撞破的是門框，但門鎖卻完好無缺，福邇把門半開，道：「兇手出了這道門之後，若要在房外把門鎖上然後把鑰匙弄到房內，最簡單的做法便是把鑰匙從門縫下滑過來，但這個方法根本騙不了人，任誰撞開了門，看見鑰匙在門前不遠的地上，一眼便可以看出是怎麼回事。」他轉向麥當奴道：「你剛才問，兇手他們人在門外，怎麼轉動門內的鑰匙呢？我知道的方法有兩種。第一種方法，要用到一種鎖匠才會有的特殊工具，是一把可以伸進匙孔的細長鉗子。用這鉗子從門外伸進匙孔，緊緊夾著插在鎖內的鑰匙的匙頭，便可以轉動鑰匙來開關門鎖。不過使用這個方法，鉗子一定會刮花匙孔周圍，而我昨天檢查門鎖時卻沒有發現這樣的痕跡，所以知道兇手一定是用了第二種方法。田尼先生，麥當奴幫辦，你們記得八年前的白克萊案嗎？」[13]

田尼道：「當然記得。」

---

13 請見〈黃面駝子〉（註9）。

福邇道：「那案件也涉及一個門匙的把戲，雖然情況完全不同，但碰巧也需要使用一支鉛筆做道具。」他從衣袋拿出一支鉛筆和一條幼繩，道：「兇手在這道門上玩的把戲，除了鉛筆還需要一條繩子，如果不用鉛筆改用筷子也可以。」

他先把幼繩縛在鉛筆的一端，再把鑰匙半扭到鎖舌差不多要彈出來的地步，然後便把鉛筆縛繩的一端向上，斜插進鑰匙的環狀把手部分。接著他拿著繩子另一端繞到門底，踏出門外再把門輕輕虛掩，隔著門道：「看！」

他在門外慢慢拉動由門縫下穿到他那邊的繩子，只見繩子扯動鉛筆，令鉛筆轉動鑰匙，鎖舌便「喀」的一聲彈了出來。

田尼驚訝道：「了不起！」

福邇開門微笑道：「雕蟲小技而已。」

⊕ ⊕ ⊕ ⊕

福邇帶大家下樓來到開往嘉咸街的前門，道：「兇手殺了人後，離開屋子必須通過的三道門，每一道的情況都有點不同，所以他們必須使用三種不同的手法把門鎖上，讓人以爲死者是自殺的。最後這道門對著大街，門底有個門檻擋著門縫，兇手無法把幼繩從下面穿過去，因此不能再用剛才的把戲。」

我問：「兇手索性把大門的鑰匙放在死者身上，是不是因爲最後這道門上的把戲用不著那把匙？」

福邇點頭道：「對了，最後這個把戲，可以說是最複雜，但也是最簡單的，我昨天也是研究了許久才終於想通。這道街門安裝了一款很有名的英國門鎖，據說若沒有正確的鑰匙，便絕對沒可能挑得開。這鎖有個特別的設計，假如有小偷挑弄匙孔，便會牽動門鎖裡面的機括，把鎖卡死。這樣不但小偷無法繼續挑鎖，當屋主回來用鑰匙開門的時候，發覺門鎖卡著，便知道有人挑過鎖了。」

我道：「不錯。昨天我到醫館的時候，便正是這樣知道大門的鎖被人挑過。」

活豪士問：「但門鎖卡著了，你又怎樣開門呢？」

福邇道：「華兄，請讓我來代答，也順便示範一下。」他掏出了一條鑰匙，道：「這把是白昇彤的大門鑰匙，是昨天侯巡捕搜查遺體時在死者衣袋裡發現的。據我們所知，這道門只有兩把鑰匙，另外一把交給了華大夫。現在我便用死者的鑰匙示範這個門鎖的用法。」

他打開大門，請我們跟他一起踏出街外，然後道：「大家看，從外面關上或打開門鎖，轉動鑰匙的方向是關鎖向左扭、開鎖向右扭，又或依照英語的說法，關鎖是逆著洋鐘的時針方向、開鎖則是順時針方向。」他一邊說，一邊開著門把鑰匙插進門鎖示範，左右扭動之下門鎖的鎖舌便靈活地彈出彈入。

福邇讓鎖舌突出，表示是關鎖的狀態，便抽出鑰匙，從衣袋拿出一條幼長的金屬工具，道：「這東西是用來挑鎖的，我用來啓動鎖內的機關給大家看。」他把挑鎖工具伸進匙孔，略為撥弄了幾下，便聽到清脆的「喀嚓」一聲。他收起挑鎖工具，把門匙重新插進匙孔，想向右扭的時候便轉不動了。

他道：「因爲挑鎖工具啓動了機關，把門鎖卡著，所以鑰匙便不能順時針方向轉動了。這個時候，必須像關鎖那樣把鑰匙向相反的方向逆時針一扭，先把機關解除，然後才能正常地開鎖。」他如言把門匙向左扭，大家果然又聽到如前的「喀嚓」聲，之後又再向右一扭，鎖舌便縮回門內。

我道：「對了，我昨天開門時便正是這樣。」

福邇道：「這也正是關於這道門的最大疑點。我們知道兇手殺了人之後，爲了製造死者白昇彤在重門深鎖的密室內自殺的假象，沒有拿走死者身上的大門鑰匙。要是他們另有一把大門鑰匙，離開屋子後可以用來把大門鎖上，那麼門鎖便根本不會卡著。但既然兇手沒有大門鑰匙，那麼我們不但需要解釋他們離開屋子後怎樣把大門鎖上，還須解釋門鎖爲甚麼是卡著的。」

我見眾人都皺眉不語，便道：「我也想過這個問題。是不是他們用了挑鎖工具來鎖門，所以啓動了裡面的機關，把門鎖卡著了？」

他搖頭道：「不對。如果插入鎖內的並非正確的鑰匙，最輕微的扭動都會立即啓動機關，把鎖卡死，不會讓本來開著的鎖先關上才卡著，也不會讓本來關著的鎖打開了才卡著。昨天我反覆試驗了許多次，都確是這樣。不然的話，又怎稱得上是『不可能挑得開的鎖』呢？更何況，我昨天用放大鏡檢查這個鎖的時候，亦沒有發現任何被挑過的痕跡。」

田尼道：「那麼兇手到底是在門上做了甚麼手腳呢？」

福邇道：「我需要十來二十分鐘的時間準備。嘉咸街往下走不遠有間茶居，不如大家移步到那裡喝杯茶，待我準備好了，便過來找你們。」

⊕ ⊕ ⊕ ⊕

我們沿街往荷李活方向走，來到福邇所說的茶居坐下，點了兩壺水仙，又見這時快到佛誕，鋪子裡已擺了一些欒樨餅出來[14]，便叫了一些給大家吃。店家認得我，好像很想過來問候的樣子，但看見我的同伴有的穿著差人制服，又有西人和印度人，終於還是卻步，匆匆捧了茶點上來便退下了。

昆士和葛渣星昨天看過福邇研究門鎖，當然知道他將會玩個甚麼把戲給大家看，但兩人都只是微笑不語，沒有透露箇中玄機。我們討論了一會案情，不久福邇過來說準備好，我們便急不及待結帳隨他回去華笙堂。

來到大門前，福邇便跟我道：「華兄，現在請你爲大家再重演一次昨天開門時的情況，但你一定要依足我的指示，我說做甚麼動作你便做甚麼動作，千萬不要做多，明白嗎？」他見我點頭，便道：「好，那麼請你把鑰匙插進鎖裡，先向右扭一扭試試看，然後馬上放手，把鑰匙留在鎖內。記著，只是向右扭，然後放手，任何別的不要做。」

我依言掏出門匙插進匙孔，可是向右扭的時候卻發覺鎖卡著了，扭不動。我奇道：「咦？你挑過鎖嗎？」

福邇微笑不答，卻問：「你說這個鎖現在是不是關上的呢？」

我答道：「當然是關上了。」

福邇道：「眞的嗎？」他碰也沒有碰鑰匙，只是轉一轉門把，輕輕推開了大門。

我看得傻了，其他人亦不禁嘖嘖稱奇。田尼問：「怎會這樣的？」

福邇道：「你們還不明白嗎？大門根本沒有鎖上。」他指指門旁，鎖舌果然是縮了進去的。

我傻道：「但剛才門鎖明明是卡著的。」

福邇道：「華兄，你再回想一下你昨天打開這道門時的情況吧。」他一邊解釋，一邊比劃。「你把鑰匙插進鎖裡，向右扭的時候發覺卡著，接著便怎樣做呢？」

我道：「向右扭不動，接著自然是把鑰匙向左扭……」

他道：「不錯。剛才要不是我事先再三聲明，你把鑰匙向右扭不動之後，大概也會自然而然的向左扭吧。」說著他把插在門上的鑰匙向左一扭，鎖舌便應聲彈出。

麥當奴抓了抓鬍子道：「我還是不懂。」

福邇道：「兇手利用這款防盜鎖的特點，故佈疑陣。昨天華兄開門的時候，門鎖其實是沒有關上的，但鎖內的機括卻已被啓動，所以鑰匙插了進去便被卡著，不能向右扭。他根本沒有想過門鎖其實已是開著的，接著便自然而然把鑰匙向左扭，把鎖內的機括鬆開，殊不知這樣亦同時把鎖關上了。」

---

14 欒樨餅，常被寫作「蒝荽餅」，廣東人在農曆四月初八慶祝佛誕（浴佛節）時所吃的傳統節令食物。欒樨亦稱「燕西」，即鬧苞菊，葉子有安腸暖胃的功效，但由於字僻，又與「芫茜」（蒝荽，即香菜）音近，故很多人誤會欒樨餅是以後者作為材料。

我問：「但兇手是怎樣啓動鎖內的機括呢？除了正確的鑰匙之外，任何別的東西插進鎖內都會啓動機括，但既然門鎖一直是開著的，你之前又說他們沒有挑過鎖，那麼門鎖又怎會卡著呢？」

福邇道：「因爲兇手並不是出了大門之後才從街外挑鎖，而是仍在屋裡的時候先把門鎖拆開來做了手腳。」

他帶我們進門，指著門鎖說：「我檢查這道門的時候，在外面看不到任何挑過鎖的痕跡，但在屋裡卻發現把鎖鑲進門裡的螺絲，全部都被鬆開過又再重新轉緊，表示有人不久前拆開過門鎖。在街外當然沒可能這樣拆開門鎖，但在屋裡卻易如反掌。兇手拆開了門鎖，露出裡面的機件，便扳下防盜機括把鎖卡著，再把門鎖重新安裝好。這樣，他們離開屋子的時候把門關上，門鎖其實依然是開著的。到華大夫昨天把鑰匙插進去的時候發覺卡著，自然而然的朝相反方向一扭解開機括，卻不知道與此同時亦把門鎖關上。兇手很有心思，知道華大夫對這防盜鎖的操作有先入爲主的想法，便一定會以爲門是一直鎖著的，只不過是有人試挑過，但沒有被打開。」

我聽了他解釋，忍不住嘆道：「高明！」

昆士笑道：「再高明也怎及得上福先生呢？」

田尼和活豪士互望了一眼，後者便轉向福邇道：「非常多謝你，福先生。經你解釋，整件凶案的過程再清楚不過。毫無疑問，死者是在夜裡被外人潛進屋裡殺害的，與華先生無關，他只不過是發現屍體而已。」

田尼也跟我道：「我的下屬調查不當，爲你帶來諸多不便，我再次代表巡捕房向你道歉。」

⊕ ⊕ ⊕ ⊕

又過了一天，差人終於查到化身羅姓父子的兩個疑犯曾在上環一間小客棧住了一個多月，但在我發現屍體的當日便已退房，之後下落不明。福邇改爲調查白昇彤的底細，發現他原來多年前由廣州來香港，便上了省城幾天追尋眞相，回來後即約我到大館跟田尼、昆士和葛渣星會合，向我們交代事情始末。

待眾人在田尼辦公室裡齊集，他便道：「十六年前，廣州四牌樓粵興金鋪發生盜竊案，夜裡被人潛入店內，開啓了裝置不久的夾萬[15]，偷去一批珠寶和金條。由於門鎖及夾萬都沒有撬動過的痕跡，所以便懷疑有內應。事發後，有人匿名致函衙門告密，揭發是金鋪一名店員監守

15 粵語「夾萬」即指保險箱或保險櫃。

自盜，串同不久前安裝門鎖和夾萬的鎖匠及其學徒一起犯案。衙門拘捕了三個疑犯，果然在他們家裡搜出少量贓物，但賊人落網後卻供出另外還有第四名同黨，原來竟是金鋪姓薛名通的掌櫃。三個犯人堅稱薛通才是竊案主謀，但這時他與還未尋獲的賊贓都早已不知所終。官府但求草草決獄，便把金鋪店員當作主犯，依法判處絞刑，鎖匠和學徒兩名從犯則流放邊疆，薛通吞贓潛逃之事也就不了了之。」16

昆士道：「一定是這個薛通向官府告密，出賣三個同黨，自己獨吞贓物，遠走高飛！」

我道：「這麼說，白昇彤其實便是薛通了？」

福邇點頭道：「不錯。以白昇彤的年齡和容貌特徵，以及前來香港定居的時間來看，他正是金鋪掌櫃薛通無疑。他來到香港改名換姓，當然是以防被他出賣的共犯尋仇，而選擇在嘉咸街置業，可能是想到『大隱於市』，藏身於這麼熱鬧多人的地方反而比僻靜之處來得安全。」

我嘆道：「白昇彤——應該說是薛通——待我不錯，眞想不到他原來竟是這樣的人。那麼兩個兇手呢？你有沒有查出甚麼？」

福邇繼續道：「流放邊塞的兩人，鎖匠姓畢名鐸，學徒叫毛亞輝，我查出他們服刑期滿後，直到去年才輾轉回到廣州。薛通一定是聽到消息，害怕萬一他們找到香港來，便想到利用華兄作爲護盾。可是仇人看準機會，趁華大夫不在醫館時向薛通下手；又因爲兩個兇手都是鎖匠出身，便懂得怎樣造成死者反鎖在家裡自殺的假象。」

田尼問：「你查到兩個人的下落嗎？」

福邇搖頭答道：「我調查所得便只有這麼多了。他們兩個殺了人之後多半不會在本地久留，但如今就算能夠查明他們逃回國內甚麼地方，香港官方也難以要求大清把他們拘捕押解回這裡受審。」[17]

嘉咸街命案終以兇手蹤杳而告一段落之際，班拿和他的沙展亦因濫用私刑而被開除。田尼身爲香港巡捕房總管，一向以公正嚴明聞名，但手下差人眾多，分佈又廣，難免良莠不齊，當中貪黷枉法的害群之馬，其實又豈止班拿和那沙展兩個？無奈一般華人懾於這些洋差的淫威，從來都只是敢怒不敢言，不然田尼也不用等到有我出來指證方能收拾這兩個敗類。至於那個目睹班拿兩人濫暴後仗義陪我作供的囚犯，雖然沒有因此減刑，但我念在他夠骨氣，便答應待他

---

16 福邇在本故事較早時推測實為流放犯的「羅氏父子」所犯罪行不必在面上刺字，應該是根據《大清律例．刑律．賊盜中之二．竊盜》所載，「凡竊盜……初犯並於右小臂膊上刺『竊盜』二字，再犯刺左小臂膊，三犯者絞。」同一條文亦註明，刑罰根據贓物價值而定，一百兩至一百二十兩判杖一百及流放二千至三千里，一百二十兩以上判絞刑，「從者各減一等」。

17 香港於一八八九年通過的《中國人引渡條例》（Chinese Extradition Ordinance），只適用於由香港把中國籍罪犯引渡到大清受審的情況，但並不適用於由大清境內把在香港犯案的罪犯引渡回港受審。關於十九世紀中港之間的引渡問題，亦請見神探福邇故事〈十字血盟〉。

服刑期滿後幫助他找一份正當職業，改過自新。

由於年前上述差人包庇人販子一事已令巡捕房毀譽不堪，官方對於是次案件便不甚張揚，只向新聞紙透露了白昇彤被殺後兇手逃逸，卻完全沒提到我竟遭誤捕及班拿和沙展革職。饒是這樣，眞相依然在城中傳了開來，聽到我脫罪和除去了兩個惡差的坊間百姓無不撫掌稱快；相反，西人圈子裡從來不乏護短徇私之輩，聞說許多英國官民便私底下狠評田尼犯不著爲了維護一個中國人而不惜影響手下洋差之間的士氣。

我伴隨福邇探案多年，早認識到歐西現代刑法制度，的確處處比中國傳統律例爲優，然而直至自己險遭冤獄，方才明白到如果司掌法律者其身不正，則多麼完善的機制亦形同虛設而已。這次若非有何啓和福邇爲我辯護徊偵，及田尼總管和幾位幫辦奧援，眞的恐怕未必避得過羈獄之災。

侯健在此事中表現出眾，便因而平步青雲。不到半年，遙在香港島南邊的赤柱差館剛好有個空缺，需要一個中英文皆流利的沙展，田尼有意提拔，便把他晉升一級，調派該處。侯健人緣甚佳，赴任不久，當地歐籍居民便以赤柱的英文稱呼給他起了個洋名「史丹利」，[18]後來還給福邇和我從那偏遠地方帶來一宗奇案——不過這又是另外一個故事了，留待他日再饋看官。

18 香港島南面的「赤柱」，明朝地方誌《大粵記》已有記載，原為島上漁民主要聚居的地方之一，清朝時亦曾駐兵於「赤柱汛」。地名據說來自當地有如赤紅色柱子的木棉樹，英文名稱則是紀念香港開埠時的英國殖民地大臣（後三度任首相）斯坦利勳爵（Lord Stanley, 1799-1869）。

舞孃密訊

西曆一千八百九十二年，即光緒十八年壬辰，不覺已是我在香港住下來的第十一年，成家立室亦已有三載，可說已經落地生根了。之前那年，於題曰〈駐家大夫〉一案中，我險遭冤獄，雖然幸得福邇解救，還我清白，但原本在嘉咸街經營的醫館亦因而關門大吉。事後，我便在位處中環與上環之間的中國街租了一個小鋪頭，搬到那裡繼續爲人看病。

因爲新業開張，雜務繁忙，這一年間偶爾有暇協助福邇偵破的案件不多，其中最廣爲人知的，是滙豐銀行買辦羅鶴朋虧空百萬圓鉅款潛逃一事，唯案情無甚曲折之處，本地各大新聞紙亦已經報導得極爲詳盡，是以不必複述。

此外，惡名昭彰的黑道老大黃墨洲亦於這年去世，然而卻並非如外間所言般壽終正寢，而是死於非命；唯因箇中隱情牽連甚廣，所以儘管福邇和我知曉背後眞相，卻不便在此公然透露。回顧這年裡所參與的其餘案件紀錄，若要選擇一宗最詭譎蹊蹺的與讀者分享，則莫過於以下敷陳的故事。

話說即將入夏之際，已好一會沒跟福邇見面了，但有一天，我忽有要事急著相告，便一早到他位於荷李活道西端的寓所。我本還擔心他未起床，但侍婢鶴心給我開門時說，公子剛用罷早點，我聽了之後便急不及待跑上樓梯。

福邇一見我走進廳子，也不等我開口，便馬上笑吟吟對我說：「華兄，恭喜你將再為人父了。」

我愕然道：「瑪麗也是昨晚才告訴我的，你怎會這麼快便知道？」吾妻篤信耶穌，我雖然沒有隨她入教，但私底下也習慣了用其英語教名「瑪麗」稱呼。

福邇莞爾道：「這種事情，女人家一般都會先讓閨中密友知道，然後才告訴丈夫的。你沒有留意，鶴心近來頻頻到府上探望嫂子嗎？她每次過去之前，都先在廚房準備一些薑醋，雖然沒有跟我說，但怎瞞得過我的鼻子？嫂子想必是一時還未肯定夢熊有兆，不好意思讓你看見她吃這東西，所以才沒有讓你發覺。再說，通常你日間到訪，大多是出診之後路過才會順道上來坐坐的；但今天你來得這麼早，又沒有帶藥箱，顯然還未到過醫館，所以我一見你喜上眉梢的樣子，便知道一定是特地過來給我報個喜訊。」

我聽了也不禁失笑：「一聽你解釋，才知原來這麼簡單。」

他也笑道：「從來都是這麼簡單。來，我給你賀一賀！」

這棟房子是仿西式建築，大廳一邊設有一個小壁爐，但因香港的天氣很少需要生火取暖，福邇便把本應放置煤炭的鐵桶另作別用。這時他便走到壁爐旁的煤桶，揭起蓋子，拿出兩根存放在裡面的呂宋煙，用平時插在案頭的匕首割掉末端，遞了一根給我道：「西人添丁時，喜歡跟朋友一起抽呂宋煙來慶祝，我這些是來自美洲的上等貨，你試一試吧。」[1]

福邇自從幾年前戒掉鴉片陋習之後，除了吸慣的水煙之外，也喜歡上洋煙斗和呂宋煙，但我嫌氣味太濃，一直沒有試過。不過這時聽他這麼說，便姑且開一開葷吧。他擦亮火柴給我點煙，道：「這煙很強烈，不要吞下，讓它在喉舌間慢慢滾動，品嘗一下味道再吐出來。」我依言照做，發覺果然無比醇郁，別有一番滋味。

我們坐下，一邊吞雲吐霧，一邊閒聊，過了一會福邇便道：「前兩天我接了一宗怪案，雖然似乎是雞毛蒜皮的小事，卻十分耐人尋味。有興趣聽聽嗎？」

我答道：「當然想聽。」

---

1 中文「雪茄」這個譯名，據說是徐志摩在一九二〇年代所創。在故事發生的清末，由於流入中國的雪茄煙大多產自菲律賓及印尼等東南亞地區，所以就算是文中福邇所指來自中美洲古巴等地較高級的雪茄，亦都蓋以「呂宋煙」泛稱。

他道：「來找我的是一位姓顧名熙堂的先生，才二十五六歲年紀，便已經很有作爲。他是上海人，入讀過美國人開辦的林華書院，[2]其後又到日本留學數年，所以精通英、日兩種外語，回國後便馬上受一家大工廠所聘，專門負責外國事務。幾個月前，他成了親，不久之後工廠又把他調派來香港，在這邊主理一單大生意。他目前和新婚妻子在中環己連拿利谷租住一間小洋房。」

我道：「聽起來，這位顧先生命途一帆風順，又會有甚麼事情要找你呢？」

他答道：「事情不是出在顧熙堂自己身上，而是他的妻子。上個禮拜，有人在顧家門口對面的牆壁上畫了一些古怪的塗鴉，顧先生本來不以爲然，只道是附近的頑童惡作劇。但當他夫人看見之後，儘管不動聲色，但顧熙堂依然看得出妻子被這些塗鴉弄得極爲不安。顧先生命傭人把這東西抹掉。可是前幾天，牆上又出現了新的塗鴉，再次讓夫人魂不守舍，顧熙堂忍不住追問，但夫人卻矢口否認。顧先生無奈，便在傭人抹掉塗鴉之前，偷偷抄錄在紙上，次日馬上拿來找我幫忙。」福邇起身走到書桌，拿起一張字條遞給我看，只見上面畫了一些奇怪的圖案：

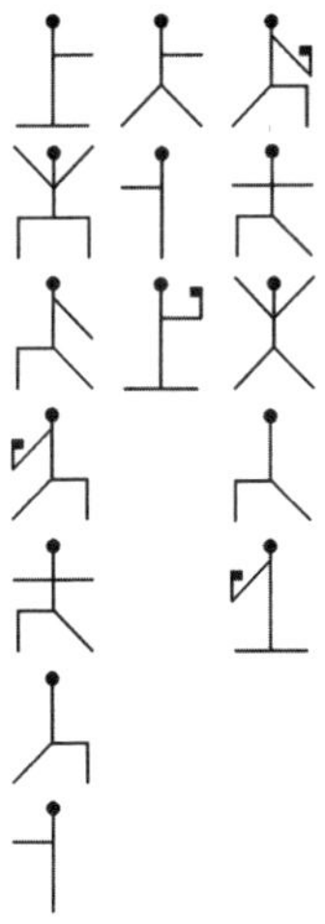

我奇道：「好像小孩子畫的人形，手舞足蹈似的，有甚麼好害怕呢？顧先生的妻子是哪裡人？」

福邇道：「顧熙堂告訴我，他的夫人原籍浙江，本姓白，芳名羽靜，比丈夫小一兩歲，是一位很有教養的女子。她是個獨女，父母均已去世，留下了一點遺產，足夠讓她遠赴日本求學，她跟顧熙堂便是在當地認識的。兩人回國後依然保持聯絡，日久情生，去年終於成了親。」

我道：「不是我多疑，但會不會是顧夫人有甚麼不可告人的祕密，瞞著丈夫？」

他嘆道：「你我旁觀者清，這個自是顯然易見，但顧熙堂新婚燕爾，難免當局者迷。古語

---

2 林華書院，即上海中西書院的原稱，於一八八一年由著名美國傳教士林樂知（Andrew Young John Allen, 1836-1907）創辦，一九一一年併入東吳大學。

有云：紅顏禍水。他隨身帶著妻子的小照，給我看過，確是一位美人。但英語亦有句話，謂愛情是盲目的。顧先生便囑咐我千萬不要驚動他的夫人，只可以暗中調查。爲今之計，只好從這些圖案著手。華兄，你怎麼看？」

我沉吟道：「看來是某種暗號吧。」

他點了點頭，道：「我也是這麼想。古今中外，諸如流氓乞丐、鼠竊狗盜之輩，往往會在住宅外牆劃上暗號，給同道中人留下信息，讓他們知道哪一家會施捨飯菜、哪一家內有惡犬等等，但一般頂多兩三個符號，很少會寫得這麼複雜。這些符號看來更像幫會或其他江湖組織用來互通信息的密碼，以特殊的符號來代替文字。」

他這樣說，我便大惑不解了：「筆劃這麼少，怎能代替文字？」

福邇道：「漢字結構複雜，用這樣簡單的符號，固然難以代替部首筆劃；但假若這些人形圖案是音標符號的話，那便沒有問題了。」

我道：「音標符號？你是說，像拉丁字母嗎？」在香港多年以來，我先後跟福邇和內子都學過英文，所以對拉丁字母毫不陌生。

他答道：「不錯，即是說，像拉丁字母那樣，把字的發音拼出來。」

我搔搔下巴問：「那麼這些符號會不會代表英文字？顧夫人懂英語嗎？」

福邇道：「顧熙堂說他妻子確是懂得一點英語的，但以我判斷，這些符號不會代表英文字。假若每一個人形符號是代表一個拉丁字母的話，那麼根據歐洲文字由左至右橫寫的方式，爲甚麼會寫成這個樣子呢？如果每一橫列代表一個單字，那麼爲首三列拼出來的每一個單字都只有三個字母。這雖然有點奇怪，倒還說得通，但再看第四五列，爲何在兩個字母之間留一個空位呢？而最後兩列，難道都是只有一個字母的單字嗎？」

我拿著字條想了一想，道：「會不會是空位代表一個單字結束、下一個單字開始呢？如果是這樣的話，由左至右、上至下一路數落去，字條上便有四個單字，第一個單字有十個字母，第二和第三個字各有兩個字母，而最後一個字則只有一個字母。」

他讚道：「這個想法不錯，我也考慮過。但若是這樣的話，第三和第四個單字之間，便等於留了兩個空位了。爲甚麼要這樣呢？人形符號的排列方式，跟橫寫的歐洲文字根本格格不入，依我看，反而更像東亞文字般，是由右至左豎著寫的。」

我驚訝道：「那麼這些符號是中文了？但何以表達聲調呢？」我學曉的英文雖然有限，但也知道洋人用拉丁字母音拼中文字詞的方法，難以表達漢語單音的不同聲調，所以很多時候若非知道中文原文是甚麼，光看字母拼法，便根本不知所云。

福邇道：「既然顧熙堂夫婦都是中國人，我們先假設密碼所寫的是中文，也很合理。但他們兩人亦在日本留過學，所以不能排除也許是日文。你說得對，漢語至今仍未發展出一套完善的音標方法，確是一大弊病。我們滿洲人，又或是蒙古人的文字，跟中文截然不同，本來就是一套用來標音的字母。但日本和朝鮮語文跟中國比較相近，歷來亦有使用漢字，可是兩國依然發展出『假名』和『諺文』的標音方法，對解決百姓文盲大有幫助。這點我國仍需向他們借鏡。」[3]他頓了一頓，又道：「不過話說回來，中文也非未嘗出現過實用的標音方法，只不過並非用於教育，而是用於軍事。你一定聽說過戚繼光的『反切碼』吧？」

我原籍福建，又是大清同武進士出身，當然對這位在我家鄉大破倭寇的名將非常熟識，但虧我讀過他所著的《紀效新書》和《練兵實紀》，對福邇所說的「反切碼」卻只聞其名而不知其詳。

福邇見我面有愧色，便解釋道：「戚將軍是一位千古奇才，除了武藝和兵法當世無雙之外，還發明了一種難以破解的密碼，使用的便是漢字反切注音的原理。他寫了兩首短詩作爲口訣，詩裡的字包含了反切拼音可能用得著的所有不同音韻，然後把兩首詩裡每個字依照次序編成一二三四五等數目字。這樣，組合兩個數字，便知道是用第一首詩裡的第幾個字作爲反切的上字，和第二首詩裡的第幾個字作爲反切的下字。」

我「喔」了一聲，道：「那麼跟韻書裡的反切注音沒有甚麼分別。」[4]

他搖頭道：「但也不是完全一樣。反切碼有別於韻書裡反切注音之處，在於韻書只需使用兩個字作反切便足夠，因爲用來反切的下字除了字韻之外還包含了聲調。但戚繼光反切碼所用的第二首詩，所用的字只代表字韻，卻不代表聲調，因爲不然的話，詩裡所要用到的字便會增加許多倍，不但難以記憶，在應用亦極爲不便。所以，反切碼還要用到第三組數目字，來代表所指的字的聲調。」

我道：「即是說，密碼中的每個字都由三個數目字代表，第一個數字表示第一首詩裡第幾個字是反切上字，第二個數字表示第二首詩裡第幾個字是下字，第三個數字則表示是第幾聲調。」

福邇點頭道：「對了。當年戚將軍反切碼所用的是建州話發音，但我們不妨改用官話和傳統四聲來作示範。假設代表反切上字的第一首詩，首句是『床前明月光』，而代表反切下字的

---

3 日韓兩國在古代皆使用漢字書寫，前者較早出現標音文字，約於公元五世紀便已出現了三百年後用來編寫詩歌總匯《萬葉集》的「萬葉假名」。幾經演變，到了明治時代才標準化成為與漢字混合書寫的「平假名」，和用於外來語及特殊詞彙的「片假名」。至於韓語所用的「諺文」，則是十五世紀朝鮮王朝世宗在位時創造的音標文字，有十個代表元音和十四個代表輔音的符號。在本故事發生的年代，中國的「切音字運動」亦剛開始，主要派系有提倡使用羅馬字母標音的「拉丁系」，和受日語影響而提倡使用符號的「假名系」。

4 漢語傳統的「反切」拼音方法，一般拿取兩個常用漢字不同的音部來代表發音：第一個字稱為「上字」，取其開首輔音，第二個字稱為「下字」，取其元音和聲調，合拼起來便知道所指的發音。

第二首詩首句是『故人西辭黃鶴樓』，我們再把『平上去入』四聲編作一二三四，那麼『三七二』你道是甚麼字？」

我邊想邊答道：「第一首詩第三個字是『明』，第二首詩第七個字是『樓』，四聲第二聲是上聲。上『明』下『樓』兩字反切作上聲，即是『某』字！」[5]

他點頭笑道：「對了，很容易吧？」

我問：「但當前的密碼是人形符號，不是數目字，怎樣用作注音呢？」

福邇道：「你還沒有看出來嗎？人形符號手腳姿勢的互相配合，似乎是自有理路的。依我看，這必定是這套密碼注音的方法。」他捏了一捏眉心，又道：「就算不知道製作密碼的竅門，光從表面分析符號，也是有跡可循的。不過雖然我已有一點端倪，但目前只有十來個符號作爲依據，還不足夠讓我推敲。我跟顧熙堂說，若有新的人形圖案出現，便馬上抄錄，送來給我研究。」

聽他說到這裡，我忍不住又問：「其實躲在附近暗中觀察，偷看來畫符號的是甚麼人，豈不是更簡單？」

福邇卻道：「己連拿利谷十分僻靜，戶外又沒有甚麼地方好藏身，而顧熙堂不想驚動到夫人，所以也不能躲在家裡偷望街外。再者，亦不知道還要等多久才會有人再過去畫符號，我固然不可能自己日以繼夜在附近監視，亦不能派幾個『荷李活道鄉勇』守候在旁。唯有破解這密碼，方是上策。」他戲稱爲「荷李活道鄉勇」的，其實是一群經常爲他辦事的街童。他看看壁爐台上的自鳴鐘，又道：「我已經耽誤你太久了，時候不早，你還要回醫館呢。我一有發現，再跟你聯絡。」

⊕ ⊕ ⊕ ⊕

我本來還以爲不會太快有消息，誰知過了幾天，福邇便遣了個「小鄉勇」給我送來一張字條，上面只寫了四個字：「密碼已破。」

我見字不禁好奇之心大起，收鋪後便馬上過去找他。福邇早在等我，一見我進門，便把一張畫滿跳舞人形的紙條遞給我看，道：「兩天前早上出現的新密碼。」

5 抗倭名將戚繼光（一五二八—一五八八）所發明的反切碼原用建州話（閩北話）發音，據說他的下屬陳第為了方便部隊學習閩語而使用這套密碼，便撰寫了《戚參軍八音字義便覽》作為配合。到了乾隆年間，這本書跟《太史林碧山先生珠玉同聲》合匯成《戚林八音》，至今仍是福建語系的代表性韻書。文中福邇示範反切碼時改為官話發音，所用的是傳統「平上去入」四聲，有別於現代標準漢語裡的四聲（即陰平、陽平、上聲和去聲，沒有了入聲）。

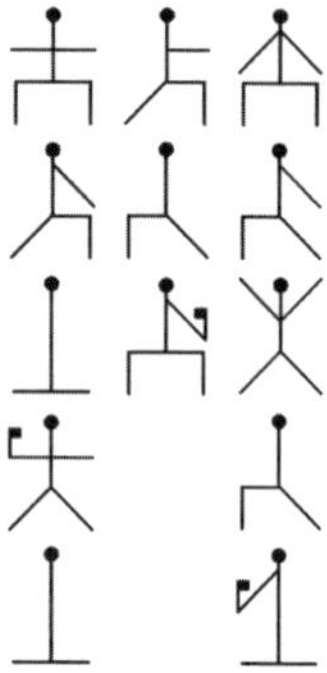

我急問：「只憑兩份抄本你便破解了密碼？」

他道：「本來沒這麼快破得了的，但我走運，發生了一件事情，讓我掌握了破解密碼的關鍵。」他請我坐下，繼續道：「兩天前，顧熙堂派人送來一份新密碼抄本，想不到昨天傍晚竟然又突然來找我，你道是甚麼事情？原來昨天中午，顧先生一位同僚碰巧出外辦事，在中環街上無意中看見顧夫人，好像是在等人的模樣。」

我問：「這又如何呢？」

福邇道：「顧先生本來也不以爲然。這位同僚曾到顧府作客，所以認得顧夫人，但昨天因爲有事在身，又是隔著馬路遙遙望見，所以沒有過去打招呼，回到寫字樓才跟顧先生提起。起初顧先生也不當作一回事，但下班回家後，偶然問起妻子當天可好，她卻說臨近中午時有點不適，午飯也不吃便回房休息，一睡便睡到兩三點鐘。」

我道：「說謊！她偷偷溜了出來吧？」

福邇道：「我問清楚顧熙堂，他們寢室另有一道門直開往後花園，從花園繞往街上便可以避過屋內傭人的耳目。顧先生聽了妻子扯謊，但又不敢當面拆穿，忐忑不安之際，只好推說突然想起還有要事忘了辦，要急回寫字樓處理，便趕來這裡告訴我。」

我一拍大腿道：「我們之前想的不錯，顧夫人確有不可告人的祕密，瞞著丈夫！但這又如何讓你破解密碼呢？」

他道：「因爲我靈機一觸，想到畫在牆上的密訊，說不定是用來通知顧夫人會合的時間和地點的。知道了大致內容，要破解密碼便不會太困難。華兄你試想想，假若你是留下密訊的人，要用最簡單的方式，讓顧夫人知道何時何地會合，會怎樣寫呢？」

我聽他這樣說，開始明白他的意思，便答道：「最簡單的方式，當然便是寫下日期、時間和地點。」

福邇點頭道：「對了。這兩道密訊，都各有三行人形符號，我們不妨假設，第一行符號代表日期，第二行代表時間，第三行代表地點。」他把抄錄了人形符號的兩張字條並排攤在桌上，繼續道：「我們先看看每道密訊的第一行符號，你看出有甚麼特別的地方嗎？」

我眼前一亮，道：「兩道密訊的第一行，最後三個符號是一模一樣的！」

他道：「不錯。既然我們假設，密訊第一行的符號代表日期，那麼你再想一想，無論寫的是甚麼日期，有沒有任何字詞是一定會使用的？」

我搔了一搔額角道：「應該是『月』和『日』兩個字吧？」

他搖頭道：「『某月某日』的『月』和『日』兩個字，一定會分開來寫，不會像這三個符號般連在一起。況且我們知道，第二道密訊出現之後隔了一天，顧夫人便去中環等候，所以第一行符號如果眞的是告訴她後天赴約的話，也用不著寫明何月。還有甚麼字詞，是寫日期時會反覆使用的？」

我恍然大悟道：「如果寫的是一個禮拜裡的哪一天，便是『禮拜』兩字了。也可能是『星期』。」

福邇喜道：「對了。」

我道：「但『禮拜』或者『星期』都是兩個字，怎會用上三個符號呢？而且若是代表禮拜一二三等等，這幾個符號應該在第一行開首才對，不應該在最末。」

他得意洋洋道：「這是因爲這些符號不是用來寫中文之故。」

我驚奇道：「不是中文？」

福邇道：「你忘了顧夫人在日本留過學嗎？我也早說過，不能排除密訊所寫的是日文。日文命名一週七日的方法，是用日月和金木水火土五星組成的『七曜』，這三個符號所代表的，便是日語『曜日』這個詞語的發音。」

福邇早年在東洋留過學，精通日語，這時便引我到書桌，拿起鋼筆，一邊寫一邊給我解釋：「我用拉丁字母來給你寫下拼音，會更容易明白。日語『曜日』讀作 yaubi，所以這三個人形符號便是代表 ya、u 和 bi 三個音。」他在第二張紙條上這幾個符號旁寫下字母發音，又道：「既然我們知道顧夫人看了第二道密訊後，在甚麼時間和地點赴約，那麼便可以推斷密訊內容，以此破解密碼。顧夫人赴約的日子是昨天，即是禮拜四，日文叫『木曜日』，讀音是 mokuyaubi，所以第二道密訊第一行爲首的兩個符號，是代表 mo 和 ku 兩個音。」

他在所說的符號旁又加上了字母發音，繼續道：「我們再看這道密訊第二行，假設這一行符號所代表的是時間。我問清楚顧熙堂，他的同僚說看見顧夫人站在畢打街大鐘樓下面，當時大鐘剛好敲響十二點鐘，日文稱爲『十二時』或『正午』，讀作 juuniji 或 seugo。既然這一行有三個符號，不會是指日語裡有五個音標的『十二時』，所以一定是指有三個音標的『正午』。其中代表 u 的符號，我們剛才已經遇過，果然吻合，現在又破解了代表 se 和 go 的符號。」[6]

福邇在字條第三行每個符號旁寫好字母發音，用筆尖指指最後一行道：「第三行符號代表地點，破解密碼更是容易不過了。顧夫人站在鐘樓下等人，日語稱鐘樓爲『時計台』，讀作

tokeidai。這五個都是新符號，其中代表i音的出現兩次，另外三個符號是to、ke和da。」他又再寫上拉丁字母，把字條上每一個符號都給填上了發音。

我忍不住拍案叫好：「了不起！」

福邇淡然道：「雕蟲小技而已。我破了第二道密訊後，便回頭再分析顧熙堂最初給我的第一份密訊，看看能否解譯更多的符號。」他指著第一張字條，繼續道：「已知第一道密訊第一行符號代表『某曜日』，可是爲首兩個符號都是未經破解的。但你有沒有察覺，第一個人形符號，其實很像我們已知道是代表ke音的符號？唯一不同的地方，是這個人形符號，多了一個好像握起拳頭的部分。環觀所有的人形符號，很多都是有這個握拳部分的；這令我想起日語假名的一個特點。華兄，你大概不知道甚麼是『濁點』吧？」

我苦笑道：「我怎會懂呢？」

他道：「『濁點』是日語用來標明清音和濁音之分的符號，在假名旁邊加上兩個小點或一個小圓圈，便是代表把清音轉爲濁音。我一想到這點，便發覺之前破譯了的符號之中，握起拳頭的幾個人形bi、go和da果然都是濁音，而其他沒有握拳的人形則都是清音。假若讓人形符號上的拳頭代表濁點，那麼第一道密訊開首的符號其實便是在清音ke上加個拳頭，變爲濁音ge。日語getsuyaubi即是『月曜日』，是禮拜一的意思；第一行開頭兩個符號，便是代表ge和tsu兩個音。」

他在第一張字條第一行人形符號旁寫好拉丁字母發音後，再道：「接下來第二行表示時間，只有三個符號，都是未經破解的，但最後一個人形符號握著拳頭，所以知道是濁音；我推測應該便是ji，因爲『某某點鐘』日語叫做『某某時』，ji便是『時』字的讀音。」

他記下所說符號的發音，便繼續：「既然這行只有三個符號，而最後一個符號是個『時』字，那麼整句絕不會是『某時半』、『某時某分』；而『時』之前有兩個標音符號，符合日語發音的便只有『一時』、『三時』、『六時』、『七時』和『八時』幾個鐘點。密訊看來沒有說明上午還是下午，所以我們可以排除六七八這三個鐘點。」

福邇的腦筋轉得太快，我一時跟不上，便問：「爲甚麼呢？」

他微微一笑道：「因爲若是六七八點鐘點的話，怎知是早上還是晚上呢？而且上午這幾個鐘點，顧熙堂可能還未出門上班，但到了下午這幾個鐘點卻可能已經下班回到家裡。如果你要跟一位有夫之婦祕密見面，總會相約在她丈夫不在家的時候吧？」

---

6 文中密碼使用的是明治時期的舊式日語注音拼法，某些字詞跟現代注音方式稍有不同。現代日語「曜日」的注音是youbi，而「正午」則是shiyougo。

我一想又覺他說得不錯，忙道：「對、對。」

福邇又道：「所以，第二行符號不是代表『一時』便是『三時』。日語『一』字唸作ichi，但我們已經知道代表i音的人形符號是甚麼模樣，而至於chi音，其實便是ji音的清音，所以如果我的推測沒錯，應該畫作沒有握起拳頭的ji音人形。但看這一行符號爲首兩個符號，都是未經破解的新符號，所以必定是代表『三』；日語的唸法是san，這兩個新符號便是sa和鼻音n。」

他在所說的人形符號旁寫好拉丁字母，指著字條的最後一行道：「現在只剩下代表地點的第三行。雖然有七個符號，但有幾個已經破解，所以不難看得出是甚麼字。」他一邊在人形符號旁寫下發音，一邊道：「日語shiyokubutsu-en，是『植物園』的意思，所指的當然便是離顧氏夫婦住處不遠的『兵頭花園』了[7]。至此，我們手上的兩道密訊，便完全破解了。」

我當下爲之嘆服：「當真是神機妙算！」

福邇道：「我還未說完呢。」他拿起一張白紙開始寫字，繼續道：「依照日語假名五十音的次序，可以排列成五行十列的發音表。既然我們用拉丁字母來寫發音，那麼便用歐洲文字左至右的橫排方式吧。第一排是a、i、u、e、o四個『開口呼』和一個『合口呼』，第二排在它們每個前面再加上k音這個聲紐，成爲ka、ki、ku、ke、ko，之後每一排的聲紐依次是

s、t、n、h、m、y、r和w音，如此類推。另外還有一個獨立的結尾鼻音n，因爲並不是配合口呼的音標符號，不妨用大寫拉丁字母N來代表，把它寫在最末一旁，以作識別。我再把從兩道密訊解譯出來的人形符號，填進發音表裡給你看看。」[8]他依言畫上人形符號，很快便完成了這個圖表：

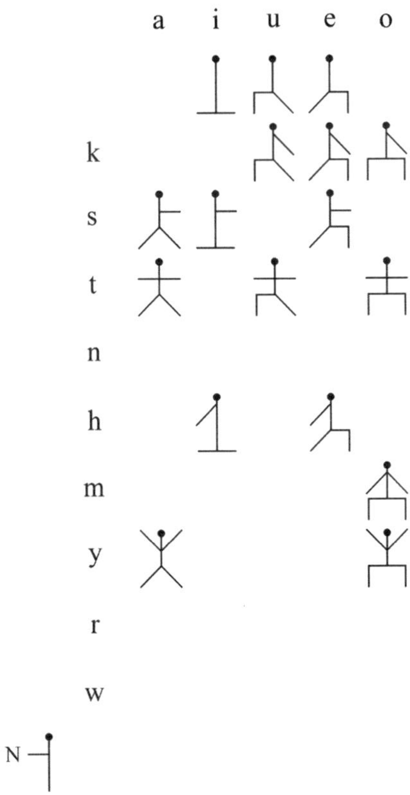

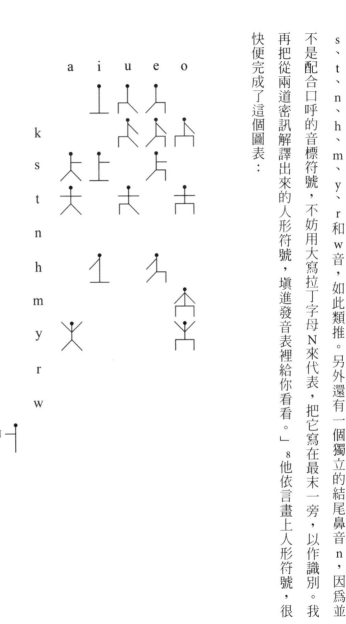

福邇道：「雖然只有十多個符號可填，連發音表的一半還不到，但已足以讓我們領悟出箇中玄妙。華兄，你看出來沒有？」

我端詳了一會，道：「除了最上一橫列的人形沒有手臂之外，其他的人形都起碼有一條手臂。」

他「唔」了一聲，追問：「還有呢？」

我聚精會神再細看一番，才發現剛才果然漏了眼，又道：「橫列的人形，似乎每列裡的手臂姿勢都是一樣的。還有，五行直豎的人形，看來每一行裡的腿部姿勢亦都是一樣的。但這表示甚麼呢？」

福邇道：「我不是說過，任何密碼都有跡可循嗎？憑著這些蛛絲馬跡，便足以讓我們推斷出其他還未出現的人形符號是甚麼模樣。」

我將信將疑問道：「怎樣推斷呢？」

他道：「你記得我跟你提過朝鮮的『諺文』標音字嗎？你也知道我幾年前去過漢城辦案，朝鮮話雖然沒有學會多少句，但倒還記得諺文的寫法。這些人形符號雖然是日語假名，但造字的原理卻反而有點像朝鮮諺文。朝鮮諺文雖然跟日語假名都同是音標符號，但兩者有顯著不同之處：日語的五十音，除了五個口呼音和一個鼻音之外，其餘的是把聲紐配在口呼音前面的混合發音，而每一個單音還分『平假名』和『片假名』兩種寫法，頗爲複雜。朝鮮諺文則有所不同，口呼音和聲紐是各自分開來標音的，所以總數沒有日語假名那麼多，只有二十四個基本音標符號，數目跟歐洲語言所用的拉丁字母差不多。朝鮮字你也見過是甚麼樣子的吧？用諺文所寫成的每個單字，其實便是用這些音標符號組合而成的；又因爲朝鮮話跟漢語一樣，一字一音，不像日語般有不少多音字，所以只需兩三個諺文符號便足以砌成一個單字。」

我聽了仍是似懂非懂，抓抓後腦道：「我還是不明白。」

福邇道：「你還沒看出來嗎？人形符號的結構，跟朝鮮諺文砌成的方式其實大同小異。人形的手臂姿勢代表聲紐，腿部姿勢則代表口呼，手腿之間的不同配合便砌成了每個日語假名的發音。勘破了這個原理，推斷其餘的未知符號便輕而易舉了。」

他開始用筆在圖表空白之處填上人形，來到中間完全空白的一列，便道：「這一排是n音聲紐配合五個開口呼，雖然所屬的人形符號至今還未出現過，但從已知的獨立鼻音N看得出

---

7 即香港動植物公園。由於位處香港總督官邸（現在的禮賓府）旁邊，而港督又是殖民地時代駐港英軍的最高司令，本地華人便慣稱之為「兵頭花園」。

8 由於現代聲韻學的術語當時仍未通行，福邇所用的是清代所用的傳統詞語。「四呼」（開口、齊齒、合口和撮口）之中的「開口呼」包括了a、i、e和o四個日語所用的元音，而「合口呼」則包括了u音。至於「聲紐」（亦叫「音紐」或簡稱「紐」），則是指放在元音前面的輔音。

來，代表這個聲紐的手臂姿勢是單臂向左平舉。」

直到把人形圖表填剩最後兩列，福邇才停下來道：「最後r和w兩列的十個人形符號，因爲一次也未曾出現過，所以無法知道其形狀。但除此之外，其餘所有符號都已破解，下次收到最新的密訊時，寫的是甚麼便馬上一目瞭然了。」[9]

他一邊填畫人形符號之際，我一邊在旁細看，發覺果然如他所言，人形的手腿姿勢全部都跟圖表所排列的子音和母音吻合。

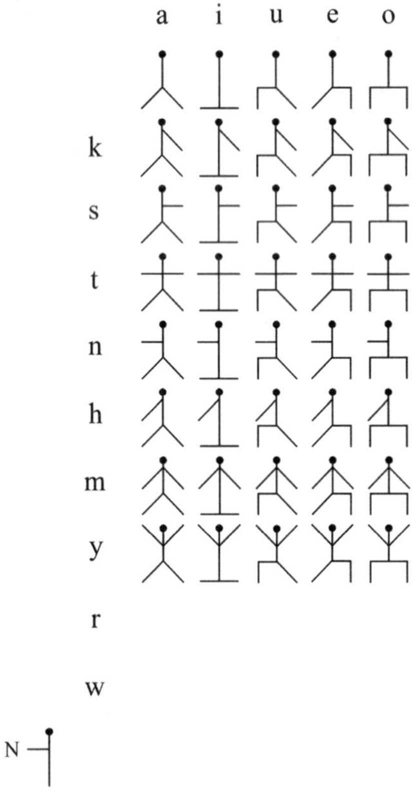

我由衷道：「縱是諸葛亮再生，遇上了你也要自愧不如！」

福邇謙道：「華兄你太過獎了。這種推斷方法其實簡單得很，可以稱之爲『刪除法』：只要把不可能的東西一一刪除，所剩下來的便必定是正確答案。解譯密碼如是，破案也如是。」

我問：「那麼你告訴顧熙堂你已經破解密訊了嗎？」

他道：「還沒有。雖然密訊是破解了，可是我們只知道有人用這個方法跟顧夫人相約祕密見面而已，但至於對方是甚麼人、有何目的，卻仍未有頭緒。若我現在告訴顧熙堂，未免操之過急，只會讓他疑神疑鬼，白白擔心而已。」

我深深不忿道：「還說沒有頭緒？他老婆分明是背著他去偷漢子！姦夫一定是日本人，九成是留學時認識的。」

福邇道：「對方應該是日本人無疑，但若一口咬定顧夫人與這人有桑間濮上之交，卻未免太妄斷了。別忘記，人形符號第一次在牆上出現時，顧熙堂並沒有抄錄下來；假設那次的密訊內容也是大同小異的話，對方至今已經跟顧夫人約見過三次，每次都是大庭廣眾的地點。要是

---

9 日語所用的假名雖然仍稱「五十音」，但其實在一九四六年經過革新之後，便只剩下四十七個。如今y音只有ya、yu和yo三個假名，是因為yi和ye跟i和e兩個元音其實沒有分別，所以棄之不用。另外，人形符號裡沒出現過的w音，現在也只有wa和wo兩個假名，沒有wi、wu和we。

偷歡的話，何不直接相約在酒店旅館之類的地方？我看密訊背後還別有隱情。」

他所言甚是，我便問：「那麼下一步怎麼辦？」

他答道：「當然是等待下一道密訊出現，譯出相約的時間和地點，到場暗中觀察，看看跟顧夫人見面的到底是甚麼人。」

⊕ ⊕ ⊕ ⊕

不到一個禮拜，這天正值夏至，我們福州人有「做夏」的習慣，內子雖在廣東長大，但成親後也學曉了我家鄉這種風俗，一早便吩咐傭人磨米炊糕，待我傍晚從醫館回家一起慶祝。通常每有節日時令，我都會邀請福邇帶同丫鬟鶴心過來我家一起吃飯，但我既知他正在辦理如斯一宗奇案，必定廢寢忘餐，無暇赴約，所以便沒有打擾他。不料當我正要收鋪的時候，忽然又有街童送來福邇一張字條，上面寫著：「有新發現。」

待我去到他家中，鶴心告訴我公子正在更衣。在廳裡等了一會，忽然聽到「喀、喀、喀」的木屐聲從樓上下來，門一開，我不禁為之一愕，原來福邇竟穿了一襲東洋和服，鼻樑架了一副玳瑁眼鏡，唇上貼了兩撇小鬚，還戴了假髮蓋著盤在頭上的辮子，活脫便是一個日本人模樣。

多年以來，福邇的易容術我也領教過不知多少次，最出神入化的時候，當眞是讓他站到面前我也認不出來。相比之下，這回只不過是略爲喬裝假扮，僅算牛刀小試而已。

我奇道：「爲甚麼這副裝扮？」

他道：「我待會解釋，你先看這個。」說著從書桌拿起一張字條給我看，道：「這密訊禮拜六早上出現，顧熙堂抄了下來，下午便從寫字樓遣人送過來給我。」

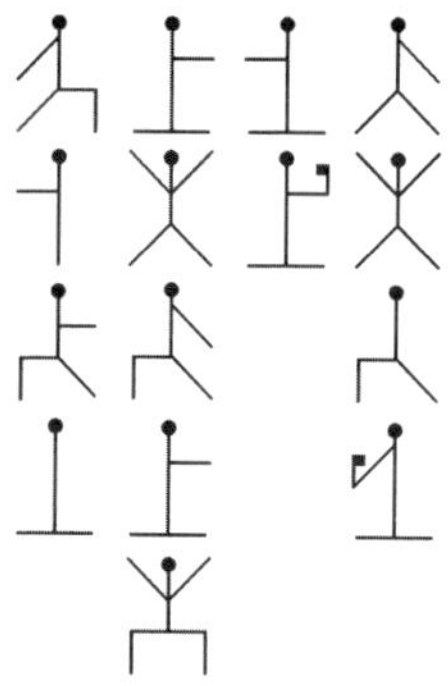

我見這道密訊有四行人形符號，便問：「爲甚麼這次比之前多了一行？」

福邇道：「這是所約地點名稱較長之故。四行字依次是：『火曜日』、『二時』、『市役所』、『噴水』。即是說，禮拜二兩點鐘，大會堂噴水池。」

我忙道：「禮拜二？那便是今天！」

他道：「不錯。城裡很多人都喜歡相約在大會堂前面的噴水池見面，我今天便早一點去到旁邊的柏拱行徘徊，看看跟顧夫人會合的究竟是何方神聖。差不多兩點鐘時，顧夫人果然來到。我看過她的照像，自是馬上認出。華兄，你早已認定顧夫人紅杏出牆，但你道對方是甚麼人？原來是個女人！」

我驚奇道：「竟是女人？」

福邇道：「來者是個比顧夫人大不了幾歲的女子，想必爲免引人注意，穿了毫不起眼的中國裝束，但我一眼便看穿她其實是日本人。東洋婦女的神態舉止有異於華人，尤其是腳尖朝內小步的履姿，更是他邦所無。這個女子雖已故意掩飾，但瞞不過我雙目。她跟顧夫人若無其事的擦身而過，但暗中已從顧夫人手上接過一個信封。」

我道：「是錢吧？顧夫人一定是被她敲詐了。」

福邇不答，繼續道：「於是我跟蹤這個神祕女子，她倒十分機警，不時有意無意的瞻前顧後，但我怎會讓她發覺？行過了一兩個街口，她招了一輛人力車坐了上去。幸好中環不乏車子，我也及時喚到一輛，吩咐車伕遙遙尾隨，一路去到下環。我想你也知道，香港的日本人爲數雖少，但許多都聚居於灣仔，所以當地也有一些東洋店肆。這個女子便在三板街下車，走進一家茶屋。」

我知道這一帶的名聲不太好，便問：「莫非這女子是個東洋婊？」香港俗語所謂的「東洋婊」，是指日本妓女。

他道：「日語叫做『御茶屋』的，其實不是喝茶的地方，而是藝伎表演和陪客人飲酒作樂之處。茶屋門前有個兇神惡煞的東瀛流氓守著，一看他滿身刺青的模樣，分明是黑道中人。[10]我不便露面上前查問，於是回家裝扮成這個模樣，晚上再名正言順上門光顧，探個究竟。」

福邇從來不近女色，忽然聽他這麼淡定地說要光顧風月之所，我自不免驚訝萬分。他看見我表情，臉上一紅，急道：「華兄你不要想錯，灣仔那邊固然有不少東洋婊，但日本藝伎卻絕不能跟尋常妓女相提並論。她們頗有唐宋之風，賣藝之餘不一定賣身，客人除了花錢之外，還須大獻殷勤好一段日子，方有望成爲入幕之賓。所以，縱使我今晚不得不假裝尋歡客，也自能適可而止。」

我跟福邇相交十年有餘，卻還是第一次看見他這樣的窘態，心中暗暗好笑，正想揶揄他兩句，他卻已一本正經再道：「更何況，這位神祕女子也可能根本不是藝伎。我臨走之際，看到

---

10 日本紋身文化在江戶時代十分普及，但到了明治維新時期已立法禁止，法例直到二戰後才取消，所以福邇一眼便看出茶屋那個滿身刺青的日本男子必定是黑道中人。

茶屋外面貼有告示，謂自本月初起，有一個剛從日本到來的藝團表演傳統『舞踊』；這正好也是人形密訊最先出現的時候，所以這女子很可能便是舞踊團的一員。總而言之，我今晚見機而行便是。」

⊕　⊕　⊕　⊕

次日我如常在華笙堂診症，誰知中午出外吃飯後回去，福邇已站在門外等著我。他臉色凝重，不待我開口便道：「昨晚發生了很多事情，顧熙堂進了醫院！」

我嚇了一跳，急問：「他沒事嗎？」

福邇道：「似乎沒有大礙。我正要前去探望，想請你陪我一起去看看他，順便做個診斷。趁這時候你還未有病人求診，請快跟我來，路上再跟你說個清楚。」

他這樣說，我也不追問，馬上到醫館內，匆匆寫下一個「出診速回」告示，貼好在門外，便和福邇出發。他說顧熙堂身在雅麗氏醫院，這是香港一間專爲華人服務的西醫院，位於荷李活道與鴨巴甸街交界，距離不遠，步行可至，我們便從中國街行出大馬路往西走，福邇邊行邊給我細述事情始末。

他道：「昨晚我假扮過境的日本闊客，去茶屋看舞踊表演，本來還有些擔心他們掛羊頭賣狗肉，幸好一進門便看得出他們確非一般東洋嬌接客的尋常妓寨。位於東京吉原、貨眞價實的御茶屋，我當然沒有見識過，但也知道排場絕無可能同樣堂高級遠；不過以香港來說，三板街這間茶屋已可算得上不錯的了。長話短說，他們引我入房坐下，上了酒菜，茶屋的藝伎來了陪飲，三巡過後，舞踊團便出場獻技。藝團規模很小，只有三人，都是女子，其中彈三弦伴奏的正是我日間跟蹤的那個。另外年紀最大的，看樣子是團長，跟第三位最年輕貌美的便輪流擔任『踊子』，也即是跳舞的舞孃。」

我道：「原來眞的如你所說，跟顧夫人聯絡的是這個舞踊團，難怪所用的人形密訊符號也像跳舞似的姿勢。但她們跟顧夫人又會有何關係呢？」

福邇道：「這個目前還不得而知。舞踊團三人表演得有板有眼，並不是濫竽之輩，但她們暗地裡跟顧夫人聯絡，卻絕非一般藝人的行爲。這時候我既已確認了使用密訊的人是誰，在這種場合也很難再有發現，表演完畢之後不久，我便假裝不勝酒力，結帳離去，打算早上再回灣仔明查暗訪。香港宵禁令只施於華人，而三板街一帶卻幾乎清一色專做日本人生意，所以茶屋這種夜店開得頗晚；待我回到荷李活道，更衣就寢，已是凌晨時分。正要入睡之際，忽然聽見樓下大廳好像有異樣動靜，我心下起疑，便一聲不響，拿下掛在壁上的長劍，悄悄下樓看個究竟。我輕輕打開廳門一線，從門縫窺望，黑暗中看見窗前有個人影，正偷偷摸摸翻看我書桌上的東西！」

我吃驚道：「有賊！」

福邇道：「我一腳踢開廳門，拔劍衝前，喝令賊人投降。這人轉過頭來，只見混身黑衣，還蒙著頭臉，只露出一雙眼睛；但我萬萬想不到，一看清身形，原來竟然是個女的！她趁我一愕之際，猛地一個翻身，居然縱身飛撲出窗口。我沒有這等輕功，急急衝出騎樓，夜色下看見黑衣人未及跑遠，正要跳落街追趕，她卻回身把手一揚，向我發出暗器！幸好距離數丈，不難閃避，但這麼一阻，便再也追不上了。」他說著從懷裡拿出一件用手帕包著的東西，交給我看，道：「我拾起了她的暗器。」

我接過物件，雖只有掌心般大小，但拿在手上卻重甸甸的。我打開手帕一看，原來竟是一支黑鐵所鑄的十字形飛鏢！

我奇道：「這是甚麼奇門暗器？」

福邇解釋道：「華兄，你有沒有聽說過日本的『忍者』？這種飛鏢是他們慣用的暗器，喚作『手裡劍』。」

我問：「甚麼叫做『忍者』？」

他答道：「所謂忍者，是東瀛古代一種祕密組織。以前日本各大藩國都養有一群效忠的忍者，讓他們自幼接受特別訓練，除武術和輕功之外，雞鳴狗盜的下三濫技倆更是無一不精，個個都能身兼間諜、飛賊、密探和刺客等職務。日文用漢字寫做忍耐的忍，但意思其實是隱藏的隱。這兩個字古代漢語裡發音相同，日文寫法想必是因爲日語漢讀保存了不少中文古音之故。若用日語固有的訓讀發音，這個忍字便叫做『志能便』。」[11]

我恍然大悟道：「原來如此。就像福州話和粵語裡，忍耐的忍和隱藏的隱亦是同音的，看來漢語古音確是這樣。那麼昨晚的女忍者，難道便是茶屋舞踊團三人其中之一？」

福邇點頭道：「據說忍者在異地刺探敵情時，經常喬裝假扮成樂師藝人來掩飾身分。想不到今時今日，竟會有志能便在香港出現！不過我自問沒有露出半點馬腳，眞不明白她們怎樣看穿，還一直跟蹤我回到家裡也沒有被我發覺。但這時我已無暇再想這些，因爲我回到大廳一看書桌的時候，便發覺忍者翻看的正是我昨天給你看的最新人形密碼！」

我急問：「那麼她豈不是知道你已經破了密碼？」

---

11 日本忍者早在飛鳥時代（公元六至八世紀）已有記載，日語傳統多喚做「志能便」（shinobi），「忍者」（ninja）一詞是江戶時代才出現的叫法。此外，在古代還有「斥候」（sekkō）、「亂波」（rappa）等別稱。

他搖頭道：「幸好我只是把最新人形密碼留在了書桌上，之前的兩份舊密碼，及我畫給你看的人形符號圖表，都鎖在了抽屜裡面，沒有讓她看見。所以，對方只是發現了我正在調查人形符號，卻不知道密碼已經被我破譯。可是這麼一來，雖然仍搞不清楚忍者與顧夫人之間是怎麼一回事，但我擔心她們會對顧熙堂不利，便立刻趕住他的住處。」

若他不說，我一時之間也不會馬上想到這麼多，便急問：「顧熙堂沒事吧？」

福邇道：「也不能說沒事，你且聽我說。己連拿利谷離荷李活道彼端不遠，我到達時天還未亮。我見顧氏夫婦所住的小屋沒有異樣動靜，又不願打草驚蛇，便躲在一個暗角守候。我原本的想法，是如果一夜無事，便一直等到顧熙堂出門上班，半路沒有人留意的時候，才上前告訴他目前所知的一切。誰知一等便是大半朝，還不見顧熙堂出來，我便上前拉門鈴，訛稱有公事找顧先生。誰知傭人卻告訴我，原來顧熙堂昨晚飯後忽然得了急病，嘔吐大作，夫人馬上送他去了雅麗氏醫院，之後兩人便沒有回家，家傭都擔心得很。」

我不禁道：「哪會這麼巧？」

他道：「當然不會這麼巧。我心中暗叫不妙，馬上趕去醫院，幸好主診的是你我都認識的鍾本初醫生，他說顧熙堂並無性命之憂，不過因爲港澳兩地幾年前才發生過霍亂，爲怕萬一，便把他留院觀察一兩天。鍾醫生給他服了一劑安眠藥，說夫人陪到丈夫入睡之後便離去。我不便告訴鍾醫生顧夫人其實沒有回家，聽他說估計顧熙堂到午後方會睡醒，便跟他說到時再回去探望。我馬上從醫院趕去華笙堂找你幫忙，是因爲我不敢告訴鍾醫生，其實擔心顧熙堂被人下了毒！」

剛才聽他敘述，我也正有此疑，便道：「下毒的會不會是他妻子？但要是這樣，爲甚麼又把顧熙堂送入醫院呢？」

福邇道：「有勞你先給顧熙堂做個診斷，看看像不像被人下毒再說。」

這時雖然豔陽高照，但沿途一直有海風吹送，所以不會覺得太熱。我們從大馬路轉上了鴨巴甸街，很快便來到雅麗氏醫院。那裡的員工認得福邇和我，知道我倆跟醫院創辦人何啓先生是朋友，便請我們進貴賓室等候。[12]

不久，一位穿著西醫白袍的年輕唐人醫生來迎接。看他才二十五六歲年紀，雖然個子不高，但儀表不凡，一進門便彬彬有禮的道：「久仰福先生和華大夫兩位大名，讓你們久等了。不巧鍾醫生正在看一個急症，把顧先生交由我照顧，他已醒來，我這便帶你們上去探他。」語音聽

12 何啟（一八五九—一九一四），香港著名慈善家，之前在神探福邇故事〈駐家大夫〉出現過。他為了紀念於一八八四年病逝的英籍妻子 Alice Walkden，建立了香港首間為華人提供西醫治療的雅麗氏紀念醫院（Alice Memorial Hospital），一八八七年正式啟用。時至今日，它已跟另外兩間醫院合併成為雅麗氏何妙齡那打素醫院（Alice Ho Miu Ling Nethersole Hospital），於一九八〇年代遷至新界大埔。

起來好像有點石岐腔。

年輕醫生陪我們上樓，邊行邊說：「顧先生看來只不過是吃錯了東西而已，雖然仍很虛弱，但已無大礙。爲了慎重起見，我們多留他一天觀察情況，沒事明天便可以出院。」

醫生帶我們到顧熙堂的病房，便退出房外，讓我們跟病人私談。只見顧熙堂躺在床上，雖已睡眠充足，但依然面色蒼白，滿臉病容。他一見福邇，便急問：「福先生，他們說我妻子回家了，你有見到她嗎？」聲音甚是虛弱。

福邇模稜兩可的道：「還沒有，待會我再去府上走一趟。這位是我跟你提過的華大夫，他醫術高明，今天我來探望你，也順便帶他來看一看你的病情。」

我跟顧熙堂打過招呼，便老實不客氣走到床邊給他把脈辨徵。當我問及他近日起居，他說：「我之前一連熬了幾晚夜，所以昨晚有點累，本來還想早點睡覺，想不到剛吃完飯還未及回房休息便病倒了。」再問他昨天飲食，他又道：「早餐和晚飯我和內子在家裡都是吃同樣的東西，既然她沒事，一定是中午時寫字樓雜役買了不乾淨的飯餸回來給我吃。」

我診斷完畢，暗地跟福邇打個眼色，便對病人說：「顧先生，依我看來，是你近來操勞過度，導至腸胃失調，多多休息便沒事的了。」

福邇接道：「顧先生，今天我除了探病之外，還有幾個非常重要的問題急需你解答。首先，你最初來找我幫忙的時候，只跟我說你受聘於上海某工廠，他們派你來香港主理一單生意。當時我已察覺你刻意含糊，似乎不便透露詳情，便沒有追問。但如今我懷疑人形符號一事，可能跟你的工作有關。你的雇主，其實便是江南製造局，對不對？」

顧熙堂臉色微微一變，驚問：「你怎會知道的？」

福邇含笑道：「你沒有告訴我所屬機構的名稱和地址，可是我卻問了你派來送信給我的人。」

顧熙堂賽道：「我也不是故意隱瞞，只是我這次來香港爲製造局辦理的事情十分機密，所以便沒有跟你提及我的雇主是誰。」

福邇道：「江南製造局是中國數一數二的兵工廠，你所辦的機密事情，一定跟製造軍備有關吧？你不能透露詳情，這個我明白，但我現在有理由相信，在牆上塗鴉騷擾府上的人，最終目標其實是你爲製造局處理的這單生意，所以希望你能透露箇中一二。」

顧熙堂面有難色，遲疑了片刻才道：「福先生你說得不錯，我負責處理的這單生意，的確跟軍備有關。兩位也可能知道，我們江南製造局根據西式槍炮設計仿製軍備，但由於生產方面的技術和經驗不足，所以品質始終追不上外國水平。而若論成本，更是比直接向外國購買還要來得貴。因此，近年除了聘請外國工匠過來傳授製作技巧之外，還希望吸引歐洲軍火廠到中國，跟我們以聯營的方式一起合作生產。我原本在製造局的翻譯館任職，對軍事科技的中英文用語非常熟悉，所以這次便調派下來香港，協助製造局跟對方設在香港的亞洲總部商討合作事宜，和負責翻譯雙方的有關文件。」13

福邇點頭表示明白，接著又問：「顧先生，剛才你說熬了幾晚夜，那麼請問你是否把這單生意的文件帶回家裡辦理了呢？」

顧熙堂尷尬道：「文件本來是不應該帶離寫字樓的，可是雙方往來的文書實在不少，每份都需要翻譯，但為了保密卻只由我一個人負責，所以很多時候不得不下班後帶回家裡才能完工。」

福邇又問：「那麼文件在家裡的時候，是放在甚麼地方？」

顧熙堂答道：「放在書房裡。我把文件帶回家的時候，會在書房裡繼續工作，吃飯睡覺時便把書房門鎖好。」

福邇追問：「書房鑰匙有多少把？平時放在哪裡？」

顧熙堂道：「書房鑰匙只有一把，跟我別的鑰匙串在一起，平時我都帶在身上。」他是聰明人，又怎會不知道福邇為甚麼這麼問？忙道：「福先生，莫非你懷疑我家裡的人？傭人很難說，但我深信內子絕不會……」

福邇打斷他道：「我只是問個清楚而已，你不要介意。你昨天有沒有把文件帶回家裡？」

顧熙堂弱弱搖頭道：「沒有。我前晚剛完成了最新一批文件，已熬了幾晚，可能便因此病倒吧。」

福邇道：「顧先生，我想到府上一趟，查看一下書房。請你寫一張字條給家裡的傭人，託詞說我是來幫你把一些文件帶回寫字樓的，那便行了。」

顧熙堂沉吟了片刻，答應道：「好的。」

我自協助福邇探案以來，都習慣隨身帶備小簿和鉛筆，以便即時記錄案情，這時便交給顧熙堂使用。

他撕下一頁，寫好字條交給福邇，又道：「我一串鑰匙在衣袋裡面，麻煩你拿一拿，我把書房門匙脫出來給你。」他在醫院裡已換上病人的衣服，說著便指指房裡一角的衣櫃。

福邇過去打開櫃門，裡面掛著顧熙堂昨天穿的長衫馬褂，從其中一個衣袋裡找出一串鑰匙，遞給了顧熙堂。顧熙堂脫出其中一把交給福邇，接著我們便告辭離去。

---

13 江南機器製造總局，原由曾國藩及李鴻章先後奏請興辦，一八六五年於上海正式成立，是晚清時期最重要的現代化兵工廠之一，除軍火之外亦製造船艦。一八六八年，又開設了附屬的翻譯館，專門引進西方科技性書籍譯成中文，除本國翻譯員之外亦聘用外地學者，其中便包括顧熙堂母校林華書院創辦人林樂知（請見註2）。

一出病房，也不用福邇開口問，我便道：「他的病徵確像中毒，但幸好毒性不甚劇烈，痾嘔一番之後沒大礙。醫院不知道背後這許多事情，當然以爲他只是吃了不潔的食物而已。但要是這樣，通常也要一天半天功夫才發作。但假若我們懷疑問題是出在昨天晚飯的話，顧熙堂飯後馬上嘔吐大作，家裡其他人卻又安然無恙，那麼看來確是被人下毒居多。」我見福邇點頭同意，便問他：「下毒的應該是忍者吧？但事發時她們正好在茶屋爲你表演舞蹈，對不對？就算不是這樣，除非她們事先串通了顧府傭人，不然也是無從下手的吧？可是她們爲甚麼要加害顧熙堂呢？」

福邇道：「對此我有個想法，但要先過去顧宅找尋線索，方可印證。」

我們落到樓下，碰巧又遇上剛才帶我們上樓的那位年輕醫生，謝過他之後，我便順口問：「未請教醫生貴姓？」

他謙道：「『醫生』兩字實在不敢當，我目前仍在見習，還有一個月才正式拿取醫科文憑。敝姓孫，單名文以載道的文，還要請華大夫多多指教。」[14]

我和福邇離開了醫院，便折返原路，邊行邊談。他道：「剛才一問顧熙堂，事情果然跟他的工作有關。他負責的那單生意，既然涉及大清國防軍備，難怪惹來了東洋忍者。」

我道：「他們一定拿著顧夫人甚麼把柄，要脅她背叛丈夫，偷取機密。昨天你看見她把信封交給那個日本女人，裡面一定是文件的抄本。」

福邇道：「你說得不錯。顧夫人待丈夫入睡之後，拿取鑰匙進入書房抄寫文件，實在易如反掌。我先去顧宅看看，之後或再去茶屋走一趟，有甚麼消息再通知你。」說著回到中國街，已有幾個病人在華笙堂門外輪候，福邇便跟我道別，逕自前往己連拿利谷。

⊕ ⊕ ⊕ ⊕

整個下午我忙著診症，也無暇再想顧熙堂的事情，直到五點鐘左右，正看到最後一個病人的時候，突然有一個綠衣華差從街上衝了進來，倉皇道：「華大夫！灣仔三板街剛剛發生命案！昆士幫辦和福先生已經在那裡，是個茶屋，請你馬上過去！」

我急問：「死了甚麼人？怎樣死的？」

14　孫文（一八六六—一九二五）是一八八七年成立的香港華人西醫書院（香港大學醫學院前身）的首屆學生，求學期間於雅麗氏醫院實習，一八九二年七月以全級第一名的優異成績正式畢業，其後到澳門及廣州從醫。直到一八九四年上書李鴻章提倡改革不果，才全力投入革命工作，於檀香山及香港成立興中會，一八九五年第一次廣州起義失敗後流亡海外。故事中提及的鍾本初醫生（一八六三—一九〇八），中美混血兒，是雅麗氏醫院首位華籍駐院西醫，一八九六年轉任東華醫院院長。

綠衣答道：「我只看到蓋著布的屍體，有很多血，好像是被人斬死的。他們正等你過去驗屍！」他又道：「福先生還吩咐我帶個口訊，說請你記得帶著他送給你的『士的』。」

所謂「士的」，即是英文「手杖」一字的廣東話音譯。十餘年前與福邇初相識的時候，我在軍中所受的腿傷新癒不久，依然有點瘸拐，他便送我一支洋製手杖，除了有助行動之外，杖身還內藏精鋼利劍，可作防身之用。但多年來我早已不需要用來輔步，手杖便放在了醫館，這時福邇吩咐我帶著，我便依言拿了出來，暗忖：難道福邇預算此行有危險？我對病人致歉，他聽到有兇案要我去驗屍，也不敢異議。我匆匆給他開方，送走了他。待鎖好醫館，差人告訴我原來已經有一輛人力車在大街上等著。我坐上車，叫車伕直奔灣仔。

到了三板街，一看便知道哪裡是茶屋，因爲門前已經圍了一群看熱鬧的街坊鄰里。其中一個維持秩序的綠衣認得我，便帶我穿過人群，走進茶屋旁的一條小巷，只見福邇和我們的老朋友王昆士幫辦已在等候。

巷裡地上躺著一具屍體，已用一大塊血跡斑斑的髒布蓋著，雖看不出是男是女，卻掩不了屍身下一灘濃血。不過最怵目驚心的，卻不是地上遺骸，而是兇手竟然用死者的血，在一邊牆上畫了六行人形符號！我不禁憶起差不多十一年前，一個陰森恐怖深夜，幾乎一模一樣的情景：那是我第一次協助福邇辦案，案發之處正好是近在咫尺的春園街，我們也是來到一條橫巷裡檢視死屍和牆上血字。想到這裡，雖然還未天黑，我卻不禁打了個寒噤。

福邇見我到達，迎了上來，道：「是我發現凶案的。我大約一個鐘頭之前來到茶屋，察覺店旁巷子有異樣，走進來看見屍體倒在這裡，便馬上鳴笛召喚差人。」

我忍不住問：「牆上的血符號……」

他打斷我道：「人形符號一事，我已跟昆士幫辦說了始末，這個我們待會再說，請你先驗一驗屍體。我已經略為檢視過，把想法告訴了幫辦，但想看看是否跟你的意見不謀而合。」

我本來還擔心死者可能是顧夫人，但把布揭開，卻見原來是個男人。屍體趴伏地上，身穿短身和服，披頭散髮，外露的手臂上紋滿斑斕的東洋刺青，看來應是福邇提及過那個在茶屋看場的日本流氓。他臉孔斜側，面容扭曲，整個喉嚨被割開，幾乎深及頸骨，難怪流出了這麼多血。自從當年我在回疆征戰之後，便很少見過這麼可怕的死狀。

我稍做檢驗，道：「屍體還有餘溫，仍未開始僵硬，我看死了不會超過兩三個鐘頭。」接著和福邇及幫辦合力把屍體翻了過來，查過身上沒有別的傷痕，便再仔細看清楚喉嚨割開的傷口，又道：「橫刀割人喉嚨，從傷口哪一端深哪一端淺，可以看出運刀的方向。假設兇手慣用右手，若是向死者迎面揮刀割喉的話，傷口的刀勢便從死者右頸向左。但你們看，這個傷口的刀勢剛好相反，是從死者左頸向右的方向，所以除非兇手是左撇子，不然的話一定是背後偷襲，從死者右肩之上引臂反割對方喉嚨，傷口才會這樣子。」

昆士幫辦聽了，轉向福邇道：「跟你說的一樣。」

福邇道：「當然了。死者面朝巷尾倒下，雙腳對著巷口，身前的地上和兩邊牆上都濺上了割喉時噴出的鮮血，所以可以斷定兇手從背後偷襲，而屍體左方牆上的血跡更多、噴得更遠，也證實了華兄剛才所說兇手的運刀方向。這條是掘頭死巷，並不通往後街，只有一道側門開進茶屋的廚房；依我昨天觀察所得，日間死者似乎通常守在茶屋大門旁邊，兇手大概是藉故把他從大街引到這裡，方便下手，殺人後再用死者的血在牆上寫下密訊。」

我急不及待問：「密訊說甚麼？」說著拿出小簿和鉛筆把符號抄下：

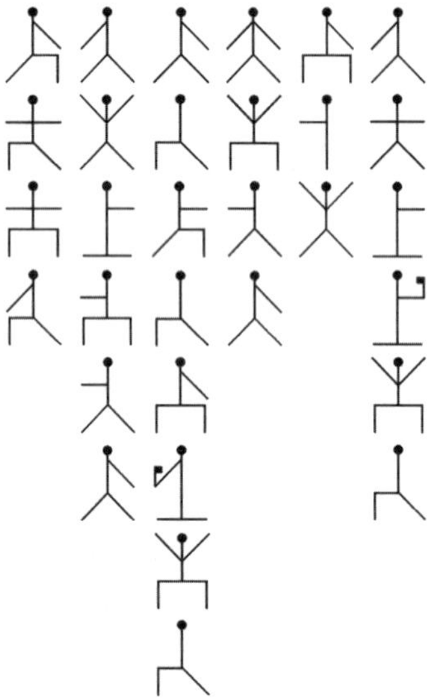

福邇鐵青著臉道：「是挑戰狀。相約今晚午夜，在洪勝古廟樹林內決一死戰！」

只怪事情發生得太突然，我一時之間想不透諸多疑團，追問：「決一死戰？向誰挑戰？這些忍者跟茶屋應該是同一夥吧，爲甚麼要殺死自己人？」

福邇道：「華兄，你還不明白嗎？這個人不是忍者殺的，這次牆上的密訊也不是他們寫的。」他指指地上的屍體，又指著牆上的人形符號，道：「顧夫人才是兇手！這是她寫的密訊，向忍者挑戰！」

這下子我才恍然大悟，道：「這麼說，難道顧夫人……其實也是忍者？」

他點頭道：「不錯。我本以爲昨晚的蒙面人是茶屋舞踊團其中一員，但其實是顧夫人才對，向顧熙堂下毒的人也正是她。」

我大吃一驚，道：「怎會呢？她若要加害丈夫，爲甚麼又馬上送他進醫院呢？」

福邇答道：「她的目的正是要把丈夫送進醫院。你也說過，顧熙堂所中的毒顯然不甚劇烈，若他妻子眞的存心加害的話，他早就一命嗚呼了，哪會康復得這麼快？顧夫人一定是不知怎樣發現了丈夫委託我查探人形符號之謎，便對他下毒，藉故送他進醫院。這樣不但可以阻延顧熙堂跟我聯絡，而且這時顧夫人亦必已下定決心要對付茶屋眾人，讓丈夫住進醫院比家中安全得多，一旦動起手來也無後顧之憂。」

我還是不明白，便問：「她既然也是忍者，為甚麼又會倒戈相向呢？」

福邇道：「依我看，她很可能是個『拔忍』，即是一個想脫離團體逃跑的忍者，但還是給昔日的同伴找上了，逼於無奈之下便唯有暗地裡為她們做事。」

我道：「原來如此。那麼顧夫人離開醫院之後，便換上夜行裝束，深夜潛入你荷李活道寓所，為的便是查探你對事情知道多少？」

他道：「不錯。可是她雖然發現了書桌上的人形符號，卻沒有察覺我已經破譯了密碼，所以今天殺了這個人之後，才會公然在牆上用密碼給忍者留下挑戰書。但正因為雙方都不知道我看得懂她們的人形符號，我們便正好讓她們作繭自縛。」

昆士幫辦一直在旁靜靜聽著，這時才開口：「我們差人一趕到場，便把茶屋裡的人扣押著，當中包括那幾個扮成舞團的甚麼忍者，所以她們還未曾看見牆上的符號。也不知道她們是不是真的不懂中國話，剛才我進去問話，也是要靠店員翻譯的，但這麼一來，反而方便我們慢慢拖延一番，讓福先生有足夠時間去實行他的計策。」

福邇接道：「我們缺乏雙方的罪證，顧夫人更是蹤影全無，所以必須待她們決鬥之時方能一網成擒。但東瀛忍者身懷絕技，想把她們全部拿下，非要動員大批人馬不可。我的計策是，昆士幫辦留在這裡繼續盤問茶屋眾人，盡量拖延，我便趁機去找葛渣星幫辦集合手下的嚤囉差來助陣。昆士幫辦盤問完畢，才帶茶屋各人出來看牆上的符號，那時我和星幫辦及嚀囉差已到達洪勝廟一帶埋伏。而昆士幫辦一離開這裡，也會立即帶齊人馬過去今晚決戰之處跟我們會合，等候她們午夜時自投羅網。」

我聽到這裡，便問：「那麼我呢？」既然福邇的字條提醒我帶備劍杖，他的計謀當然少不了我的分兒。

他答道：「忍者最擅長的便是偷摸隱祕之術，她們今晚決戰時，我們若是埋伏得太過接近便會被發覺，所以我想拜託華兄現在立即動身，趕在對方之前先行到洪勝廟後的樹林，找個地方躲藏起來。待雙方到達開始決鬥之際，你便馬上吹響這『銀雞』召我們過去抓人。」

香港的巡捕是根據英國制度而成立的，慣用一種異常響亮的銀色哨笛來召喚差人，粵語俗稱之爲「銀雞」。福邇一向隨身帶備，說著便拿出來交給我，又道：「本來應該由我自己來把風才對，可是我還要打點一切，所以不得不請你代勞。華兄你要答應我，一定要以自身安全爲重，鳴哨後馬上撤退，千萬不要跟忍者交手。到時我自會安排好天羅地網，定叫她們插翅難飛！」

我怕妻子擔心，便速速寫了一張字條給她，說要協助福邇辦案，可能徹夜不歸，託昆士幫辦派人送到家裡，之後便馬上動身趕往當晚決鬥之地。

⊕ ⊕ ⊕ ⊕

洪勝廟也位於下環灣仔，與茶屋只有數街之隔；我由三板街回到大馬路朝中環方向走，不一會便到達古廟所在的大王街。顧名思義，這座廟宇供奉的是南海洪勝爺，規模不大，旁邊還毗鄰一座更小的望海觀音廟，兩者都是漁民出海祈福之所，本來臨海而建，但自香港開埠以來，經過英人多年陸續塡海，這時已離岸邊甚遠。

廟宇依麓而立，背靠一面岩壁，峭直難攀，但再往旁走，山坡便沒那麼陡斜，而且草木茂盛，葉影斑駁，看來必是戰狀相約之處無疑。這刻天色已漸暗，四下無人，廟內亦不見香火。我來得正及時，趁著尙餘暮色之際，便在坡上的林子裡選了一個居高臨下的位置，靠著一棵大樹坐下，正好讓我藏身於一處小叢後面，悄悄監視周圍一切動靜。

不久，夜幕已盡垂，不巧這時正値月晦，太陰無光，林子頓時變得一片幽暗。可幸這晚晴無纖翳，銀漢皜皓，樹蔭中仍透進少許星光，不然便眞的咫尺莫辨、伸手不見五指了。這時夏至剛過不久，天氣還未算最熱，但一到入夜，蟲子便出來了。魆魆黯黑之中，漸見丁點微光浮現於草木之間，飄忽明滅，原來是飛舞復息的流螢。可惜雖然有此美景在眼前，耳邊卻又偏偏響起亂蟬嘶噪，嘒嘒嗚蜩得越來越吵，教我有甚麼風吹草動也難以聽到。更慘的是，蟬聲雖大，但面旁仍不時能夠隱約察覺嗡嗡細音，當然是蚊蚋來襲，而我又擔心曝露藏身之地，不敢拍打，不一會便被叮中多處，馬上痕癢難當。雙手還可以縮進衣袖之內，但炎熱天時沒有戴帽子，這時便唯有把手帕敷在臉上，但也只擋得著面頰頸項，卻護不了頭頂。

當晚我便這樣一直苦等下去，也不知過了多少個鐘頭，好不辛苦。我怕暴露藏身之處，只有坐得雙股發麻到忍無可忍的地步，才敢小心翼翼地換個姿勢。這天我午飯後又沒有吃過東西，越等便越感肚餓，空空如也的肚子不斷咕咕作響。若然敵人碰巧在我腹鳴如雷時出現的話，眞怕還未發現對方，便會先被她們察覺。

我們福州人有個說法，謂夏至吃米孟糕會眼睛明亮，如今我便後悔前一晚在家裡和妻兒一起做夏的時候沒有多吃一點，因爲此刻雖然身上帶有懷錶，但在黑暗中卻看不清楚時針。無可奈何之下，唯有仰觀天上斗轉星移，倒可判斷還未到中夜，看來還要忍耐多時。正當我想到這裡之際，一直嘰唧不休的蟬聲竟戛然而止，我心中一凜，頓時倦意全消，暗忖：敵人來了！

寧靜之中，只聽到草木簌簌輕響，但我望眼欲穿，幽暗之中也看不見有甚麼異樣。突然「唰」的一聲，坡底漆黑處亮起火柴光，隨即有人點起燈籠，這時我便看得清楚，來者是三個身穿東洋服飾的女子，當然便是那個日本舞團了。我當下屏息靜氣躲在矮叢後監視，只見燈籠光裡三人目光炯炯，環顧林子四周。她們身上既然沒有換上夜行衣，想必是被昆士幫辦盤問完之後便馬上從茶屋趕來。這時離決鬥的時間應還有一兩個鐘頭，看來她們一定是想趕在敵人前面，預先到場埋伏。

可是奇怪得很，這三人似乎都沒有攜帶武器：提燈那女子年紀最輕，除了手上的燈籠便沒有拿著別的東西；年紀最大的一個，似乎是三人之中的首領，更是兩手空空，這時正低聲向其餘兩人指指點點，看來是吩咐她們待會如何伏擊敵人；不過最特別的還是最後一人，想必是團裡的樂師，竟然提著一個三弦琴，難道這件樂器之內還別有乾坤？

倏地，從我背後不知哪裡竟然發出「颼、颼、颼」幾響破空之聲，有連環暗器往舞團三人急飛！我不禁發出驚呼，但舞團左右兩人反應奇快，及時向兩側一閃，沒有被擊中；可是站在中間的的年輕舞孃，兩邊都無空位可避，唯有慌忙轉身，想往後撲低，但腰才扭到一半，便「啊」的一聲慘呼，被暗器擊中。剛及看見她左肋上釘著一枚十字飛鏢，燈籠便從她手中跌落地上，燈光隨即熄滅，樹林頓時回復一片黑暗。

我正自驚奇一直靠樹而坐，竟還會有人在我背後發暗器，忽聞頭上有聲響，抬眼一望，只見一條人影從大樹高處枝葉之中飛身而出，撲向坡下！這時我才恍然大悟，原來發放飛鏢的這個人，其實早在我到達之前便已經藏身於我背靠的大樹之上！

說時遲，那時快，黑暗中隱約看到這人躍到斜坡下，落地時輕巧地一滾一起，便已來到中鏢的年輕舞孃身前。憑著透進林蔭的微弱星曦，我依稀辨別出這是個全身黑衣的蒙面女子，突見刃光一閃，原來她手上握著一把東洋刀，此刻順著飛躍和翻滾之勢，迎頭斬向對方。

間不容瞚之際，忽又輕聞金屬叮鈴之聲，一條狀若長索的東西從旁向黑衣女子飛來，「噹」的一聲及時撞開了斬向年輕舞孃的一刀。待我定睛再看清楚，才知原來是舞團團長介入戰鬥，她手裡多了一條幼長鐵鏈，鏈尾附上了不知是甚麼的小型重物，這時便團團轉揮動，舞得虎虎生風。另一邊廂，幸得解圍的年輕舞孃雖然已受傷，但仍咬牙執著用來提燈籠的木桿擺起架式，木桿末端隱約可以見到竟然有一截尖刃露了出來，她便當作短槍般使用，退到黑衣女子另外一邊，把敵人夾在中間。

事情發生得太倉促，我也來不及細想，這刻方才恍然大悟：舞團三人午夜前趕到，想預先埋伏偷襲敵人，卻沒料到對方反而一早已經藏身在現場。我也實在太大意，原來有人一直躲在頭頂上的樹枝，竟然茫然不察。

我趁幾個女人正對峙著，便從藏身處站了起來，正要拿出哨笛召喚差人，方才驚覺：怎麼不見了舞團裡的三弦樂師？這念頭一起，及時聽到不遠處草木之中有窸窣之聲，隨即又有暗器一如方才那般「颼、颼」破空，但這次卻是向著我疾飛而來。

我向旁急閃，但聞「奪、奪」兩響，二枚暗器已釘在我剛才所站位置之後的樹幹上，跟福邇給我看過的一樣，也是黑鐵所鑄的十字飛鏢。我慌忙繞到大樹的另一邊躲避，定一定神，才意會一定是我之前忍不住驚呼，暴露了藏身位置，三弦樂師以爲我跟她的敵人是一伙，便悄悄包抄來襲。我雖然不知道福邇和差人是否做好部署圍捕眾人，但到了這地步，已不容再猶豫，當下便把銀哨子放到嘴邊，大力吹響數次。

深夜寂靜之中，尖銳的哨笛聲猶如鬼號，讓我自己聽在耳內也毛骨悚然。嗚哨之後，我便抽出藏於手杖裡的利劍，背脊緊貼樹幹，提心吊膽地一邊等候福邇和差人到達、一邊提防敵人來襲。但仍未聽到救兵來到，只聞坡下幾個忍者的打鬥聲，已經動起手來。刀劍錚鏦夾雜著鐵鏈呼呼揮動，頃刻間越來越激烈。

劇鬥之中，忽有一人發出淒厲慘呼，我忍不住從樹後探頭窺望，看見年輕舞孃已一動不動的倒在地上，顯然已被黑衣女人解決。舞團團長見戰況變成單對單的局面，便把揮動的長鐵鏈一收，將連在鏈尾的兵器接在左手裡，這時我才看清楚原來是一個鐵環，而她右手還握著一把刀不似刀、鐮不似鐮的奇門兵器，形狀有點像戈頭或縮短了的吳鉤，手柄連在鐵鏈的另一端。[15]她連一眼也不望倒地的同伴，便馬上欺身而上，由遠攻改爲近鬥，舞起一刃一環左右進擊，跟黑衣人繼續激戰。

此時，在我躲身其後的大樹另一邊不遠處，驀地又聞聲響，之前向我放飛鏢的三弦樂師從藏身的草叢後縱身而出，但卻不是衝著我來，而是飛撲向坡下二人。黑暗之中，隱約看見她左手依然提著三弦琴，但右手已多了一把窄身利劍，往黑衣女人背後直刺！

我見情勢危急，一時竟忘了雙方皆是敵非友，脫口高呼：「小心！」

黑衣女子反應敏捷，一聽到我警告，頭也不回便往旁一閃，及時避過背後暗算。那三弦琴師一擊不中，也沒氣餒，馬上掄劍與舞團領袖左右夾攻敵人。原來她的三弦琴居然也能用作武器，只見她左手一時正握著琴桿，把琴身用作錘子般來砸擊；一時又反握琴桿，把琴身當作盾牌般來擋格，招招攻守嚴密，武功明顯勝於剛已陣亡的年輕舞孃。再說那舞團首領，得到琴師助戰，便急退五六步放出長鏈，又再揮動飛環從遠發襲。舞團兩人這樣一遠一近，配合無間，飛環和琴劍的攻勢輪流緊接，此伏彼起，逼得黑衣女子只有狼狽招架的分兒。

很快打了兩三個回合，正當黑衣女子剛擋開了琴師一劍、舉刀擺起守勢的片刻，舞團領袖看準目標，把鏈子飛環猛地擲出，竟不偏不倚的套在敵人東洋刀之上。舞團領袖奮力把鐵鏈一

---

15 華笙所形容的兵器，是指「距跋涉毛」（kyoketsu-shoge），一般用繩索連著鐵環和帶鉤短刃，但文中忍者改用鐵鏈，這一點則與一端是鐮刀、一端是鐵鉈的「鎖鐮」（kusarigama）較為相似。

拉，便把刀扯得飛脫黑衣人雙手。琴師得勢不饒人，馬上一劍刺進她胸膛！

我相隔太遠，無法施援，情急之下只好再次使勁吹響哨子。黑衣人中劍後雙腿一軟，跪倒地上，舞團兩人正要把她了結，卻被我突如其來的哨笛聲窒著，這時又聽到附近有一大群人趕來的聲音，樹林外隨即亮起一片燈籠光，原來差人們終於到達了。兩個女人看來正想拔足而逃，但未及行動，坡下忽然有人向她們拋出一件燃燒的物體，剎那間把林子照亮。燃燒之物還未落地便驀地爆炸，綻發出一股刺瞳強光，巨響亦同時震耳欲聾。我來不及閉目掩耳，眼前景物頓成一片空白，而耳內除了一陣嗡嗡長鳴之外，亦甚麼也聽不到了。

耳聵目眩之中，一時音形莫辨，忽覺有一隻強而有力的手掌捉著我的肩膀，耳鳴背後隱約聽到有人喚我，聲音彷彿從遠處遙遙飄來。細聽之下，原來說話的是福邇：「華兄！華兄！你沒事嗎？」

⊕ ⊕ ⊕ ⊕

我揉了一揉雙眼，開始依稀分辨得出光影，耳內的嗡嗡鳴聲亦漸漸減弱，福邇的說話便越來越清晰：「不用怕，視力和聽覺很快便會恢復。」

我問：「這是甚麼東西？好厲害！」

福邇一邊扶著我走落山坡，一邊道：「這是我自製的一種炸彈，卻不會殺傷敵人，只是爆出巨響及像照明彈般發放強光，旨在擾亂對方視聽，令他們一時無法反抗。」[16]說著來到坡下，他又問：「你現在看得見東西嗎？差人已拘捕了兩個犯人，另外一個已經死亡，但還有一人受了重傷，急需救治。」

我再搓搓眼睛，發覺視力已回復了七八成，唯獨眼前仍浮現著剛才爆炸的光影，忽明忽暗，眨極不去。這時望見一高一矮兩位幫辦，正是葛渣星和王昆士，在不遠處指揮著差人把舞團首領和琴師押走。再看地上，那年輕舞孃和蒙面黑衣人躺在一旁，前者身上砍出了一道深深的刀傷，已經斃命，但後者雖然胸膛仍插著一把利劍，卻尚存一絲氣息。

昆士幫辦和幾個手下提著燈籠跑過來給我照明。他們拿著的，都是香港差人所用的特製「暗燈籠」，裝有一個可以翻下來掩蓋燈光的罩子，需要時才揭開。眾人之前便是靠著這東西，一直摸黑來到山坡底下方才突然現身。

16 福邇自行研製的爆炸品，效果堪比現代稱為閃光彈（flash grenade）或震撼彈（stun grenade）的非致命性武器。閃光彈發明於一九七〇年代，最先由英國的特種空勤（Special Air Service，簡稱 SAS）使用。

在明亮燈光下，我連忙檢查黑衣女子的傷勢，只見胸口那把劍沒有刺中心臟，所以才沒有即時喪生，但一摸她背脊，發覺劍鋒貫體而出，恐怕無法止住血流。這時方留意到劍柄有三個弦軸突出，上面還連著幾根扯斷了的弦線，才知是三弦琴的琴首。原來這件兵器本來是藏在樂器裡面的，必要時才抽出來使用。

福邇輕輕揭開蒙在黑衣人頭臉上的布巾，溫聲道：「顧夫人。我是福邇，你昨晚見過我。」露出了顧夫人臉孔，果見她一如福邇所說，貌美如花，但這時失血過多，已經面無人色。她對著福邇微微張開眼睛一線，但卻不知道認不認得他。

福邇又道：「顧夫人你其實是日本人，對不對？」

顧夫人弱弱點了一下頭，但氣若游絲，答不出話來。這時我給她把過脈搏，已弱得忽有忽無，肌膚又觸手冰冷，只好向福邇打了個眼色，輕輕的搖了搖頭。

福邇知道時間無多，便跟她道：「事到如今，你不必再隱瞞身分。我知道你們都是志能便。是誰主使你們的？」

燈籠光之下，顧夫人本來朦朦朧朧的雙眼，突然灼灼生光起來，我知道是迴光反照之象。她深深吸了一口氣，居然能夠答話：「我們……世代效忠主公家族……」但還未說完，便咳了起來，嘴邊咳出了零星血點。

福邇大急，忙追問：「你們主公是誰？」

顧夫人咳罷，又喘了一口大氣，淒然搖頭道：「不要追查……主公不會放過你的……」

福邇本欲再問，但看見顧夫人已命懸一線，又於心不忍，便道：「你有甚麼話要告訴顧先生，我可以代爲傳達。」

顧夫人似乎還有很多話要說，但咄嗟之間，已幾乎油燈枯盡了。她竭力掙扎道：「我對他不起……我爲了保護他，才做出這些事情……」她目光開始散亂，接下來又斷斷續續用日語說了幾句話。正說得激動，忽然一陣嗆咳，喉間湧出鮮血，噴到胸前，福邇和我身上也濺到了一些。只見她嘴唇翕動，看來還有話欲言，但已發不出聲音。彌留了片刻，終於緩緩闔上雙目，眼角淌下一顆淚珠，便這樣香消玉殞了。

⊕ ⊕ ⊕ ⊕

那晚，我們隨兩位幫辨和綠衣把犯人和屍體送到灣仔的二號差館，福邇知道沒有差人懂得日語，本欲爲他們充當翻譯，協助盤問犯人，但兩個女子一直裝聾扮啞，半句話也不肯說，幫辨便唯有先把她們還押監房。之後，待記錄好我們的供詞，立案完畢，已差不多天亮。我隨福邇回到他家裡，我在那兒留有幾套衣服，這時便各自回房，換過身上染有死者血跡的衣衫。之後，我們吃了一點東西和稍作休息，便如負千鈞地啓程前往雅麗氏醫院，向顧熙堂傳達厄訊。

我們事前已跟昆士幫辦約好時間，先在醫院樓下會合，再一起上去見顧先生。到達時，幫辦已經在等候，一看他表情，便知事情又有變。

昆士跑了過來，惶急道：「那兩個日本女人自殺了！」

福邇驚問：「怎會這樣的？我不是告訴過你，要派人在牢房外一直監視嗎？」

昆士歉疚道：「我已派了兩個人守在牢房外面，但這兩個女人不知身上哪兒藏了毒藥，趁守衛沒留意的時候便吞了下肚。毒性很猛烈，到守衛發覺時便已經太遲。」

福邇長嘆道：「這也不能怪你。我本來也想到她們可能寧死不招，才會提醒你加緊防範，但這些志能便的技倆卻實在令人防不勝防。」

我們上樓入到顧熙堂的病房，一見福邇和我帶了一位差人同來，便知事態嚴重，待聽到妻子竟已斃命，自是悲慟不已。聽了福邇細述事情始末，顧熙堂淒愴之中亦禁不住驚訝萬分，直到聽畢解釋，他才忍泣問：「那麼……阿靜她……其實一直都是騙我的？」

福邇道：「尊夫人既是日本人，那麼『白羽靜』若是她眞名的話，便不是姓『白』名『羽靜』，而是姓『白羽』，單名一個『靜』字才對。當初她假扮留日學生來結識你，必定是因爲背後指使她的主謀看中了你，知道你回國之後必被重用之故。」他頓了一頓，再婉言道：「可是我相信，尊夫人後來眞心愛上了你，才會跟你結成夫婦，也許亦希望藉此脫離志能便的宿命。在這事情裡，她很明顯是害怕對方對你不利，才會爲他們盜取機密。到了最後關頭，她下藥把你送進醫院，無非是因爲這兒比你們家裡安全，這樣她去跟對方決一死戰時便無後顧之憂了。顧先生，你自己想想，她爲甚麼要跟對方反目呢？她以寡敵眾，一定知道勝算不高，而且就算這次僥倖能把幾個敵人殺光，也沒可能就此脫離幕後組織的魔掌。所以，尊夫人其實是決意以死明志，唯有犧牲自己，才能讓你不再受連累。」

顧熙堂聽到這裡，早已涕淚交橫，待得福邇在他耳畔輕輕轉達亡妻臨終遺言，更是傷痛欲絕，哭不成聲。我和昆士在旁看見，都嗟愍不已。大家盡力安慰了他一會，待他心情稍微平復，福邇和我便告辭了，留下幫辦跟他錄取口供和安排認領遺體。

其後，我們的老相識田尼先生，亦即是全香港的巡捕總管，也找過福邇商量如何處理這事件。由於是次決鬥中之涉事者盡皆亡故，又考慮到事情關係到中英兩國的機密軍備交易，官方沒有向外界透露太多，本地新聞紙都當作是一宗日本黑道仇殺事件來報導。過不久，顧熙堂也辭去了製造局的職位，悄然把亡妻遺體帶回上海安葬。

案件如斯收場，福邇自是向隅自責，懊悔道：「假如我沒有插手這起案件，便不會白白送掉五條人命。顧夫人本來一定是希望順利瞞過丈夫，成功抄錄完所有機密文件之後，便可以回復正常婚姻生活。可是當她發現我正在調查人形密碼，知道事情即將敗露，才會起了跟對方玉石俱焚的念頭。」

我道：「福兄，你不要內疚。當初顧先生帶著這些人形圖案來找你的時候，你又怎可能預料到事情竟會這麼牽連重大呢？再說，就算你沒有插手，顧夫人縱使成功抄錄完所有文件，便眞的從此可以和丈夫安枕無憂嗎？下次製造局又有甚麼機密交易讓顧熙堂經手，日本那邊一定會再逼她重蹈覆轍。除了一死之外，她根本無法解脫枷鎖。所以我說，罪魁禍首其實是這個在幕後指使這些甚麼忍者志能便的『主公』才對。」

福邇長長嘆了一口氣，道：「你說得不錯。想不到明治維新之後，日本居然還有志能便存在；他們的『主公』，一定是個非常厲害的人物。茶屋既然是志能便在香港的藏身之所，我本來還想蔓引株求，看看能否查出這位幕後元謀到底是甚麼身分。可惜兇案之後，茶屋立即關門結業，經營者亦馬上離開了香港。」他稍頓又道：「如今唯一的線索，便只剩下顧夫人臨終時所說的一句話。」

我問：「甚麼話？」

他道：「她斷氣前說，她們一眾志能便世代都效忠主公家族。換言之，這人地位必定不低，相信來自世襲武士之家。」他沉默了一會，才再道：「不過就算我不去追查這人的身分，恐怕他也不會就此罷休。我有個不祥的預感，以後還會有再與他交手的一天。」

諜海潛龍

光緒十八年辜臘兩月，即西曆一千八百九十三年初，乃異常寒冷之冬。

幾個月來，大案接二連三而至，讓福邇刺促不得休。秋盡冬來之際，他隻身遠赴暹羅，為國王查辦機密事情，功成後獲御賜白象勳銜。洋年甫過，他一回到香港，又遇上兩宗奇案。其時我次子剛出生，雖忙於照顧妻兒，但當仁不讓，自是予以臂助。先是大寒前幾天，域多利山頂竟下了一場史無前例的淺雪，福邇便憑著雪地上離奇足印，智破香港總督別墅竊案。其後不到一個月，城內又發生了一宗不可思議的失蹤事件，有位名叫阿弗斯的葡人出門時，眾目睽睽下折回屋內拿取雨傘，之後竟從此消失人間。

協助福邇偵破上述兩案之後，正值農曆新春，適逢小兒滿月，雙重喜慶，大家暢敘當然倍覺歡欣；但之後大家各自忙碌，不覺半個月都沒有跟他見面了。直到元宵之後，亦即是西曆三月初，驚蟄雖過不久，但嚴寒天氣依然未止，清晨玻璃窗外仍不時會結有薄霜。

一天傍晚，我在中環醫館收工後，去到街市買了條牛鰍魚回家給內人補身。和妻子瑪麗一起哄完嬰兒睡覺之後，她便回到廳裡給大兒說故事，而我則進入廚房指點女傭煲魚湯。誰知湯才煲到一半，忽聞有人在街上拉響門鈴，待我從廚房出來，瑪麗已去應門。我們所住的屋子位於西環，地方雖不算大，但整棟樓都是自己的，前門正對街道，打開一看，原來是福邇，身旁還站著他的丫鬟鶴心。

福邇道：「華兄，嫂子，晚上打擾你們，眞是十分抱歉。」除了過年過節，福邇鮮會登門造訪。我們請他和鶴心內進，只見福邇神情凝重，不待我開口便道：「華兄，有急事，你可以馬上跟我到廣州走一趟嗎？」

我聽了爲之一愕，忙問：「上廣州？發生了甚麼事情？」

他道：「事態嚴重，必須馬上啓程，途中我再告訴你。我和鶴心坐了人力車過來，車伕正在山腳等候，送我們去畢打碼頭上船。」我所住的街道橫建於西營盤山坡上，由於地勢非常陡斜，車伕難以拉車上落，所以一般都在坡底大路接送客人。

我聽福邇說要隨他前往省城辦案，正想問他要去多久，他已搶先道：「可能要幾天才能回來，所以我帶了鶴心過來幫忙照顧兩個孩子。」他轉向瑪麗又道：「嫂子，麻煩你給華兄準備幾件衣服，好嗎？」

瑪麗見我猶疑，便道：「笙，我和孩子在家裡有鶴心陪著，你快跟福先生去吧！」

我大兒雖然只得幾歲，已十分機靈，這時便跑了過來打招呼：「福叔叔！心姨！」福邇微笑讚了聲「乖！」鶴心便一把抱起孩子道：「心姨過來陪你玩啊！」小孩馬上呱呱叫好。

瑪麗回房給我準備輕便行李，不一會便拿了出來給我，這時我也寫好一張「有事休息」的告示，交託鶴心明天一早過去醫館貼在門上。辭別了妻兒，我跟福邇落到山腳大馬路，果見有兩輛人力車等候，便一人坐上一輛車子，沿著海皮趕往中環上船。

⊕ ⊕ ⊕ ⊕

天氣凜冽，一路又吹著海風，更是分外冰冷，待車子來到畢打街末端的碼頭時，我早已凍得雙耳發麻。只見水邊泊著一艘大型汽艇，岸上有個穿著制服的唐人水手正在守候，一見福邇和我到達，便走過來道：「請問是福先生嗎？我們是送你上廣州的。」

我們打發了車伕，隨水手上船，行過跳板時，看見船上揚著的旗幟在風中獵獵作響。其中最顯眼的是一面緋紅色旗幟，左上角是英國的紅白藍米字國旗，代表英國殖民地，右邊則有代表香港的圓形圖案，畫了兩艘停泊在海港裡的帆船，一艘是歐洲船，另一艘則是中國船。紅旗旁邊還掛著另外一面深藍船幟，正中有個結構複雜的圖形，我記得福邇曾給我解釋過意思：上方由獅子和獨角馬左右擁立一面盾牌和外文箴銘的，便是英國的王家盾徽，其下再加上前述的雙船圖，便合而成爲香港政府所用的徽章。

上到甲板，我馬上問福邇：「到底發生了甚麼大事？竟有官船送我們上廣州。」他道：「確是發生了大事，可是這艘並不是官船。在岸上時你大概沒有留意船頭寫有船名吧？屬於政府的船隻只會寫著編號，不會像民船這樣起個名字的。你一定是看見旗幟，才會以爲這是一艘官船。那面左上角有英國國旗、右邊有代表香港的雙帆船圖的旗幟，是用來表示這艘船是在英國哪個屬地註冊的，不過以紅色作爲底色，便代表這艘是民船或商船；底色若是藍色，才是官船。至於旁邊那面旗幟之上的，確是香港政府的徽章，但我們既知這艘不是官船，這樣規格的便必定屬於某大商行；而本地各大洋行之中，可以公然使用政府徽章的只有一間，便是香港上海滙豐銀行。」[1]

這時一個身穿上級制服的中年唐人走出來招呼我們，道：「歡迎兩位上船。我是船長，姓張。」

福邇跟他說：「我是福邇，這位是我的朋友華大夫。這艘是滙豐銀行的船吧？」張船長點頭答道：「不錯，這艘是滙豐旗下最快的船。上頭突然急下命令，叫我們盡速送你上廣州沙面，請兩位進艙，我們馬上啓程。」

我仍掛心妻兒，忍不住問：「那我們回程怎麼辦？」

張船長道：「我的命令是一直留在沙面，等你們辦好事情，然後載你們回來。」

他帶我們進入船艙，原來已準備了一些西式茶點，還買來了炒栗子，尚有餘溫，倉促之間算是招呼十分周到的了。船長又說，幸好元宵才過了幾天，月色依然十分皎亮，汽艇又備有大光燈，晚上更不像白天那麼多船隻來往，所以夜航也非常安全。待一出了域多利港，便可以全速前進，保證必定能於凌晨時分把我們送到目的地。

啓航後，福邇和我在艙內一起吃著東西裹腹，才有暇向我細訴是怎麼一回事。他說：「華兄，你聽說過一位名叫赫德的英國人嗎？」

我答道：「你是說那個在大清做官的中國通嗎？當然聽過。」

他道：「不錯，他中文姓赫名德，字鷺賓，擔任我國海關總稅務司多年，如今已官至正一

1　文中所提的殖民地時代政府徽章，是於一八四三年至一九五九年間使用的「香港殖民地徽章」（Hong Kong Colonial Badge），如華笙所描述，是在英國王室盾徽下面加上香港雙船圖。其後直至一九九七年回歸，殖民地政府則改用屬於自己的盾徽「香港徽號」（Hong Kong Coat of Arms），設計主要以雙船作為盾上圖案，加上了左獅子右中國龍兩隻護盾獸，及盾牌上方另一隻抱著一顆代表香港的「東方明珠」的獅子。

品。[2]當年赫德大人從旁協助恭親王成立同文館，我在那裡讀書時跟他見過數面，想不到這麼多年後他居然還記得我。今天晚上我突然收到電報，急召我上廣州，電報上的署名正是赫德。」

我奇道：「這麼晚了，你怎麼還會收到電報？」

福邇道：「電報局雖已關了門，但這封電報是由廣州英國領事館發的，他們有自己的電報機，跟香港這邊相連，可以直接拍電報過來給本地也自設有電報機的機構。電報說，位於沙面的英國領事館剛發生了命案，還有極其重要的機密文件失竊，所以安排了汽艇馬上送我過去調查。」他沉吟了片刻，續道：「英國駐廣州領事館發生命案，發電報向我求助的卻不是領事本人，而是身任大清布政使的赫德，把電報送到荷李活道給我的，又是個香港政府的差役，所以我本來以爲這是一件中英之間的官方事情；但既然他們也聯絡了滙豐銀行給我備艇，看來亦與商業有關，的確耐人尋味。」

我問：「電報有沒有說失竊的是甚麼機密文件？」

福邇搖頭道：「電報行文從簡，沒有解釋清楚，但既然死了人又失了機密文件，顯見事態嚴重，所以我才會邀你同行。」

我在香港住了十餘年，廣州也上過多次，卻從未到過沙面，這時知道要前往這個英法兩國租界所在的小島，[3]便問：「沙面不是不許華人踏足的嗎？」

福邇道：「外國列強在中國駐足之地通常都有類似的傳聞，大多是言過其實。你初到香港時，不是也曾以爲兵頭花園不許中國人內進嗎？」

我苦笑道：「當初聽人說，兵頭花園門口有『華人與狗不得入內』的告示，氣得我七竅生煙。後來自己走去一看，才知是訛傳，原來是不准傭人攜犬入內而已。」

福邇道：「可是沙面不同，的確對華人出入有所限制。十年前，一艘英國輪船的外籍水手在沙面附近的碼頭跟一個本地人發生爭執，把對方打落水裡溺斃。事後那水手逃回船上，船長開船離開碼頭，惹起民憤，那一帶許多街坊便放火燒毀碼頭，還衝進沙面大肆搶掠破壞，最後要清軍出動鎮壓。[4]自此，英法雙方都在通往沙面的橋上派駐警衛，除了在租界內工作的華籍雇員之外，其他華人一律不准進入沙面，連中國船隻也不許在那裡泊岸。不過這艘是香港註冊

---

2 愛爾蘭人赫德（Robert Hart, 1835-1911），大學時期轉至英國外交部修習翻譯之後，於一八五四年來華，先後在寧波及廣州領事館任職。由於表現出色，一八五九年受清廷邀請擔任粵海關副稅務司，開始了歷時半個世紀的中國客卿生涯，四年後升任稅務司，直至一九〇八年才退休回英。另外，除了如文中提及曾協助恭親王奕訢成立同文館，及為大清購買外國戰艦之外，赫德亦參與過多次中外條約的談判，包括《煙台條約》（一八七六）、《中法新約》（一八八五）及《辛丑和約》（一九〇一）。在本故事發生的同年（一八九三）七月，他獲維多利亞女皇頒授從男爵（Baronet）爵位。位於香港尖沙嘴的赫德道（Hart Avenue）便是以他為名。

3 廣州沙面租界是英法兩國於一八五九年合資在珠江河畔一處本稱「拾翠洲」的沙丘之上填土而成的人工島，面積約三分一平方公里，《沙面租約協定》於一八六一年由兩廣總督勞崇光與英方代表巴夏禮（Harry Parkes）簽訂。根據英法雙方出資比例，英租界佔地五分之四，法租界佔五分一。

的英屬船隻，我們又是英國領事館請來的，當然不在限制內。」

船長沒有誇口，這艘汽艇果然神速，猶如蛟龍擘水，少頃，窗外域多利城的燈火已越來越遠，終於消失在黑暗之中。再過不了多久，聽到機器聲增強，想必已離開香港水域，進入珠江口的遼闊海面。這時福邇和我吃罷東西，知道還要航行好幾個鐘頭，便索性閉目養神，待抵達沙面時有十足精力應付案件。

披星戴月，夤夜急航，隨著船身顛簸晃蕩，擺得我昏昏欲睡，不覺便漸進夢鄉。

⊕　⊕　⊕　⊕

也不知過了多久，忽聞一把聲音道：「兩位，我們差不多到了。」睜眼一看，是船長派了個水手進艙告訴我們即將抵埗。望望壁上的鐘，原來已凌晨時分。

片刻之後，汽艇的機器聲慢了下來，福邇和我上到甲板，果見船正緩緩駛向大江岸邊一處地方。雖然在這個鐘點已沒多少燈光，但在明亮月色之下，也清楚看到這兒蓋滿了井然有序的歐式建築。

一泊到碼頭，馬上有幾個包著頭的濃髯印度人走過來接我們上岸，只見他們個個身穿軍服，爲首一人衣袖上有四道箭嘴形的標誌，我知道是代表比普通「沙展」還要高一級的「大沙展」[5]。他一見到我們，便急不及待用英語道：「請問哪位是福先生？我是星大沙展，請跟我來。」

像他這種包著頭蓄著大鬍子的印度人叫「錫克」族，男丁個個都以「星」爲姓氏，福邇和我在香港差人之中的老相識葛渣星幫辦正如是。[6]福邇向他表明了我倆身分，星大沙展便給我們引路。

福邇問他：「電報只提及領事館有人被殺及機密文件失竊，究竟是怎麼一回事？」

星大沙展道：「領事館關門之後不久，有人潛入領事的辦公室偷取機密文件，看來被一位還未下班的職員發現，賊人便把那位職員殺掉，拿了文件逃走。」

我們穿過一個小公園，來到一組三合格局的宏偉樓宇，這個時候島上的窗戶盡皆漆黑一

4 發生於一八八三年九月的「沙面事件」，過程一如福邇在本故事裡所述。事後，清廷向外國政府道歉及賠償損失。把人打落水致溺的葡籍船員則在澳門受審，終被判三個月徒刑。

5 「大沙展」是英語軍銜 Sergeant Major 半音半義的粵式譯法，現代正式中文名稱應作「軍士長」。

6 錫克教是那納克宗師（Guru Nanak, 1469-1539）於十五世紀在印度北部旁遮普創立的宗教，旁遮普語「錫克」（Sikh）一詞便是「信徒」的意思。主要教義包括堅信一神論、主張種姓和男女平等，及反對偶像崇拜。男性一律不剪剃髮鬚及在名字加上 Singh（意即獅子）一字，女性則冠以 Kaur（公主）。《香江神探》系列裡經常出現的葛渣星幫辦便是信奉錫克教的印度人。

片，唯獨這處的主樓卻依然燈火通明。不用大沙展說，一看便知這一定是事發的英國領事館。入到主樓裡，大沙展帶我們來到一個會客廳。

廳內的大壁爐裡生了火，只見有五個男人正坐著，一面等候，一面互相交談。我本還道我們要見的一定全是洋人，想不到其中一個居然是穿褂留辮的中國人，應不過三十來歲年紀，卻老氣橫秋，一看打扮舉止便知絕非使館裡的傭僕，而是跟洋人們平起平坐的模樣。五人當中年紀最大是一位年約六十、鬍鬚灰白的禿頭紳士，他一見我們進來，便彬彬有禮地站起來伸手迎接；其餘四人見狀，也一一站了起來。

福邇顯然認得這位老紳士，親切地跟他握手，用英語道：「赫德先生，多年不見，您依舊神采飛揚。想不到您還記得我。」

赫德含笑而答，說的卻是流利官話：「我怎會忘記呢？轉眼二十多年了，恭親王跟我依然不時談起當年同文館裡的神童福邇。看你！如今早已長大成人，我卻變爲老人家了。」他接著臉色一沉，又道：「可惜我們沒空敘舊。這位一定是你的朋友華大夫了，幸會幸會。」

我們打過招呼之後，赫德正要轉身向我們引介其他人，當中一個約莫四十來歲，身形最高大、滿臉短鬍的洋漢已不耐煩地用英語道：「請你們用大家聽得懂的語言說話，好嗎？赫德先生，你不用告訴這人任何東西，只要他聽從我們指示便行。」他轉向福邇，把雙手扠在腰上，又道：「你便是姓福的，對吧？我們已經等了你很久。你甚麼也不要多問，我們叫你做甚麼，你便做甚麼，明白嗎？」頤指氣使的神態甚是傲慢。

在此先向看官稍作解釋：筆者初履香港時本不諳英文，但十多年來得到福邇和內子悉心指導，往下各人對話我大致也聽得懂，偶有不明白的地方便事後請教福邇。

回說福邇見這傢伙如斯無禮，當下故意不回答他，轉向其他人用優雅的英語道：「剛才赫德先生正要給大家做介紹，我便是福邇，我的伙伴是華大夫。這位先生似乎懷疑我的能力，意欲對我有所隱瞞，不過非常抱歉，我不能接受這種辦事方式。不如這樣吧，我雖然跟各位素未謀面，但不用赫德先生介紹，我也可以一一道破你們每位的身分。不但如此，我亦看穿了這宗案件背後隱藏著甚麼事情。待你們聽過我說的對不對之後，再決定是否讓我留下來辦案；不過若是決定讓我留下的話，便必須跟我坦白，任何細節也不許保留。同意嗎？」

眾人聽他這麼說，一時面面相覷，不知如何答話，唯獨赫德臉上微露笑意，向其他人點一點頭，道：「同意。福先生請說。」

福邇目光銳利，正是廣東人所謂的「一眼觀七」，剛才進來時雖只在每人身上輕輕一掃，當然已有所領略。他故意繼續冷落那鬍鬚大漢，先跟另外兩個陌生洋人說：「在我左邊的這位，是大英駐廣州副領事莊生先生，而右邊的這位，是香港上海匯豐銀行其中一位董事，布魯斯先生。」接著又對那位中國人說：「而這位便是湖廣總督張之洞大人的洋文案，辜湯生先生。」

三人聞言，均面露訝異之色，頷首稱是。儘管我這麼熟識福邇的神通，也只能大概猜得到他如何判斷哪位是領事館裡的負責人，卻不明白他怎會知道這人不是領事而是副領事；至於他如何能夠推斷出另外兩人的身分，更是令我摸不著頭腦。

福邇這時才轉回鬍鬚大漢道：「至於閣下，則是大英海軍軍官巴定頓中校，目前並非在船上服役，而是擔任文職，這次還是第一趟來到中國。」

英人一般性情冷漠，喜怒不形於色，教人難以捉摸，但這個巴定頓中校此刻卻掩飾不住震驚之情，急問：「沒多少人知道我來到中國，是誰向你洩漏了風聲？」

福邇微笑答道：「中校請放心，沒有人向我洩漏消息，我剛才所說的，全都是觀察所得。」他先轉向副領事，解釋道：「大英駐廣州領事前年離任，至今仍未委派接任人，所以期間領事館便由莊生先生你代為主持。我看過新聞紙報導，記得你的名字，雖沒刊登照片，不知道容貌，但剛才大沙展引我們進來的時候，我留意到他目光跟你相接，待你向他微微點頭後才退到門旁，所以看出你的身分。」

莊生道：「我們不久前獲悉京津領事將調派到廣州，不過他還要再過幾個月才能赴任，所以目前這裡的一切事項依然由我負責。」

福邇接著又向布魯斯道：「剛才從香港送我們上來的是滙豐銀行汽艇，我以往曾爲滙豐辦過幾件案，記得銀行董事之中有一位叫布魯斯。這是伊利近伯爵家族的姓氏，已故第八世爵爺便是當年英法聯軍的英方元帥，我見過他的畫像，剛才第一眼看到你察覺面貌相像，必有血緣關係，所以便知道你是布魯斯先生。」

布魯斯點頭答道：「福先生你說得對，家父是上任伊利近伯爵的堂兄弟。去年滙豐買辦虧空巨款一案，我們眞是非常感激你的幫忙！[7]今晚接你們上來沙面的船，便是我發電報叫銀行安排的。」

巴定頓冷哼了一聲，道：「原來只是巧合知道而已。」

福邇回身對這傢伙微微一笑，答道：「若沒有充分的知識來配合觀察入微的能力，你所說的『巧合』又怎會發生呢？」接著又從英文轉用另外一種歐語，說了一句話。我站在辜湯生身旁，聽不懂那句外語的意思，便忍不住低聲問他，但他正專注著福邇一言一語，只是漫不經心的答道「是法語」。之後我問起福邇，才曉得原來是一位偉大法國科學家的名言，大抵跟我國

7 一八九二年，匯豐銀行買辦羅鶴朋因為私人投資失敗，虧空了雇主百餘萬港圓潛逃，隨後被緝捕歸案，當時港粵報章均廣泛報導。華笙在同年發生的〈舞孃密訊〉有提及這案件，沒有將之寫成故事，是因為案情過於平淡之故。

「吉之先見，君子見機而作」的說法相類。8

福邇又跟中校說：「我剛才只不過是由淺入深，現在再解釋是怎樣看穿你的身分。去年我查辦滙豐虧空案的時候，無意中得知他們這幾年來正在進行一宗極爲隱密的交易，稱爲『布魯斯·巴定頓計劃』，就算是銀行內部也很少人知曉箇中詳情。待我來到這裡，見到布魯斯先生在場，便聯想到閣下可能便是這項計劃裡所提及的另一位人物『巴定頓』。既然布魯斯先生所代表的是滙豐銀行，那麼巴定頓先生你又是擔任甚麼角色呢？你雖然穿著便服，但從儀容舉止便看得出是軍人。英國陸軍規定，軍官上唇必須留髭鬚，但海軍的慣例卻是整臉留上修短的絡腮鬍，所以知道你必屬後者。之後你扠腰時，我看見你左手小指所戴的戒指上果然有王冠和鐵錨的圖案，代表英國皇家海軍中校軍階。你臉上並無久經日曬之色，可知已有一段日子未在船上服役，而是從事文職。憑這幾點，足以讓我斷定你必是巴定頓無疑。」他稍頓了一下，又道：「至於我怎會知道你是第一趟來中國，請你回想一下自己剛才說話的態度，便自有分曉。」

巴定頓一定從未有過中國人如此跟他說話，聞言後臉色一陣青、一陣紅的，十分難看，一時說不出話來。福邇不再理會他，轉向其他人道：「各位，我並非存心賣弄本領，但我剛才也說過，你們遠道從香港急召我上來，卻連屍體也還未讓我看便對我諸多隱瞞，叫我怎麼給你們破案呢？我做出連番推斷，點破大家的身分還是其次，更重要的是要釐清整件事情的來龍去脈。不過當我看出三位的身分之後，便明白了『布魯斯．巴定頓計劃』是怎麼一回事，也難怪你們不願透露。」

赫德會心微笑道：「眞的給你看出來了？」

福邇轉向他道：「當然了。赫德先生您貴爲大清海關稅務司，會有一宗甚麼樣的交易，竟讓您跟英國駐廣州副領事、香港上海匯豐銀行董事、英國海軍代表，還有張之洞大人的洋文案共聚一堂呢？目前這項『布魯斯．巴定頓計劃』，資金自然是由匯豐銀行借給大清的，而赫德先生您親自駕臨，想必是因爲朝廷打算運用部分關稅收入來償還貸款，對不對？」

赫德點頭道：「你說得一點都不錯。」

福邇又道：「可是總稅務署位於北京，爲甚麼您不在京城接見，反而遠道南下來到沙面跟他們會面呢？可見這宗交易並非一般的軍火買賣，而且履行的地點一定是在廣州。赫德先生您除了爲朝廷管理關稅之外，對我國自強維新之要務亦不遺餘力，當年大清第一批外國戰艦正是由您負責購買的。如今您會晤的英方代表之中又有一位是海軍軍官，售賣給中國的是甚麼軍

8 這應指法國微生物學奠基人路易．巴斯德（Louis Pasteur, 1822-1895）關於科學精神的名言：「Dans les champs de l'observation le hazard ne favorise queleses prits prepares」，直譯便是：「在觀察的領域之中，只有準備充足的頭腦才會得到幸運的眷顧。」華笙引用之句出自《周易．繫辭下》：「幾者動之微，吉之先見者也。君子見機而作，不俟終日。」兩者意思有相近之處，但不盡同。

備，不是呼之欲出嗎？我國各路水師幾年前已停止增添軍費，所以這項交易才需要向外借貸。北洋和南洋兩支水師實力雄厚，福建水師卻在九年前被法國海軍幾乎盡數殲滅[9]，已難重整；既然這個『布魯斯·巴定頓計劃』一直在粵港進行，可見軍備必定是賣給基地設在廣州黃埔的廣東水師。」

環觀眾人聞言後面面相覷的表情，便知道福邇三言兩語之間，果已深中肯綮，點出了眞相。福邇轉向辜湯生道：「諸位之中，以辜先生你的身分最爲隱晦，我還未曾解釋我是怎樣推斷出來的；也正是因爲我看出了你的身分，才會知道『布魯斯·巴定頓計劃』的祕密。」

辜湯生聽了，靦腆道：「願聞其詳。」

福邇道：「剛才我進門時你們正在談話，我聽到辜先生的英語異常流利，但口音卻又有別於一般在國內學習英語的人，反像是在西方留過學。接著我推斷出『布魯斯·巴定頓計劃』是中英兩國之間的軍備買賣，便記起聽說過有一位名叫辜湯生的奇人，是馬來亞出生的華僑，曾在英、德、法諸國留學，不但精通多種語言，更考獲多個不同科目的大學學位，七八年前，投於時任兩廣總督的張之洞大人麾下擔任洋文案之職，很快便聲名大噪。其中一項要務，是協助張大人成立廣東製造槍彈廠。其後張大人調任湖廣總督，辜先生又輔佐他在當地籌辦兵工廠和治鐵廠。[10]『布魯斯·巴定頓計劃』一定是張之洞大人仍任兩廣總督時便已開始商談的，辜先生當然參與其中，所以張大人現在雖已調任，但在這宗交易即將完成之際派他的得力助手回來幫忙，亦十分合理。」[11]

辜湯生欽服道：「久聞福先生大名，今天一期而遇，果然名不虛傳。張大人在兩廣就任時跟大英海軍和滙豐銀行接洽，所有文書都是由我負責的，如今他知道赫德先生下來廣州跟巴定頓中校見面，便特地派我過來幫忙。」他像古老算命先生般屈著手指算了一算，又道：「張大人調任湖廣也有三年半，計算起來，我最初跟巴定頓中校和布魯斯先生書信來往已是四年多前的事情。過了這許久，我還以為大家終於可以面對面一起完成這項計劃，想不到現在卻突然發生了這樣的事情。」他說到這裡，便忍不住搖頭嘆息一番。

---

9 中法戰爭時，法國遠東艦隊於一八八四年八月突襲位於福州馬尾的福建水師，不但把中方艦隻幾乎盡數殲滅，還摧毀了當地造船廠及閩江沿岸不少軍事設施，史稱「馬江之役」或「馬尾海戰」。《香江神探》第一集裡的故事〈越南譯員〉亦有提及這場戰役。

10 廣東製造槍彈廠，一八八六年由兩廣總督張之洞在廣東番禺設立，生產步槍、機槍和彈藥。一八八九年，張之洞購得德國機器，又擬在廣州石門建設更大規模可以製造大炮和炮彈的工廠，但同年調任湖廣總督後，卻認為湖北地理條件更佳，遂於一八九〇年在漢陽成立湖北槍炮廠（一九〇四年易名為湖北兵工廠）。次年，又開始籌建漢陽鐵廠，一八九四年投入生產，一九〇八年與大冶鐵礦及同萍鄉煤礦合併成為漢冶萍煤鐵廠礦公司。

11 辜湯生（一八五七—一九二八），字鴻銘，英語前名Tomson，是出生於檳榔嶼（今檳城）的馬來華僑，祖籍福建同安。十歲至二十三歲先後在英、德、法三國留學，精通多種歐洲語言，攻讀文學、土木工程及法學等不同科目學位。回鄉後又致力修習中國文學及歷史，一八八五年赴華，受張之洞聘為洋文案（外文祕書），除有協於成立多項新式工業化設施之外，在本故事發生同年（一八九三）十一月，亦為張之洞擬稿上奏光緒皇帝籌辦高等學府，其後辜鴻銘便於欽准成立的自強學府（武漢大學前身）擔任方言教習（外語教授）。

福邇轉向其他人道：「怎樣？我的推斷能力還可以吧？還需要我道出『布魯斯．巴定頓計劃』的祕密嗎？」

到了這地步，眾人對福邇料事如神的本領自是驚佩不已，唯獨巴定頓卻仍不信服，雙手盤胸問他：「你眞的知道『布魯斯．巴定頓計劃』是甚麼嗎？」

我心想：怎麼這傢伙如此冥頑不靈？福邇剛才不是說得很清楚，這項計劃就是跟英國購買戰艦了？還有甚麼祕密可言？

不料福邇卻答道：「中校，你一定以爲我會說，這是一宗購買戰艦的交易吧？可是我卻看出沒這麼簡單。若是一般的戰艦炮艇，莫說大清多年來已經向外國購買過多艘，而且如今廣東水師更是能夠自行在黃埔建造。假如『布魯斯．巴定頓計劃』只不過涉及這些眾所周知的事情，中英雙方大可以光明正大地進行，爲甚麼要保持機密呢？唯一的理由，是這宗交易裡的武備，本身便是一項重大的軍事祕密。」他環視各人一遍，才繼續道：「西方列強近年不斷爭相競研新式武備，其中有一種適用於海戰的，正是我認爲大清現正向英國購買的東西——這便是可以在水底發射『陀披度』的『撒瑪漣』！」

我不懂他最後一句所用的兩個英文字，但在場其他人聞言卻無不目瞪口呆。福邇知道我聽不明白，便轉向我改用中文解釋：「『陀披度』即是魚雷，而『撒瑪漣』這個字直譯便是『海底船』的意思，是一種可以潛落海面之下航行、從水底攻擊船隻的特殊戰艇。」[12]

⊕ ⊕ ⊕ ⊕

福邇洞幽燭遠、見端知末的本領，沒有人比我更清楚，但他這次只憑涓塵點滴的依據，便不但逐一點破了多位素未謀面的陌生人身分，還看穿了他們背後中英兩國機密交易的眞相，就連我也不禁爲之愕然；其餘各人震驚詫異之情，更是不用細表了。

赫德最先反應過來，跟福邇道：「眞的甚麼事情也瞞不過你。大清花了四年多的時間跟英方洽談的這項『布魯斯．巴定頓計劃』，便是爲了建造中國第一艘海底船，名爲『潛龍號』。」

福邇道：「不用說，殺人兇手盜走的機密文件，當然不是中英之間這宗交易的合約，而是『潛龍號』的設計圖才對。」

---

12 「陀披度」與「撒瑪連」是 torpedo 和 submarine 的音譯，應是華笙自創的中譯名。在當時，在水面上由船隻發射的魚雷已成為常用武器，北洋艦隊便擁有多艘魚雷艇。在一八八六年，土耳其購置了英國製造、世界上第一艘成功在水底發射魚雷的潛水艇，命名為 Abdül Hamid 號；本故事裡的潛龍號，相信便是規格相同或更高的型號。當時中文仍未出現「潛水艇」這個名詞，最近似的早期用例，是凡爾納（Jules Verne, 1828-1905）科幻名著《海底兩萬里》的一九〇五年中譯本，把 submarine 譯作「海底潛行船」。

巴定頓中校悻悻然道：「不錯。合約還未簽訂，就算失去也沒甚麼大不了，但被人偷去的海底船設計圖卻是大不列顛的國家機密，是現今最先進的軍事科技，這一定是外國間諜所爲。」

海底船這種匪夷所思的機器，我本也略有所聞，知道像我國古代傳說中的「淪波舟」一樣能夠潛行水底，[13]卻不曉得竟還可以伏擊海面上的船隻，確讓敵人防不勝防，無從抵擋。正所謂「國之利器不可以示人」，難怪中英雙方都不容這新式武備的設計圖落入敵國手中。

赫德又跟福邇道：「正如你剛才所說，南北洋水師已久未添置過新的船艦及裝備，缺乏資金當然是一個問題，但另外一個原因，是假若軍力過於強大的話，必定會引來朝中某些派系猜忌。我們計劃在廣州建造潛龍號和訓練海底船隊伍，一來可以得到香港方面的借貸，二來廣東水師規模較小，擴充軍備亦不會這麼容易惹起爭議。想不到如今差不多可以就訂約事宜奏請朝廷之際，卻發生這樣的事情！」

福邇道：「那麼事不宜遲，快帶我到案發現場看一看。」

一直守在門旁的星大沙展這時望望副領事，見他點頭，便道：「請跟我來。」他帶福邇和我走出會客廳，其餘各人也隨後跟著來。大沙展領著我們一行人踏上一層典雅的梯階，來到二樓一個有兩名印度警衛看守的門口，道：「命案現場是領事先生的辦公室，設計圖也是從這裡被盜走的。」

副領事也道：「像設計圖這樣機密的文件，平時都鎖在這個辦公室的夾萬裡面，領事離任後我雖然暫時接替了所有相關工作，卻一直留在自己的辦公室，沒有搬進這裡，所以這個房間大部分時間都沒有人。」

我們入到裡面，第一眼便看見偌大的房間裡，辦公桌前面的地上躺著一具仰臥的男屍。死者是一個年約三十上下、中等身材的洋人，棕髮無鬚，相貌和衣服皆平平無奇。再看一邊牆上的一幅西洋風景油畫，原來畫框是一道安裝了門鉸的暗門，這時已敞開著，背後隱藏了一個嵌在牆內的夾萬，是使用密碼輪盤的那種，也已被打開了。夾萬下面的牆腳有個半開的洋式手提皮袋，可以看見裡面載滿了林林總總的工具。

福邇問：「發現屍體之後有沒有讓任何人碰過這個房間內的任何東西？」

大沙展答道：「沒有。死者是在下午六點十五分左右被一個傭人發現的。辦公室的門通常都是鎖著的，但這個傭人從外面經過時卻留意到門竟然只是虛掩著，打開門一看便發現裡面有具屍體。我聞訊馬上趕來，當時屍體仍是暖的，血跡還未乾。之後一直有警衛把守現場，通知了這裡幾位先生之後，也只有副領事先生跟我一起進來確定設計圖已不在夾萬裡，其他人只是

13 東晉王嘉《拾遺記》卷四：「始皇好神仙之事，有宛渠之民，乘螺舟而至。舟形似螺，沉行海底，而水不浸入，一名『淪波舟』。」

像現在一樣站在門邊旁觀而已。如果你要盤問發現屍體的那個傭人，我可以叫人帶他過來。」

福邇道：「暫時不用。死者是甚麼身分？」

副領事道：「死者叫做威斯特，是個英國人，是倫敦爲了協助我們完成這次跟中國的交易而特地派來的助理，在廣州領事館已經工作了七八個月。由於合約簽訂在即，他最近因爲要準備次日所需的文件，每天都留下來工作得很晚。我們相信他驚動了竊賊，所以被殺。」

福邇拿出放大鏡檢視辦公室房門的鑰匙孔，道：「大沙展說辦公室這道門通常都是鎖著的，而匙孔確有用開鎖工具挑弄過的痕跡，看來是外人所爲。」

副領事道：「領事離任後，這個辦公室便沒有人使用，不過不少重要的文件都存放在這裡，所以我和威斯特因爲工作需要，都有這個辦公室的門匙。」

福邇問：「威斯特工作的地方離這裡很近嗎？」

副領事點頭道：「我的辦公室便在隔壁，在我另外一邊的房間給了威斯特使用，所以他的辦公室跟這裡只隔兩個門口。五點鐘下班時間之後，領事館裡便沒有甚麼人，賊人分明趁著這個時候潛進來偷取機密，卻不知道有人仍在附近工作。威斯特一定是聽到可疑的聲音，過來看個究竟，便跟賊人碰個正著。」

福邇望了一眼牆上的夾萬，詰問：「這個雙重鎖夾萬，要使用密碼輪盤和鑰匙才能開啓。

有誰知道密碼及擁有鑰匙？」

副領事道：「夾萬的密碼在領事離任後已經重設，本來只有我一個人知道，但威斯特到來之後，因爲工作需要，我便告訴了他。夾萬只有兩把鑰匙，本來由領事和我各自保管一把，領事離任時當然退還了他那把，我便把這把鑰匙借給了威斯特。」

福邇又問：「海底船設計圖體積有多大？」

副領事道：「一共幾十張圖，捲起來體積也不小，放進夾萬便沒有多少空間容納別的物件，若要攜帶也總要用個這麼大小的袋子才放得下。」他用手比劃了一下，又道：「我們相信賊人沒有帶走這袋工具，正是因爲不想拿著太多東西。」

福邇想了一想，再問：「海底船設計圖已經存放在這裡多久了？」

副領事答道：「爲了完成這宗交易，英國一直向中方提供部分的海底船設計圖作爲參考。這幾年來，存放在領事館的設計圖越來越多，不過直到現在簽約在即，最後一批圖樣才在上個禮拜巴定頓中校抵埗時由他帶來。我們的原意是，一簽好合約，便會把齊全的設計圖交給中方。」

福邇「唔」了一聲，道：「賊人不遲不早，正好在這個時候下手，很明顯掌握了非常準確的情報。」

剛才大家一進門，巴定頓中校便一副欲言還止的模樣，這時終於忍不住道：「你們還不告訴他，賊人在現場留下物證，曝露了身分？」

福邇道：「等一等。先讓我自己看一看才說。」接著又跟我道：「華兄，有勞你檢驗一下屍體。」他說罷便走到打開了的夾萬前，從懷裡掏出放大鏡開始仔細找尋線索。

我解開死者胸前的衣服，檢查過致命傷口，便道：「依傷口來看，凶器是一把單刃的短刀，直貫心臟，令威斯特先生頓時斃命。兇徒手法純熟，刀鋒從肋骨之間橫插而入，待心跳停止之後才拔出，所以沒有噴出大量血液。」

雖謂術業有專攻，十多年前福邇與我相遇之初，也許眞的需要借助我的醫術及戰場經驗來驗屍，但到了這個時候，他對此其實早已比我有過之而無不及；他在命案現場讓我跟他分工合作，無非是客氣而已。這時他已檢視完夾萬周圍，便走過來蹲在我身旁也看了一遍屍體，對眾人道：「地毯上從夾萬那邊到這裡有拖痕，可見兇手是在那邊殺了人之後再把屍體拖過來的。」

他回到夾萬底下的皮袋，從裡面拿出一件模樣奇怪的東西，是連著一條橡膠軟喉的一雙長形金屬夾子。我知道這是西醫用來聽診的儀器，夾子的部分架在雙耳上，喉管的另一端則連著一個用來收音的小鋼杯，貼在病人胸口便能聽取心跳呼吸。他跟大家說：「你們大概也會想到，賊人是用這個聽診器解開夾萬密碼的。據說最有經驗的小偷會使用這東西來細聽夾萬密碼輪盤轉動時的聲音，憑著內部齒輪每次轉到正確號碼時所發出稍有不同的微響，便能找出開啓夾萬的一組數目字。」

說罷，又指指開著的夾萬門上插著的一把鑰匙，問：「莊生先生，我相信你應已確認過，這把是你借給威斯特使用的鑰匙？」

副領事莊生點頭道：「不錯，夾萬的兩把鑰匙上都刻有不同的編號，我已經確認過，這把的確是我借給威斯特使用的鑰匙。」

福邇道：「賊人留下的這個皮袋還載滿鑽子、鐵筆、撬棒等爆竊工具，但卻沒有在夾萬上留下痕跡，看來是本來準備開啓輪盤上的密碼鎖之後，再用工具弄開鑰匙鎖的。不過威斯特半路闖了進來，賊人唯有把他殺掉，然後又正好在他身上搜出夾萬鑰匙，所以便用不著這些爆竊工具了。」

副領事道：「這正是我們的想法。設計圖捲起來體積也不小，賊人得手之後大概嫌拿著太多東西過於累贅，便把這袋工具遺棄在現場。」

福邇蹲了下來，指著皮袋上印著的兩個拉丁字母，道：「剛才巴定頓中校說兇手在現場留下了曝露身分的證據，是指皮袋上J.G.這個主人名字首字母縮寫吧？你們心目中已有疑犯，卻分明還沒有對他採取行動，爲甚麼呢？唯一的理由，是因爲他是法租界那邊的人，你們無權過去抓人。」

副領事嘆道：「不錯。這人確是法租界那邊的居民，全名是夏克．高帖爾，身分有點神祕，據稱是比利時國籍。」

巴定頓冷哼道：「也不知他是不是眞的比利時人，總之是說法語的，多半是法國間諜。」

福邇道：「若是普通的罪案，當然可以要求法租界幫忙拘捕疑犯，但既然被盜的文件是軍事機密，你們更懷疑高帖爾本身便是法國間諜，沒辦法之下，才老遠從香港請我這個局外人來暗中處理，對不對？」

副領事道：「赫德先生和布魯斯先生都對你的本領稱讚不絕，我對你的事蹟亦有所聞，你當然是調查這事情的最佳人選。」

福邇微微一笑，一針見血道：「更重要的是，因爲我不是英國人，就算我在法租界裡暗中調查時被他們發現，你們也可以置身事外。」若他不說，我也不會想到原來這班英國人這麼狡猾，美其名委託，其實卻只不過想假手於人。

副領事被他一語道破，尷尬答道：「我們不是這個意思，不過我相信你也明白，我們非但不可能向法國人求助，若被他們發現我們暗中越界調查，只會把事情越弄越大。」

赫德果然是洋人所謂的「中國老手」，馬上打圓場道：「福先生你可以放心，要是你在法租界裡遇上麻煩，英國領事館不出面，我也會代表大清為你出面。」

福邇欠一欠首道：「謝謝您，赫德先生。總之我小心行事便是。你們對這個高帖爾知道多少？」

副領事本來還怕福邇不願接辦案件，這時聽他這樣說，馬上鬆了一口氣，答道：「高帖爾兩個月前在法租界租了一個地方住下來，沒有人知道他的來歷，但很快有一些謠言流傳開來，說他是遊歷世界的冒險家，曾暗地裡為多個國家的政府幹過一些不可告人的勾當，我們也因此開始對他多加留意。」

星大沙展接道：「正如副領事先生所說，我們一向對沙面裡的可疑人物有所提防，高帖爾雖然很少在英租界這邊出現，但我早已把他的容貌告知所有警衛，吩咐他們一見到這個人，便記下他的行蹤。昨晚守橋的警衛向我報告，高帖爾昨天下午四時四十二分，亦即發現死者前約莫一個半鐘頭，由對岸過橋進入英租界。」

福邇點頭道：「這很有用。你們還未告訴我高帖爾容貌如何。他的頭髮是黑色的，對不對？」

副領事奇問：「你怎會知道？」

福邇道：「剛才我在死者衣服上發現幾根黑色的頭髮，以長度和髮質來判斷，不是中國人的頭髮，所以不會是發現屍體的領事館員工所留下的。」

巴定頓激動道：「這便證實兇手是高帖爾！你還不快過去法租界調查？」

福邇道：「我正有此意，但動身之前還有幾個問題要先弄清楚。除了頭髮是黑色之外，高帖爾是甚麼樣子的？」

星大沙展道：「這人大約五英尺八九英寸高吧，不胖不瘦，蓄著一把短山羊鬚，右眼通常架著個單片金絲眼鏡。他的衣著十分炫耀，近來就算天氣不太寒冷也愛穿一件紫貂皮裘大衣出外。我已再三問清楚守橋的警衛，他們絕對不會認錯人；高帖爾過橋時正是穿著這件大衣，他問守衛領事館還有多久關門，還拿出袋錶跟他們確認時間，所以才會說得這麼準確，是四點四十二分。」

福邇又問：「據我所知，沙面島只有兩座通往岸上的橋，對嗎？」

大沙展答道：「對。我們這邊的叫『英國橋』，位於島的北面，法租界那邊的叫做『法國橋』，在島東面，兩座橋都在晚上十點鐘關閉。我們雖然無法完全確定疑犯有沒有循水路離開沙面，但如果他是走陸路的話，那麼十點鐘前一定過了法國橋，因爲他下午四點四十二分行經英國橋進入沙面之後，橋上的守衛便再沒有見過他了。」

福邇道：「那麼水路呢？」

星大沙展道：「你也許知道，不是任何船隻都可以在沙面停泊的，如果有未經許可的船隻在英租界停留，沒可能不被我的手下發現。當然，高帖爾說不定預先準備了小艇，趁沒有人在附近巡邏的時候偷偷開走。可是警衛必定對任何可以泊岸的地方多加留意，哪裡多了一條船少了一條船都不會走漏眼，所以我認爲他犯案後一定是由法租界那邊離開沙面，不是走法國橋，便是在法租界備了船。」

福邇道：「我還有一個問題。你們知道疑犯是怎麼進入領事館的嗎？」

大沙展道：「我們發現樓下一個空置的小房間窗子被撬開了，高帖爾一定是趁著大部分員工在五點鐘下班後，從那裡進出領事館的。」

福邇道：「謝謝。那麼我想先去看看死者的辦公室，及樓下那扇被撬開的窗子，之後便要麻煩你帶我和華大夫去法租界高帖爾所住的地方。」

⊕ ⊕ ⊕ ⊕

星大沙展帶福邇和我去看威斯特生前的辦公室，正如副領事之前說過，那裡跟案發現場只隔兩個門口，地方也小得多，福邇進內環視了一遍，便道：「可以了。威斯特是住在領事館裡的嗎？」

大沙展搖頭道：「不是。他在英國橋對岸的燈籠街租了一個地方住。」

之後，大沙展又帶我們落樓，到領事館內一個頗爲偏僻的空置小房間，讓福邇檢視那扇撬得破爛不堪的窗子。我本以爲福邇一定會拿出放大鏡端詳一番，誰知他只瞥了一眼，便跟大沙展點頭道：「我們過去法租界吧。」

臨行之前，福邇跟副領事等人道：「我天亮前便會回來向各位報告，請你們在會客廳裡等候，誰也不要離開。」說罷也不待他們回答，便與星大沙展和我離開了領事館。

這時還有幾個鐘頭才天亮，大沙展帶我們出到中央大街，往東一直走，不久便來到一個街口。他把我們拉到暗角，小聲道：「法租界不大，過了這個街口便是，再往前走到中央大街的盡頭便是法國橋。當然，橋現在仍是關著的。」他掏出袋錶看了一看，又道：「警衛每個鐘頭都會巡邏一圈，應該不用多久便會巡經前面的街口，我們等他們經過之後再過去吧。」

我們靜靜在暗處等了不到十分鐘，果然看見幾個穿著制服的警衛經過街口，但奇怪得很，他們竟然都是唐人。待他們走了，我便忍不住低聲問：「爲甚麼法租界會有中國人做警衛？」

星大沙展答道：「他們是越南招募過來的士兵。跟我來。」

他帶著我們在街口轉左，只見對面街角是一座教堂，後來福邇告訴我是兩三年前才建成的天主教聖母堂。我們往北走，很快到了街尾，前面已是沙面島與廣州岸邊之間的運河。我們緊隨大沙展轉右沿著運河旁的大街走了不遠，來到一處種有大樹的地方，便又再躲了起來。

這個鐘點，任誰都應該仍酣睡被窩之中，但我們卻看見對面樓宇三樓的一個窗戶，緊閉的布簾背後竟隱約透出微弱燈光。星大沙展輕觸福邇手臂，指指那窗口，細語道：「那正是高帖爾租住的地方。難道他還在嗎？」

福邇不答，輕豎食指在唇前表示大家不要作聲，帶領我們小心翼翼來到窗下。只見牆腳下有個長長的花槽，但在冬天裡已沒有甚麼花卉；每層窗子旁邊的牆上，又嵌了一個高及屋頂的花棚，但攀附在上面的植物在寒冷天氣中亦已盡凋零。福邇天生一雙猞猁眼，黑暗中視物比一般人來得清楚，頃刻之間便似乎有所發現。

他又領著我和星大沙展悄悄走到樓房另一邊，轉過屋角，才招手示意我們湊過頭來，小聲跟我們交頭細語道：「上面的不是高帖爾。這個人不是由門口進入室內，而是沿著花棚爬上去，撬開窗子進內的。花槽裡的泥土有剛被踩過的痕跡，依稀看得出鞋印，依照大小來判斷，是一名小個子的男人，跟你們所描述高帖爾的身形不符。牆壁上的花棚旁邊，由下至上有幾處鞋頭踩在壁面借力時留下的汙跡，一路去到高帖爾的窗口，而窗子現在也只是虛掩著，可見這個人是沿著棚架爬上去撬窗入內的。」

星大沙展面露猶豫之色，歉道：「對不起，我不能陪你們上去。以我的身分，深夜走進法租界不是不可以，卻絕不能擅闖民居。」

福邇道：「我明白。我先上去，你們兩位守在下面。」

大沙展問：「你有挑鎖工具嗎？怎樣開門？」

福邇道：「這個你不用擔心，可是我到樓上開門的時候，裡面的人一定會聽到聲音。他大概會想到我已看到窗口的燈光，躲起來也沒有用，所以多半會逃走。他若是奪門而出，萬一我應付不了，你們可在樓下截著他；而他若是從窗口爬出來，那麼有我在上面、你們兩位在下面，更是讓他進退兩難。」

我們靜靜回到這棟樓的正面，星大沙展和我這時依照指示守在前門和高帖爾窗口之間，福邇走到大門，幾乎沒有聲響地弄了幾下，不一會便聽到輕輕「喀」一聲，打開了鎖。他開門內進後只是虛掩大門，好讓我們必要時可以隨時入屋接應，便無聲無息地登上樓梯。我和大沙展兩人一直監視著三樓窗口，但見燈光沒有變動，看來房內的人並沒察覺異樣。我們等著等著，過了一秒又一秒，其實應該只有十來分鐘，感覺卻仿如一兩個鐘頭。我暗暗擔心，窗口裡的燈光可能隨時熄滅，接而傳出打鬥聲，所以縱使身處寒夜，手心也不禁捏出一把汗來。

樓上久久沒有動靜，想不到突然之間，燈火竟變得光亮起來。只見有人拉開窗口的布簾，我本還怕是那不速之客想爬窗逃走，卻見原來是福邇，便鬆了一口氣。他向我們兩人微微一笑，先向星大沙展打個手勢示意他留在下面，然後向我招一招手，表示我可以上去。我心想：難道他竟已制伏了那人？我跟大沙展互望一眼，便留下他，獨自進門上樓。

樓梯每層都有個玻璃窗，不至於完全伸手不見五指，我摸黑上到三樓，福邇已經開了門等候。他引我入內，只見廳裡站了一個短小精幹、身穿制服的男人，樣貌雖像中國人，腦後卻沒有辮子。

福邇用廣東話道：「華兄，這位是法國領事館警衛隊的范沙展。范沙展，這是我的朋友華笙大夫。」待我跟對方打過招呼，福邇又說：「我剛才已經跟范沙展談過，原來大家都在調查高帖爾，所以不妨一起合作。」

星大沙展不在場，我反而代他著急，忍不住用官話問：「你向他透露了多少？」我其實也不知道范沙展聽不聽得懂官話，但我猜他是越南華僑，多半只懂中國方言。

果然，范沙展馬上道：「我祖籍新會，大家可以講廣東話，但官話我便不懂了。」

福邇也道：「我們需要人家幫忙，不能甚麼也不告訴他。我只是跟他說英國領事館發生了命案和有機密文件被盜，疑犯是高帖爾，但當然不能透露箇中細節。」

范沙展笑笑道：「華大夫你放心，我雖然是法租界裡的警衛長，但其實也無權這樣深夜闖入私人地方。總之你知我知，你們不跟人說，我也不說便是。」

福邇道：「法國領事館一早便注意到高帖爾，懷疑他是間諜，可是英國領事館的人誤會了，高帖爾不是為法國人做事的。范沙展今晚偷偷進來這裡，無非也是想查出他在沙面是幹甚麼。」

范沙展道：「英國人大概不會相信我的話；他們一定會想，如果高帖爾是為法國人做事的話，我們一定不會承認，反而會這樣說來讓他洗脫嫌疑。兩位只管轉告我的話，信不信便由得他們吧。我們領事館懷疑高帖爾是間諜，其實是因為收到可靠情報，說這個人跟德國方面祕密接觸。因此，他每次在我們這邊的動向，警衛都會留意，而且我還派人暗中監視他的住所。除了禮拜日之外，高帖爾通常每天清早便從法國橋離開沙面進城，晚上才回來，但他在廣州城裡到底是做甚麼的，我們卻一直搞不清楚。有幾次我派手下穿便服跟蹤他，但每次都很快被他甩掉，之後我也不敢再打草驚蛇。」

福邇跟我道：「范沙展和我已經搜查過這地方，沒有發現任何可疑的東西。」說著暗暗跟我打了個眼色，表示不便在對方面前直言。接著他又轉向沙展道：「請你告訴華大夫高帖爾今天的動向。」

范沙展道：「高帖爾今天如常早上七點半鐘左右經過法國橋離開了沙面，但卻沒有像平時那樣在十點鐘關橋之前回來。」

我道：「這是因爲他五點鐘前已經由英國橋進入了英租界。」

沙展道：「我知道，福先生剛才告訴了我英租界發生了甚麼事。看來高帖爾一回到沙面便馬上去了英國領事館犯案，因爲法租界這邊一直有人監視他這個住處，但他卻始終沒有回來。我派來暗中監視的手下，過了大半夜也不見他回來，換班後便向我報告。那時我還未知道英國領事館發生了命案，而疑兇正是高帖爾，但聽到手下說他似乎整晚也不會回來，便想到趁著這個機會潛進來搜查一下，看看有沒有他做間諜的罪證。」他笑了一笑又道：「當然，我也不想讓人知道我擅入民居，所以等了幾個鐘頭，黎明時分才來到這裡，先叫那個監視的下屬收工，才爬窗上來。不然的話，在福先生發現我之前，你們已先被我的手下發現了。」

我聽了沙展的話，想了一想才忽然驚覺事情的重點，急問福邇：「把守英國橋的士兵不是說，高帖爾在十點鐘關橋之前都沒有再經過嗎？但范沙展也說，高帖爾早上離開沙面之後便一直沒再行經法國橋。那豈不是說……他現在依然躲藏在島上某處？」

福邇點點頭，滿有玄機地微笑道：「不錯。你再朝這個方向推論下去，便可以得到答案。」

我轉問范沙展：「高帖爾殺人後有沒有可能在法租界這邊用水路逃走？」

他道：「也不是完全沒有可能，但我們這邊比英租界小得多，若高帖爾用水路逃走的話，很難不被巡邏的警衛發覺。」

我們不便久留，福邇跟范沙展再討論了幾句之後，便謝過他，帶著我離去。落到樓下，星大沙展一見我們踏出門口，便忍不住悄悄從藏身之處走了出來，壓低聲音問福邇：「上面的是誰？有沒有找到設計圖？」

福邇搖頭道：「設計圖不在上面。」他引著大沙展轉過屋角，才簡單地告訴他在樓上遇到范沙展的經過，又道：「請放心，我只是跟范沙展說英租界裡發生了案件，及高帖爾是疑犯而已，沒有向他透露任何重要細節。更重要的是，根據范沙展提供的消息，我可以斷定高帖爾的確仍在沙面，沒有循水路逃走，不過整件事情卻並非如你們所想的那樣。」接著他說了一句完全出乎意料的話，令我和星大沙展震驚不已。這句話是甚麼意思，請恕筆者在此暫且賣一個關子，但稍後自有分曉。

我聽了福邇這句話，儘管訝異，也不會懷疑，但大沙展卻半信半疑問他：「怎麼可能呢？你可以證明嗎？」

福邇道：「當然可以。」他從懷裡掏出某樣物件，說：「認得這是甚麼嗎？這是我之前在命案現場趁沒人留意時順手拿走的。」他帶我們悄悄回到樓宇的正門，用那東西做了一個示範，還怕我們不明白，再從簡地解釋了幾句，頓時讓星大沙展驚震不已，低聲急道：「那我們馬上回去向副領事報告！」

福邇搖頭道：「不急。我們先看看能否尋回設計圖，然後再找兇手的罪證。」

⊕ ⊕ ⊕ ⊕

這時天色已微亮，我們回到英租界，卻不直返領事館報告，而是依照福邇指示，經英國橋到對岸某處搜查。雖然鐘點尚早，還未到開橋的時間，但有星大沙展陪同，把橋的守衛當然讓我們通過。大沙展知道我們要找的地址，是在離河邊不遠的燈籠街，所以不消一個鐘頭，便已成事回到沙面。終於回到英國領事館的時候，星大沙展又召了兩個手下，先帶我們上樓到某個房間，一如福邇所料，搜出了最後一樣線索，方才去大廳向副領事等人交代。

這時廳裡眾人已經有點焦躁不安，巴定頓一見我們進門，便迫不及待問：「爲甚麼去了這麼久？」

福邇不徐不緩地掏出金錶，打開看看道：「我們離開領事館才不過兩個鐘頭，但這段時間內，我已經破了案，你還嫌慢嗎？」

巴定頓一時瞠目，道：「你已經破了案？你找到兇手了？」

福邇似乎有意吊他胃口，道：「我知道兇手在哪裡。」說罷便簡約地告訴眾人在高帖爾寓所內遇上法租界沙展的經過。

巴定頓急忙追問：「那高帖爾逃到哪裡去了？」

福邇道：「高帖爾並沒有逃走，不過他不是我們要找的兇手。殺死威斯特的另有其人。」

眾人聽了都大惑不解，副領事便問：「殺死威斯特的不是高帖爾？」

福邇道：「不錯。殺死威斯特的不是高帖爾，因爲威斯特和高帖爾其實是同一個人。」

⊕　⊕　⊕　⊕

此言一出，眾人無不瞠目結舌，一時說不出話來。巴定頓最先開口，傻道：「怎可能呢？威斯特是英國人，高帖爾是卻是外國間諜！」

福邇道：「死者的眞實姓名和國籍仍有待查證，但『威斯特』和『高帖爾』這兩個身分都是由他一個人分別扮演的。」

副領事奇道：「你即是說，威斯特不是他眞正的身分？」

福邇點頭道：「『威斯特』到底是不是死者的眞正身分，這個我一時也不能說得定，但『高帖爾』這個身分肯定不會是眞的。既然他是先以威斯特名義出現的，我們便姑且這樣叫他吧。」

他頓了一頓，再道：「『威斯特』和『高帖爾』兩個身型都是不高不矮，不胖不瘦，兩者的分別完全在於他們的衣著和頭髮鬍鬚等特徵。死者『威斯特』髮色淺褐，面頰剃得乾乾淨淨，身爲領事館人員，日常穿著當然也是規規矩矩、毫不顯眼的衣服。可是當他假扮成『高帖爾』時，便戴上黑色假髮，貼上一把假的山羊鬚，右眼還架起單片眼鏡；再換上一身炫目耀眼的華麗衣服，便當眞判若兩人了。他每天早上化了妝，以高帖爾的身分由法租界內的寓所行過法國橋離開沙面，到對岸以威斯特身分在燈籠街租住的地方，卸妝回復本來面貌後，便以威斯特的身分行過英國橋到領事館上班。下班後，又以相反的次序重複這些步驟，以高帖爾身分回到法租界過夜。雖然死者日常會以威斯特的身分跟各位接觸，但相信大家都未曾有機會近距離仔細觀察過高帖爾，又怎看得出他們是同一個人呢？」

巴定頓問：「那你又是怎樣看出來的？」

福邇微笑道：「簡單得很。檢查屍體的時候，我不是說過在死者的衣服上發現幾根黑色頭髮嗎？那些不是兇手的頭髮，而是來自威斯特所戴、由眞髮編成的假髮。此外，我還發現死者的上唇和下巴有膠液的痕跡，後來在高帖爾的住所果然看見有瓶這種東西，證實他在臉上貼過假鬍子。」接著他又掏出一串鑰匙，道：「最後，也是最確鑿的證據，便是這串鑰匙，是我檢驗屍體時趁大家沒留意偷偷拿走的。這些鑰匙理應是屬於威斯特的，可是剛才我們到法租界時，我竟然可以用其中兩把進入高帖爾的住處，一把是他所住那棟樓樓下大門的鑰匙，另一把是他三樓寓所的門匙。威斯特怎會有高帖爾的的鑰匙呢？顯而易見，他們是同一個人。」

副領事急問：「你有沒有讓法租界那個沙展知道？」

福邇道：「當然沒有。我在三樓遇見范沙展時騙他說是挑鎖進門的，之後叫華大夫上去，當然也不方便在范沙展面前向華大夫證實此事，但事後卻向華大夫及星大沙展示範了另外那把鑰匙可以打開樓下的大門。」

大沙展點頭道：「不錯，我親眼看著福先生用其中一把鑰匙打開高帖爾住處樓下的大門。」

巴定頓怒道：「這麼說，威斯特竟然是賣國賊！」他想了一想，又道：「還是他根本不是英國人，而是外國間諜假冒的？」

副領事道：「這個很難說。威斯特的履歷十分詳盡，很難想像是完全僞造出來的。威斯特應該眞有其人，死者若非他本人，便是盜用了他的身分。」

福邇道：「正如我剛才所說，這個可以留待日後調查。無論死者是不是威斯特本人，他大半年前利用這個身分來到英國領事館工作，目的只有一個，便是偷取潛龍號的設計圖。」

巴定頓好像聽到這裡才明白，道：「你是說，這個人自始至終都是一個間諜？」

福邇道：「當然了，而且這案件中的間諜不止一個，而是有兩個。死者是間諜，但他在潛龍號設計圖盜竊現場卻又被他人殺害，那麼很明顯，還有第二個間諜。」

布魯斯憂道：「潛龍號是個高度機密的計劃，我們銀行裡只有幾位董事知道詳情，消息是怎樣洩漏出去的？威斯特和這個殺了他的第二個間諜，又是受誰指使的呢？」

巴定頓冷哼道：「還用說？威斯特一定是法國人的奸細，才會假扮比利時人，那麼殺死他的兇手說不定便是英法兩國的死對頭德國派來的間諜。可是福先生，我還是不明白，威斯特既然已經成功混入英國領事館，為甚麼還要花這麼多功夫假扮高帖爾呢？」我留意到這是他第一次稱呼福邇做「先生」。

福邇道：「這當然是因為威斯特製造出一個其實不存在的疑犯『高帖爾』來揹黑鍋，那麼他自己便可以洗脫嫌疑了。」他轉向布魯斯又道：「布魯斯先生，你剛才問到潛龍號的祕密怎麼會洩漏出去，及威斯特和殺了他的另外那個間諜到底受何方指使，這些問題並非當前急務，可以慢慢再追查。如今最重要的事情，是尋回潛龍號的設計圖和找出殺死威斯特的兇手，兩者之中，大家最關心的應該是設計圖吧？」

星大沙展一直守在門旁，這時福邇向他點一點頭，他便開門召了一個警衛進來。那警衛提著一個大皮袋，依大沙展指示交給了福邇。福邇從皮袋裡拿出一大卷厚長的紙張，在桌上攤開來，只見上面畫滿了精密工程圖樣。

巴定頓驚呼：「設計圖！」

福邇道：「正是。中校，既然這個計劃以你和布魯斯先生爲名，相信你們兩位對潛龍號的設計圖最熟識。請你們確認一下，設計圖完整無缺。」

布魯斯和巴定頓連忙逐一翻看整疊設計圖，看完後兩人不約而同吁出一口氣，互望點頭。布魯斯道：「感謝上帝！每一張設計圖都在。你是在哪裡找到的？」

福邇道：「副領事先生可能認得裝著設計圖的皮袋是屬於威斯特的。剛才我們回領事館之前，先過橋到對岸走了一趟，星大沙展知道威斯特的地址，我又已經偷偷拿了死者身上的鑰匙，我們進他家裡一搜，果然在裡面發現設計圖。」

副領事疑惑道：「你剛才不是說，另外那個間諜殺死威斯特搶走了設計圖嗎？爲甚麼又會在威斯特的住處找到設計圖呢？」

福邇道：「我剛才只是說，另外那個間諜殺死了威斯特，卻沒有說兇手搶走了設計圖。事情的經過有點複雜，我也不是一下子看出來的。剛才我已經解釋過看穿死者一人扮演兩個角色的把戲，但還未告訴大家法租界那位范沙展向我提供了甚麼線索。」他頓了一頓，又道：「各位可以放心，我當然沒有向范沙展透露任何有關潛龍號的機密，只跟他說英租界這邊發生了命案，高帖爾是疑犯，但連高帖爾是威斯特假扮的也沒有告訴他。反而我從范沙展的口中得悉案情的一個重要關鍵，讓我可以重整昨晚設計圖失竊及死者遇害的過程。」

赫德問：「甚麼關鍵？」

福邇道：「我們本已知道，高帖爾昨天下午在領事館關門前不到一個鐘頭行經英國橋來到沙面，過橋時還故意向守衛問時間和問路，目的當然是要讓對方記得他。死者原來的用意，是讓我們以為高帖爾在領事館關門後潛了進來偷取設計圖，然後溜回法租界，利用法國橋離開沙面。依照他的計劃，英方本來是今天早上才會發現設計圖失竊的，這個時候去法租界找不到疑犯也是意料中事。可是范沙展卻告訴我，法國人原來也對高帖爾有所懷疑，一直暗中監視他的動向，所以知道他昨晚沒有回到寓所，也沒有在法國橋關閉前離開沙面。」

巴定頓仍放不下偏見，嗤鼻道：「法國佬的說話信得過嗎？」

福邇答道：「我認為可信，因為如果高帖爾眞的是法國人的間諜的話，潛龍號設計圖早就在他們手上了。大家請聽我說下去，便會明白。」他見巴定頓不再作聲，便繼續道：「既然高帖爾昨晚沒有利用英國橋或法國橋離開沙面，那麼除非他避過了兩邊租界警衛的耳目，悄悄坐船走了水路，不然便一定仍在島上。我剛才也提到，檢查威斯特屍體時便已懷疑高帖爾可能是他假扮的，之後果然發現用威斯特身上的鑰匙可以進入高帖爾的寓所，一搜地方，又在他浴室裡的頭髮油、剃鬚水等梳妝用品之中，看見有一瓶戲子專門用來貼假鬍鬚的膠液。我沒告訴范沙展鑰匙的事，他亦不知道要找甚麼，沒有留意那瓶膠液，但這些證據卻足以讓我證實死者威斯特和疑兇高帖爾根本是同一個人。高帖爾沒有從沙面消失，因為他已經回復威斯特的身分，陳屍於英國領事館之中。但既然他並非死於自殺，那麼眞兇是誰呢？所以我又知道，必定還有另外一個覬覦設計圖的人，而這個人才是殺了死者的兇手。

韋湯生道：「兇手一定是威斯特的同謀，卻背叛了他！」

巴定頓道：「我還是說威斯特多半是法國間諜。如果眞是這樣的話，那麼殺死他的人便一定是德國派來的！」

赫德卻問：「假如兇手殺死威斯特是為了搶走設計圖，為甚麼你們事後又在威斯特的寓所裡找到設計圖呢？」

福邇道：「這是因為死者在被殺之前，其實早已偷走設計圖，拿回對岸寓所暫時存放。」他見眾人還是不明白的樣子，便給大家詳細解釋：「你們嘗試跟死者易地而處，便不難想通他的計劃。他以威斯特的身分在英國領事館蟄伏了大半年，終於等到潛龍號所有設計圖都齊全了，但要偷的話，便必須盡快動手，因為不久英方便會把設計圖交給中方。他花了兩個月時間建立高帖爾這個假身分，無非是為了讓大家以為是這個其實不存在的人偷了設計圖，那麼他是怎樣付諸實行的呢？既然他化身成威斯特在領事館工作，又有夾萬的密碼和鑰匙，隨時都可以名正言順進去沒有人使用的領事辦公室拿走設計圖。所以，他昨天下午仍以威斯特的身分上班時，其實已經偷了設計圖，趁沒有人留意便溜出領事館，兜遠路穿過法租界回到燈籠街寓所把設計圖藏起來。法國橋的守衛只是奉命留意高帖爾這個人，卻不會認得威斯特的樣子，所以沒有人知道他離開了沙面。」

副領事又驚又恨地嘆道：「只怪我們太信任他了！他通常都是獨個兒在自己辦公室裡工作，所以就算離開崗位一段時間，也的確不會有人知道。但領事館門口有警衛把守，他是怎樣避開所有人的耳目離開領事館的呢？」

福邇指指剛才裝著設計圖的大皮袋，道：「他當然不會拿著這個東西大搖大擺的走出正門。威斯特悄悄離開領事館的途徑，正是他後來化身成高帖爾再進入領事館的同一途徑。」

副領事道：「你是說那扇窗子？」

福邇道：「不錯。我檢驗窗子的時候，發覺撬過的痕跡過於明顯，好像生怕讓人看不出來似的。其實那不算是一扇特別牢固的窗子，用鐵筆一撬便可以打開，根本不需要弄成這個樣子。威斯特偷了設計圖，便爬出這個窗口離開領事館，虛掩窗子，好讓他假扮成高帖爾之後可以再從這兒進入領事館；他回來時把窗子弄爛，完全是爲了避免讓人懷疑有內奸。」

赫德問：「那麼他偷了設計圖之後，便化身成高帖爾回到英租界了？」

福邇道：「不錯。他回到以威斯特的身分在對岸租住的寓所，把設計圖藏好，便穿上那件顯眼的紫貂大衣和戴上假鬚假髮，扮成高帖爾的模樣，拿著另一個裝著爆竊工具的皮袋，大搖大擺的行過英國橋回到沙面。過橋時，他還煞有介事的問英國橋上的守衛領事館還有多久關門，還拿出袋錶跟他們對時間，當然是爲了讓他們記得高帖爾這個人甚麼時候進入英租界。也幸虧他因爲時間緊逼，只來得及把設計圖放置在燈籠街住處，不然我也不會這麼快便尋回失物。」

華生一直靜靜聽著，沒有出聲，這時卻忽問：「爲甚麼他不先以威斯特的身分從英國橋離開沙面，回到對岸的住處後假扮成高帖爾再循原路回來呢？如果他這樣做，便可讓人以爲高帖爾潛進領事館偷設計圖的時候，威斯特已經離開了現場，那豈不更好？」

福邇讚道：「問得好，我也考慮過這個問題。他沒有這樣做，是因爲他不能讓人對威斯特起疑。威斯特工作繁忙，通常都在領事館關門之後才下班，若他恰巧在設計圖失竊的同一天，一反常態，提早從英國橋離開沙面，反而會令人覺得奇怪。」他稍頓又道：「不要忘記，假如他沒有被殺，屍體又隨即被發現的話，領事館便要到第二天才會發覺設計圖被盜，大家也無法說得準賊人是在夜裡甚麼時候潛進來爆竊的。」

布魯斯道：「所以他以高帖爾身分再偷偷回到副領事的辦公室，並如你剛才所說，留下假線索讓人以爲竊賊是高帖爾？」

福邇點頭道：「不錯。他其實有領事辦公室的門匙，卻故意用挑鎖工具在房門的匙孔留下痕跡；又有夾萬的鑰匙和知道密碼，卻故意在現場留下爆竊工具和聽筒，裝著這些東西的皮袋上還印有高帖爾名字首字母縮寫，這些都是用來誤導各位的假線索。他原本的計劃，一定是把現場僞裝成遭受爆竊之後，便迅速到法租界高帖爾的寓所卸妝，回復成威斯特的模樣再偷偷回到領事館，然後在通常的下班時間，若無其事地如常離開領事館。可是當他還在領事辦公室裡的時候，兇手卻出現了，把他殺掉。」

巴定頓道：「兇手必定也想偷取潛龍號設計圖！」

福邇道：「對了。死者可能潛入領事館時被兇手發現了行蹤，亦有可能兇手碰巧在同一時間來到領事辦公室偷取設計圖。姑勿論如何，當死者正在開夾萬的時候，兇手先下手爲強，一刀插進對方背後。可是兇手不知道設計圖其實已經被偷走，殺了人之後卻找不到贓物，一定心慌意亂。這時兇手發覺死了的高帖爾原來是威斯特假扮的，便看穿死者一人分飾兩角的詭計，於是靈機一觸，想到可以將計就計來掩飾自己的罪行。他拿走了死者的假鬚假髮和那件獨特的紫貂大衣，把屍體回復成威斯特的樣子，這樣所有人便會以爲威斯特是被高帖爾殺死的。」

巴定頓駭道：「好狡猾，幸好設計圖沒有落在他的手上！」

赫德也喟然嘆道：「可惜現在已經無法抓到兇手了。」

誰知福邇卻微微一笑，滿有玄機道：「那也未必。」

⊕ ⊕ ⊕ ⊕

正當大家聞言面面相覷之際，福邇忽然轉向辜湯生，用一種嘔啞嘲哳、喉音極重的外語說了幾句話。辜湯生先是一怔，隨即便用同一種語言回答。

巴定頓皺眉道：「你們爲甚麼突然說德文？」

福邇不理他，又改用另一種聲調優雅得多的語言跟辜湯生再說了幾句。我雖然聽不懂他說甚麼，但卻認得是法文。

這次辜湯生面露猶豫之色，沒有用法文回答，卻用英語道：「我們在他們面前用別的語言交談有點不禮貌，還是說英文吧。」

其他人似乎還未明白福邇的用意，但我剛才跟他在領事館樓上某房間找到證據時，已有端倪，這刻心裡便頓時打了一個突。

只見福邇臉色一沉，對辜湯生說：「不要再裝傻充愣了。你的英語和德語說得不錯，但其實卻不懂法語，對不對？據我所知，辜湯生在英、德、法三國留過學，如沒記錯還考取過碩士和博士學位，法文應該非常流利才對。你到底是甚麼人？」

辜湯生面色大變，先驚後怒道：「你胡說甚麼？」

福邇道：「我最初跟大家見面時，逐一推斷出各位身分，跟巴定頓中校用法文說過一句話；當時我留意到華大夫問你那句話是甚麼意思，你卻分明不知道，支吾以對。稍後，你我用中文交談時，你又說今天跟我『一期而遇』，而不是『不期而遇』；你的中國話雖然說得非常好，可是根本不是你的母語。我再問你一次，你到底是誰？」

辜湯生不忿道：「就是這樣你便懷疑我了？我只不過一時沒有回答華大夫，你便說我不懂法文；單憑我一句話，又說中文不是我的母語，其實我本來便是說『不期而遇』，只不過是你聽錯了我的南洋口音罷了。」

福邇冷笑道：「我的耳朵很靈，沒有聽錯，你的確是說『一期而遇』。你當時心裡想的是『一期一遇』，這其實是日語裡的漢字詞語，但你卻無意中跟漢語意思相近的『不期而遇』混淆了，說成不中不日的『一期而遇』。」他頓了一頓，又道：「還有，當你告訴我張之洞大人調任湖廣已有多久的時候，是這樣屈起手指來計算年月的。」他張開手掌，由拇指開始把五指逐一屈入掌心，再道：「這其實是日本人的指算方式，中國人的做法卻剛好相反，是先握拳頭再把手指翻出來。」說著便把手指順序翻出示範。

我記起當時也曾留意這個假辜湯生的指算方式，卻誤會了是算命先生掐指而算的手勢，細想之下才意會其實兩者有別。中文有「首屈一指」這句成語，可見我國古人本來應是張開手掌然後把手指順序屈入掌心來指算的，但不知從甚麼時候倒轉成由拳頭翻出手指的做法，反而日本人的指算手勢跟中國古代的不謀而合。但算命先生的掐指算法卻不同，其實是用拇指去點其他幾隻手指的三節，來計算天干地支。

福邇見對方無言以對，得勢不饒人，咄咄道：「你說英語和中文時把自己的口音掩飾得很好，可是別人雖然聽不出來，卻瞞不過我。你不是南洋華僑，而是日本人！」

巴定頓還不明白，傻道：「辜湯生其實是日本人？」

福邇道：「這人根本不是辜湯生，而是個冒名頂替的間諜。他便是殺死威斯特的兇手！」

副領事驚問：「那麼眞的辜湯生呢？」

福邇道：「如果你們拍個電報跟湖廣總督那邊聯絡，相信會發現眞的辜湯生根本沒有離開過張之洞大人身邊。」他向星大沙展點一點頭，大沙展便開門叫了另一個警衛進來，只見這個警衛雙手捧著一件狐皮大衣，上面還放了兩團黑色的毛髮，定睛一看，正是一具假髮和一蓄假的山羊鬍，旁邊還有一個單片金絲眼鏡。

星大沙展對警衛道：「請告訴我們，這些東西是在甚麼地方找到的？」

警衛立正道：「是，長官！這些東西是我們剛才在樓上辜先生的房間裡找到的。」

星大沙展轉向假扮辜湯生的日本間諜，不再說話，卻把右手放在腰間配槍之上，用意十分明顯。有他和剛才先後進來的兩個警衛站在門邊，對方已經無路可逃。

假辜湯生自知圖窮匕現，再硬挺下去也沒有用，便退到大廳一角，冷笑道：「福先生，你非常聰明，我騙不到你。」

大家見他直認不諱，還道他會投降，不料他卻突然從衣袋掏出一把小型手槍指向我們。我站得最近赫德，當下想也不想便擋在他身前。星大沙展馬上拔槍喝道：「放下你的武器！」

福邇也用日語跟他說了想必是相同的話，間諜回答一句，正當我還以爲他將會放下手槍之際，他突然嘴角抽搐，大喊了一聲，舉槍指向福邇！眾人驚呼之中，只聽到「砰！砰！」兩下槍響，間諜胸口爆出血花，應聲倒地。

餘響未絕，我已衝到福邇身旁，捉著他手臂急問：「你沒事嗎？有沒有中槍？」

他道：「沒有。那間諜來不及開槍。」

房間瀰漫著濃烈得刺鼻的硝煙味，只見那日本間諜躺在地上一動也不動，胸口原來開了兩個血洞。再環顧眾人，只見其中有兩個拿著手槍，槍管仍冒著絲絲細煙：一個當然是星大沙展，而另一個便是巴定頓。

⊕ ⊕ ⊕ ⊕

其他人驚魂未定，星大沙展已一個箭步上前，踢開掉在間諜身旁的手槍，然後跪下探一探他頸間脈搏，接著轉向我們搖了搖頭。

福邇嗟嘆道：「可惜不能拿下活口。」

副領事道：「我們全都被他騙倒了。」

福邇道：「這個間諜一定是查出辜湯生之前雖跟英方有書信來往，卻一直素未謀面，便鋌而走險，冒充他來到沙面，賭上你們在這麼機密的事情上不會隨便跟張大人通訊。」

赫德道：「他帶備的相關文書十分齊全，還給我送來一封張之洞大人的親筆信，現在想來當然是僞造的，但絕對可以亂眞，竟連我這麼一個老手也不虞有詐。」

這時星大沙展在假辜湯生屍體上找到一把日本連鞘短刀，遞給我看。我拔出來檢視片刻，便跟大家道：「這刀子已經抹得乾乾淨淨，但刃身看來跟威斯特的致命傷口大小吻合，應該便是殺人凶器。」

福邇道：「他殺了人之後，一時之間沒地方可以藏起死者的假髮假鬚眼鏡和大衣，便只好暫放在自己的房間內。我們也算走運，兇手離開案發現場的時候可能走得太匆忙，沒有好好把門關上，所以不久之後有個傭人看見房門虛掩，才會這麼快發現屍體。一驚動領事館上下，兇手便沒有機會偷偷把東西帶出外面丟掉了。不然的話，我們也不會在他房裡找到罪證。」

這時星大沙展已吩咐下屬把間諜的屍體抬了出去，副領事便走到放置酒水的櫃子，親自給每人斟了一杯白蘭地定驚。

副領事向福邇舉杯致敬：「致福先生！」

眾人也舉杯齊聲道：「致福先生！」

喝罷大家又交談了一會，福邇便跟副領事說：「好了，莊生先生，大英領事館請我上來沙面，是要我尋回被盜的海底船設計圖及找出殺害威斯特的兇手，現在兩件事情我都辦妥了。至於『布魯斯．巴定頓計劃』的消息如何外洩，及這兩個死了的間諜到底受誰所指使，便要留待你們自行追查下去了。」

副領事點頭道：「你所說的事情牽涉國家機密，我也要先匯報倫敦，等候指示。」

福邇又向赫德道：「赫德先生，還沒有談我的費用，這事情可以拜託您給我處理嗎？」

赫德微笑道：「當然可以。我們非常感激你的幫忙，絕對不會待薄你的。」

布魯斯也道：「我可以代表滙豐銀行說話。酬勞方面，我們一定會做出最妥善的安排。」

各人逐一上前跟福邇握手道謝，最後一個輪到巴定頓。他雖然看來有點不太情願，卻不得不道：「做得好。」說罷，好像尚有赧於啓齒之言，終於還是不吐不快：「當然，威斯特把設計圖放在家裡，就算沒有你幫忙，我們遲早也會找到的。」

福邇微笑道：「不過沒有我幫忙，你們卻不會找到殺死他的兇手。」接著頓了一頓，又說：「我也應該多謝你向兇手開槍。當然，第一槍是星大沙展命中的，就算你沒有開第二槍，我也不會有事。」

眾人送我們出到領事館大門，福邇便跟大沙展說認得回去汽船的路，不用他帶路。道別後，福邇便邊行邊跟我說：「華兄，剛才我跟他們說，這事情往後留待他們自行處理，只不過是不想讓他們知道我其實還要暗中追查下去。」

我奇問：「爲甚麼你還要繼續追查下去，卻又不想他們知道呢？」

他答道：「威斯特是哪個國家的間諜，我沒多大興趣追查，但這個假扮辜湯生的日本人卻令我擔心。你有沒有留意，他拔出手槍之前，用日語向我說了幾句話？」

我道：「我正想問你，他說了甚麼？」

他道：「大意是說，我一再破壞他們的事情，他拚著一死也要殺了我，免除後患。」

我本來也覺得奇怪，這個日本間諜分明知道逃不掉，爲何還要向福邇舉槍，原來是不惜犧牲自己也要除去敵人。我又問：「爲甚麼他說你『一再』破壞他們的事情呢？」

福邇蹙眉道：「你不會忘記我們去年調查的人形密碼案吧？我懷疑那件案跟本案有關，而且背後都是同一個主謀長轡遠馭，操控一切。」

我不禁打了一個寒噤，問：「世上當眞有這麼厲害的人？」

他忡忡道：「海底船取名『潛龍號』，但這個蹤隱跡藏的敵人才是眞正的潛龍在淵。所謂：確乎其不可拔，欲及時也；[14]相信他遲早又會見機而動，再次出手。我至今僥倖勝了兩個回合，就算我不去把這個人找出來，恐怕他也會來找我。」

說著已來到汽船所泊的碼頭。我掛念妻兒，本來急著回家，但看見福邇這樣子，又不忍棄他不顧，便道：「福兄，想不到案件解決得這麼快，我們難得一起上來省城，何不叫船長像昨天一樣，等到晚上才開夜船回香港？這樣我們便可以在廣州花上一整天了。好久沒見過黃飛鴻師傅，不如我們先過去寶芝林跟他打個招呼，看他有沒有空一起上茶樓一敘？」[15]

---

14 請見〈舞孃密訊〉。《周易・乾卦》初九：「潛龍勿用，何謂也？子曰：龍，德而隱者也。……確乎其不可拔，潛龍也。」九四：「或躍在淵，无咎。何謂也？……君子進德脩業，欲及時也。故无咎。」

福邇又哪會看不出我的用意？當下一掃愁容，囅然笑道：「好主意！下午我陪你去買些手信給嫂子，之後回來這邊吃過晚飯才上船。太平館離這裡不遠，聽說他們的西餐不錯，岑味牛脷尤其膾炙人口，今晚我便請你去大快朵頤。」[16]

---

15 晚清洪拳大師黃飛鴻（一說一八四七出生，亦有說一八五六年，一九二五年逝世），原籍廣東南海縣西樵，生於武術世家，父親黃麒英是咸同年間名震嶺南的「廣東十虎」之一。除以行俠好義見稱之外，亦是著名的跌打醫師，「寶芝林」是他自一八八六年在廣州西關仁安街經營的醫館，名稱來自一位後來高中進士的徒弟所贈的對聯：「寶劍騰霄漢，芝花遍上林。」

16 「太平館」是廣東第一間「中式西菜」餐廳，創辦人曾任洋行西廚，一八六〇年在離沙面不遠的太平沙（今珠光路一帶）開業，因地取名。到了一九三〇年代在香港開設分店，營業至今，是省港兩地的老字號。文中福邇提到的「岑味牛脷」，為首兩字是法文 salmis 一字的音譯，指用牛油及雞肝煮成的醬汁。

終極決戰

西曆一千八百九十四年，即光緒二十年，歲在甲午，乃多災多難之秋。

是年春，癸巳剛過不久，廣州發生瘟疫，人潮湧至香港避難，一時城中上下惶惶不可終日。果然，不出數月，疫災便接踵而至。其時我早已不再於東華醫院擔任輪值大夫，但曾在那裡服務多年，交情匪淺，是以一聽聞他們陸逐發現患疫者，便馬上把妻兒送往我福州老家跟我父母及兄長暫住，自己則隻身留在香港，主動請纓回醫院，幫助昔日同袍救病扶危。

其時我與拙荊已育有兩子，大兒未足四歲，小兒更尚在習步學語之齡，本不忍心訣別妻小，但回想當年我曾官至大清綠營正五品守備，以保衛社稷爲己任，凡臨陣必定身先士卒，如今既爲醫者，曾誓願普救含靈之苦，又豈能在瘟劫臨城之際，自慮吉凶而不顧病人？可幸內人深明大義，縱使多麼依依不捨，也沒有堅持要我與她同去，只是臨行前千叮萬囑我保重。

早在洋曆三月底時候，福邇已經遠赴上海調查朝鮮流亡政客金玉均遇刺案，[1]依然未返，丫鬟鶴心便一直在家裡守候，等他回來。偏偏香港疫情最嚴峻之處卻是太平山一帶，跟福邇位於荷李活道西端的居所只隔一街。我見危在旦夕，便力勸鶴心隨我妻兒到福建避禍，可是費了多番唇舌，最後還是要拍電報通知福邇，由他親自命令鶴心，她才終於肯跟我家人一起上船。

待送別各人，我便放下心頭大石，專心致志醫治患者。東華醫院位於太平山邊緣，跟疫區只隔咫尺，該處樓宇建築得密密麻麻，間格又犄角旮旯，盡皆清貧坊眾無不住得擁擠逼仄。這等環境本就容易孳生疾病，一旦爆發瘟疫，更是一發不可收拾。

我們一眾東華大夫，自然明白醫者在救疫前必須先行自保，便依照古方在醫院熏蒸防瘟，早晚在庭前燒熏雄黃、雌黃、丹砂、皂莢等藥材辟瘟，又在病房之內用大鍋子水煎黃芪、川芎和當歸，把室內空氣蒸淨。病人來到時，不但滿身瘟氣，而且大多汙糟邋遢，要馬上用熱水由頭到腳洗滌身體，燒掉原來的骯髒衣物，再換上乾淨的衣服方能開始治療。

可恨疫魔猖獗無情，無問大小皆相染疾，短短一個月內越來越多病人來院求助，儘管我們竭盡所能，但所能挽救的生命卻十中無一。最疾首的，是連小孩子也不能倖免於難，其中幾個夭殤早亡的，更是福邇戲稱「荷李活道鄉勇」的街童。這些小兄弟平素爲他四處奔走辦理瑣務，偶爾還會幫忙查探案情，但此刻竟已陳屍義莊，又怎不教人悲惋不已？

其實東華醫院發現有人染瘟之初，早已上報政府，但可惜英人官僚後知後覺，直到西曆五月初，要待中央醫院的西醫視察後證實疫情嚴重，總督方猶如夢中驚醒，慌忙宣佈香港成爲疫埠。[2]爲防止疫情散播，政府禁止東華接收染疫病人，把正在留醫的全部轉移到堅利地城或泊於海港內的醫療船作隔離。之後，我繼續留在醫院幫忙，一發現有新患者，便只有依法將之送往隔離。

又過了一個朔望，時令惡月，瘟情蔓延不絕，罹疫人數有增無減。這天，又有多名瀕死病者送到東華，其中幾個在送往隔離之前便已返魂無術。我正自沮喪之際，雜役送來一張便箋，說剛才有人來醫院找我不著，便給我留了字。一看之下，原來是福邇的筆跡，想不到他竟然在這個時候回到香港，請我晚上到他家裡一敘。

不見數月，得知他終於歸來，我本該高興才對，可是他在字條之末卻寫著令人忐忑的四個

---

1 金玉均（一八五一—一八九四），字伯溫，鼓吹朝鮮脫離中國的「開化黨」領袖，一八八四年由日本幫助發動甲申政變，企圖推翻守舊派政府，但被袁世凱率領的駐守清軍鎮壓，事敗後流亡日本。十年後，曾留學法國的在日朝鮮人洪鐘宇（一八五〇—一九一三）把他誘到上海，於三月二十八日在旅館將其開槍殺害。金玉均遺體引渡回朝鮮後遭凌遲戮屍，而刺客洪鐘宇歸國則獲朝鮮高宗召見，其後更受委任官職。

2 世界歷史上第三次鼠疫大流行一八五五年始於雲南，一八九四年初經廣州傳到香港，港英政府在五月十日正式宣佈為疫埠，其後一個月之間每日有數十至百多人不治，數以萬計華人離開避災。直到九月底疫情漸退時，死亡人數目已超過二千五百。日本的北里柴三郎（一八五三—一九三一）和法國的亞歷山大・葉赫森（Alexandre Yersin, 1863-1943）兩位專家受邀來港，期間各自獨立發現病源來自老鼠身上跳蚤所帶的桿菌（現以後者命名為Yersinia pestis）。是次鼠疫於一八九八年傳到印度，其後十年估計導致六百萬人死亡。一九一〇至一九一一年又在中國東北爆發，疫亡人數亦超過六萬。

字：「當心有敵。」

⊕　⊕　⊕　⊕

福邇住在荷李活道貳佰貳拾壹號乙，離東華醫院不過數步之遙。是夜，我輪值完畢，本已疲累不堪，但一想到馬上可以跟福邇見面，精神便為之一抖，於是匆匆洗滌更衣，連飯也不吃便趕著離去。

他的字條雖然沒有說清楚需要提防的是甚麼敵人，但為安全計，我本來也想過是否應該先回家拿取那支他初相識時送給我、內藏利劍的手杖來傍身。可是我家位於西環，方向正好相反，我嫌一往一回太過費時，心想由醫院過去福邇寓所不過幾分鐘路程，總不會出事吧？

上文也提過，上環這邊太平山一帶，疫災尤為慘重，這時整個區域已幾乎門殫戶盡，猶如鬼域。碩果僅存的倖免者，每夜都會把剛病歿的遺骸棄置街上，待仵工早上來收屍。[3]荷李活道西端位於疫區邊緣，跟太平山只隔一個街口，雖然可幸沒聽說有多少居民染疾，但早已人人自危，搬的搬、走的走，所以這條昔日攘往熙來的長街，如今已經黑燈瞎火，十室九空。

片刻便來到福邇的住處，這一座三層高的樓宇，整棟都是他自己的物業，地下街鋪十多年來都租給了一家名叫「白記」的糕餅店經營，但東主不知逃往哪兒避難，此刻已經牢牢鎖起了門戶。樓上兩層福邇留來自住，這時看見二樓大廳窗口透出燈光，他果然已在等候。

我本是福邇房客，雖然成親之後已有四五年沒同住，但仍保留了鑰匙。我剛打開街上大門內進，樓上便馬上傳來他的聲音：「不用關門，虛掩便可以。」我雖不明白他的用意，也依言照做。上到樓梯頂，只見他已打開了廳門等候，問道：「華兄，別來無恙嗎？」

我隨他入到大廳坐下，便簡略地把這兩個多月來的疫災情況告訴他。當福邇聽到歿者之中不但有我們相識的人，還包括幾位小鄉勇，更是不勝唏噓。

待我說畢，他便悒然道：「想不到離開只不過短短兩月，香港竟已景物依舊，人事全非。」長長嘆了一聲，才繼續道：「兩百多年前，英京倫敦亦鬧過大瘟疫，時人稱之爲『黑死病』，數以萬計居民罹難，遍街屍駭，當時天上還出現彗星，老百姓都以爲世界末日降臨。你知我並不信邪，但根據我此行明查暗訪所得，卻很難不相信香港這場瘟疫，正是大清國難當前的先兆！」

---

3 太平山一帶是當時香港島上主要的華人貧民區，衛生環境惡劣，鼠疫爆發後，殖民地政府最終強制遷走該區居民，夷平樓宇建成公園，即是現以改建時在任港督卜力（Henry Blake, 1840-1918）為名的「卜公花園」。

他這麼說讓我嚇了一驚，急問：「甚麼國難當前？」

他道：「華兄你一直忙於含蓼問疾，無暇兼顧國際大事，但朝鮮東學黨之亂，應該也略有所聞吧？」[4]

我點頭答道：「朝鮮向大清求助，但我國不是已經出兵相援嗎？而且好像不用我軍出手，民亂已經平息了。再說，這只不過是朝鮮的內亂而已，怎麼你又會說成大清國難當前呢？」

福邇嘆道：「說來話長。自從日本在光緒初年逼使朝鮮開放門戶之後，便先後取得領事裁判和駐兵等特殊權利，已分明有意排斥大清的宗主國地位。十年前，金玉均叛黨勾結日本人，發動政變企圖推翻君主，當時大清便出兵給朝鮮國王解圍，讓日軍知難而退。可惜之後跟日本訂立和約，卻一時失策，爲日後種下禍根。根據當年所訂的條約，將來中日兩國無論哪一方派兵到朝鮮，都必須通知另一方，而對方亦有權駐軍。我國這次出兵到朝鮮，便依約知會了日本，而日本也派出了軍隊到朝鮮。」

我還是不明白，問：「這有甚麼問題呢？」

他道：「問題是，今回日本便拒絕撤兵，堅持要留下跟大清一起輔助朝鮮改革內政。」[5]

我怒道：「豈有此理！大清是朝鮮的宗主國，又豈會容許日本在我們的藩屬裡搞甚麼改革？」

福瀰道：「改革政治是一回事，但恐怕這只是日本逼使大清與之非戰不可的第一步。」

我餘氣未消，道：「哼！要打便打！難道我們會怕了日本不成？」

他道：「可是中日兩國一旦兵戎相見，日本必定會把戰事伸延到大清境內。」

我驚問：「在朝鮮打仗，又怎會打到中國來呢？」

福瀰道：「三百年前，豐臣秀吉派軍征伐朝鮮，大明出兵援朝抗日，最後聯軍在露梁海戰中大敗日本艦隊。前車可鑑，日本現在又再覬覦朝鮮，必然視我國北洋海師爲最大障礙。你忘了十年前，法國跟大清在越南打仗的時候，也是不惜把戰事伸延過來嗎？大清沒有想到法國海軍竟會出其不意，遠赴馬尾及台灣偷襲，結果福建海師便這樣被敵人一舉殲滅了。如今我已探得種種跡象，日軍意圖仿效法國的戰略，不久便會突襲北洋艦隊。」

我明知他不會亂說，但仍不願相信，忍不住嗤鼻道：「你也太過杞人憂天吧？日本這樣一

4　朝鮮東學教派發起反封建及斥洋斥日農民起義，史稱「東學黨之亂」，當地政府本於一八九四年六月初請求清廷派遣援軍，因而日本亦隨即出兵保護僑民。到了六月中，朝鮮政府已與東學義軍議和，為讓日軍撤退，便要求清朝退兵。中方根據條約（見註5）要求日本同時撤軍，卻遭日方拒絕，反而提出中日雙方共同改革朝鮮內政的條件。

5　一八七五年，日本軍艦在朝鮮海岸測量海圖時遭受炮擊，雙方交火後日方攻陷炮台，次年朝鮮簽訂《江華條約》，賦予日本貿易及領事裁判等權利。一八八二年，朝鮮壬午政變中大院君一度奪權，中日同時出兵，事後日本又於《濟物浦條約》獲得在朝駐軍權。兩年後，清軍在朝鮮鎮壓了前述開化黨甲申政變（註1），跟日本簽訂的《天津會議專條》便立下了兩國出兵朝鮮必須互相通知的規條。

個蕞爾小國，又怎能跟大清爭一日之長短呢？」

他道：「你看不列顛，不也本來只是個蕞爾島國嗎？但他們憑著舉世無雙的海軍，建立了跨越全球的帝國。日本稱雄東亞的野心，已不是甚麼祕密，但由於地少物寡，又位處遠東邊緣，若要取代中國成為亞洲霸主，便必須擴大版圖。明治維新之後，先是開拓北海道，繼而藉故吞併琉球。如今日本劍指朝鮮，分明是向大清挑戰，若是戰勝的話，下一步勢必覬定台灣及我國東北。」[6]

我「呸」了一聲，道：「這豈不是荒天下之大謬嗎？若論軍力，我國海師乃亞洲之冠，日本居然不自量力要跟大清硬拚，只不過是蚍蜉撼樹、螳臂擋車而已。他們若要自取滅亡，便儘管放馬過來吧！」

想不到福邇卻搖頭道：「話不是這樣說。雖有云：『無恃其不攻，恃吾有所不可攻也。』但若因為自覺軍備領先日本便有恃無恐的話，便大錯特錯了。要知日本自明治維新以來不斷積極發展海陸兩軍，反而大清近年卻削減軍費，國防之務已經停滯不前。北洋艦隊久已沒有增添裝備，雖還未至於外強中乾的地步，但相對於日本，雙方實力未必如想像中懸殊。日本若毫無把握的話，又怎會蠢蠢欲動？福建水師在中法戰爭後已名存實亡，南洋和廣東兩支水師的規模又遠遠不及，日本海軍若能擊敗北洋艦隊，便可以稱霸東亞海上了。」

我聽了不禁心中一戚，便問：「你這次返回國內，查出了甚麼？」

他道：「三月時家兄急召我前往上海，表面上是爲了調查親日派政客金玉均被刺一案，但其實是因爲懷疑有東洋間諜也在暗中窺探此事，所以需要我一路追查下去。結果我查出果然有個龐大的日本間諜組織，原來早已潛伏於國內多個城市，密謀侵略大清！」[7]

他兄長福邁在京城任事多年，這時已由總理衙門調派到軍機處，晉升爲從三品領班章京，但其實這官職只不過是個掩人耳目的虛銜，因爲他眞正的身分，是指揮大清所有大內密探的「黏竿處」總管。我聽福邇說到這裡，便急問：「那麼黏竿處有沒有把這些日本間諜一網打盡？」

他搖頭嘆道：「事情沒有你所想的那麼簡單。這些間諜人數難以估計，我只不過查出一部

---

6 琉球自明代本為受中國冊封的藩屬，但於一六〇九年被日本薩摩藩入侵後亦向其及德川幕府納貢。一八七一年，一艘向日本上繳年貢的琉球船因遇颱風流落台灣，部分船員遭當地原住民殺害，生還者其後由清政府撫恤及送回琉球，是為「八瑤灣事件」。次年，日本明治政府單方廢除琉球王國改設「琉球藩」，遂以事件涉及屬土和國民為由而於一八七四年出兵台灣。由於主要交戰對象為排灣族牡丹社，故史稱「牡丹社事件」。同年中日兩國簽訂北京專約和解，又因條約提及日軍的「保民義舉」，日本以此為清廷承認日方擁有琉球宗主權的依據，終於在一八七九年廢除琉球藩改設沖繩縣，正式將之納入版圖。

7 日本右翼組織「玄洋社」曾在背後支持金玉均（見註1），亦大力主張日本跟清朝開戰，所以福邇所說的間諜相信包括他們的成員。另外，文中提到以商業和學術掩飾情報搜集及滲透活動的機構，應指由日本諜報首腦荒尾精（一八五九—一八九六）於一八八四年在漢口成立的「樂善堂」商店，及一八九〇年在上海創辦的日清貿易研究所，後者在中日開戰後便被關閉。多名與上述組織有關的人士，在甲午戰爭時因間諜罪被捕及處決，在日本稱之為「征清殉難烈士」。

分而已，若要一網打盡，又談何容易？況且他們大多都是利用商人、學生之類的正當身分來作爲掩飾，對付他們時偶一不慎而出了亂子的話，難保日本不會以保護在華國民爲由，向大清興師問罪，那豈不是弄巧反拙？」

我沒想到居然會有投鼠忌器之憂，便急詢：「你說這些間諜密謀侵略我國，到底是怎麼一回事？」

福邇道：「我探得他們已在大清境內祕密搜集情報和鎖定軍事目標，所以日本無疑準備於海上跟大清開戰之際，同時派兵在陸上入侵，到時這些間諜便必定跟敵軍裡應外合。家兄已上報了軍機處，但自從恭親王在中法戰爭時被罷免之後，多年來各軍機大臣已越來越不重視黏竿處提供的情報。況且京城上下現正密鑼緊鼓爲太后籌備六十大壽，試問哪個大臣膽敢這麼掃興，在這個時候提起國防備戰之事？」他嘆了口氣，又道：「可惜如今黏竿處的規模，已無法與雍正一朝或明代廠衛相提並論。家兄現在可以做的，也只有按兵不動，枕戈待旦而已。」

我濍然道：「想不到連你和令兄聯手也拿敵人沒辦法。」

福邇搖頭嘆氣道：「你也知道，我與家兄因爲理念不同，所以素有嫌隙。但這兩年來跟對方交過手，才不得不承認，我這種嚴守法治的做法，只能應付普通罪犯，但若要對付間諜，卻非得用上家兄那一套不可。」

我到這刻才恍然大悟：「你是說，人形密碼和廣州沙面兩案，跟現在這些日本間諜都是一夥的？」

他點頭道：「不錯。我已經查出，前年灣仔日本茶屋藏著的一班『志能便』，及去年廣州英國領事館案中的東洋間諜，背後都受同一個人所支配。[8]而目前藏匿於我國的日本間諜，也正是受命於他。」

我記起他曾說過，總有一天會跟暗中主宰這些案件的元謀再碰頭，便問：「這個人是誰？」

福邇道：「他表面上是一位在東京從事學術研究的大學教授，但卻祕密操縱日本所有間諜活動，多年來更有分輔助掌權者制定國策，無論是外交或內政上的明韜暗略、巧取豪奪，或多或少都有他的手筆。此人運籌帷幄，縱橫捭闔，乃東洋謀者之中的無雙國士。」他起身走到窗口前，往外凝望，才繼續道：「他的名字，是毛利安藝。」

⊕ ⊕ ⊕ ⊕

---

8 請見本書所收錄的〈諜海潛龍〉和〈舞孃密訊〉兩篇故事。「志能便」（shinobi）是忍者的其中一個舊稱。據說日本戰國時代，效忠安藝國大名毛利元就（請見註9）的志能便之中，便包括偽裝成樂師來掩飾身分的「座頭眾」（「座頭」原指一種彈琵琶的藝人），行事手法與福華兩人在〈舞孃密訊〉一案中所遇到的忍者有相似之處。

我從來沒有聽過他這樣抬舉一個敵人，不禁嘀咕：「他眞的有你說那麼厲害？」

福邇道：「毛利教授生於一個顯赫武士家族的分支，日本戰國時代曾是一方霸主，他所取的名字『安藝』，便正是毛利氏祖先的國名。他少有才名，精通漢學，二十來歲時正值日本解除鎖國政策之初，又毅然潛心修習西學，成爲尊皇攘夷的維新志士。更難得的是他文武雙全，同時也是名滿日本的劍客，廣獵多個流派的絕技，據說屢次被擁護幕府的武士伏擊，非但能夠全身而退，而且還反讓不少刺客死於他的刀下。又傳他本人亦曾親自暗殺過多個幕府要員，但到底眞相如何，如今已難以查證。二十多年前，他在戊辰戰爭之中立過大功，十年後薩摩藩倒戈，爆發西南戰爭，他又是討伐西鄉隆盛的『拔刀隊』的中堅劍士。明治維新之後，他在東京新成立的大學任教，看似功成身退，但其實卻歸隱幕後，當上了鷹犬爪牙無遠弗屆的的間諜頭子。」[9]

我想起他給我的字條上寫著「當心有敵」，忙問：「你叫我過來時提防敵人，莫非已被對方盯上了？」

他沉肅地點了一點頭，道：「我探知毛利教授已緊隨我來到香港。之前我一回到荷李活道，亦察覺有人監視這屋子。」

我駭然道：「那麼你有沒有向差館求助？」

福邇搖頭道：「沒用的。毛利教授是個德高望重的日本公民，又沒有觸犯任何香港法律，本地差人能夠拿他怎樣？」他凝望窗外，又道：「我也說不出爲甚麼，但我突然感覺除了毛利的手下之外，這一刻他本人亦已在外面。」

我不禁手心捏了一把汗，道：「我沒帶武器。」

福邇打開書桌一個抽屜，拿出一把手槍遞給我，道：「以防萬一。」

英人在香港嚴禁民間私藏軍火，但這個時候我沒有問他這把手槍是甚麼來歷，接過了放在衣袋裡，便道：「那你呢？」

他往一旁的桌子揚了一揚下巴，這時我才留意原來他珍藏的寶劍放在了上面。這把劍是故人所贈，乃前朝尚方署所鑄的利器，若非危急關頭，福邇不會輕易拿出來使用。

他道：「你來到的時候我叫你把大門虛掩，是爲了試探敵人。」他行到桌子前面，拿起的卻不是寶劍，而是旁邊的胡琴。他坐下調一調音，又道：「如果毛利教授眞的已在外面的話，

---

9 毛利氏原姓大江，本居於越後令制國，後遷往安藝國（今廣島縣西）。毛利元就（一四九七——一五七一）在日本戰國時代成為中國地區（今山口、島根、鳥取、岡山、廣島五縣）大名，精於謀略，有「智將」、「謀神」等美稱。其孫毛利輝元（一五五三——一六二五）雖臣服豐臣秀吉而成為反德川勢力的主將，但當德川家康在一六〇〇關原之戰取勝後成為第一代征夷大將軍，毛利氏遂交出產銀量冠絕天下的石見銀山歸降，讓家族在德川幕府統治下成立長州藩，得以延續。

我好像應該跟他打個招呼。」說罷便奏了起來。

我也不懂這首是甚麼曲來著，但聽起來只覺有點東洋風味，調子十分簡單，但被他用胡琴緩緩奏著，在寂靜夜裡卻倍感淒楚詭異。他一邊拉著弓，一邊解釋道：「這其實不過是一首傳統日本童謠，曲名直譯是『可以通行』的意思，且看毛利教授會不會接受邀請進門吧。」

不久，樂聲之中隱約可聞街上傳來「喀、喀、喀」的聲音，由遠漸近，我起初也不知道是甚麼，只覺毛骨悚然；待細聽之下，方才分辨得出是一雙木屐不徐不疾的踏步聲。

木屐聲來到樓下，然後「吱呀」一聲，有人打開虛掩的大門，接著便聽到一下一下沉穩的腳步慢慢登上樓梯。步聲來到我們二樓大廳門外停了下來，來者卻不敲門，似乎靜候福邇把樂曲奏完。

須臾，福邇拉畢一段曲子，便放下胡琴，朗聲道：「請進來。」

廳門冉冉打開，門外沒有燈火，只見一片陰暗裡站著一道瘦長的身影，卻看不到容貌。來客微微低頭踏進門口，入到廳裡燈光照及之處，才看見是個穿著和服的男人，一雙赤足踩在木屐上，讓他本已十分高的個子更顯得非比尋常。他一頭披肩散髮已經灰白，容顏蒼癯，看來應有花甲之年，但卻腰背挺拔，體形健朗，絲毫沒有老態。我留意到他衣服雙胸上有個奇怪的符號，一條橫劃之下有三個排成品字形的小圓圈；後來我問起福邇，他說是毛利氏的家紋，叫做

「一文字三星」。

來者一入到大廳，便背負雙手而立，矍鑠如炬的目光往福邇和我身上一掃，雖還未發一語，便頓時令室內彷彿充塞著一股無形煞氣。我忍不住伸手入懷中，緊緊抓著福邇剛才給我的手槍。

他只看了我一眼，便馬上凝視福邇，道：「福先生。」他說的是官話，沒有絲毫口音。

這時福邇已站了起來，答道：「毛利教授。」

毛利教授微微欠首，道：「神交已久，我們今天終於見面。」

福邇道：「請恕我不能說是幸會。」

毛利嘴角微微一翹，道：「的確不能說是幸會。你屢次干擾我的計劃，我本該一早把你除去，但又忍不住想跟你先見一見面。」他微微張開雙臂，再道：「今晚我手無寸鐵、獨自一人登門拜訪，如果你也想把我除去的話，是最好的時機。」

福邇道：「教授膽色過人，佩服佩服。但趁人不備，非君子所爲。」

---

10 福邇所奏的日本童謠〈Tōryanse〉（通りゃんせ），原曲歌詞大意是一位路人請求關卡守衛讓他通過，因為他要前往神社參拜來慶祝孩子生日。由於其中一句歌詞是「往程容易，歸途可怕」，亦有解釋作暗示若不能通過，孩子便會夭折。這首童謠用於一個一邊唱著這歌一邊「過關」的兒童遊戲，歌聲停止時正在過關的小孩便會被「卡」著。日本很多地區的行人交通燈亮綠時都會播放這音樂。

毛利道：「你錯過這個機會，便不要後悔。」他皤然斜睨著我，又道：「不過雖然你這樣說，但華大夫衣袋裡的卻是甚麼東西？」

我想不到他的眼睛這麼厲害，便把手槍從衣袋裡拿出來，放在身旁的小几上面，道：「這是以作防衛而已。正如福兄說，我們才不會這麼窩囊，佔你這個便宜。」

毛利嘿嘿笑道：「就算你們想佔便宜，也沒有這麼容易。街上有我的人，你們若對我不利，也休想活過今晚。」

福邇道：「現在大家見過面了，請問閣下還有甚麼事情，可以讓福某奉陪？」

毛利直視著他，忽問：「福先生，你閒來有下棋嗎？」

福邇道：「我無此雅好。」

毛利道：「可惜。我有此一問，是因爲已經很多年沒有人像你這樣，能讓我感到棋逢敵手。」他見福邇不答，又道：「雖然你一再破壞我事情，但對我來說，也只不過等如在棋盤上讓你數子而已；然而大局已定，我就算少了幾隻棋子，亦不會影響最終勝負。再者，這其實是我們日本與你們清國之間的對奕，如今你我兩人可以下的每一著棋都已經下了，餘下來的棋局便要看位於我們上面的人怎樣完成。」他頓了一頓，再道：「接下來，我只有一個心願未還。」

福邇道：「甚麼心願？」

毛利道：「自從十七年前鹿兒島城山一役之後，我本以爲此生此世，再也一敵難求。想不到如今在我垂暮之年，上天竟還會讓我遇著你。福先生，世間上像你我這等人，知音固然難覓，但稱心的敵人卻更是難求。我毛利安藝可謂一生無憾了。」

福邇凜然道：「教授此言，我不能苟同。芝蘭生於深林，不以無人而不芳；我不會只爲滿足一己逞強好勝之慾，而祈盼老天爺賜我一位可堪匹敵的對手。」他轉望我一眼，又道：「而至於知音，我早已找到了我的伯牙子期之交。」他這句話，頓時令我胸中一熱。

毛利倨傲一笑，道：「無論你視我爲勁敵也好、還是孤芳自賞也好，你我之間，總要做個了斷。」

我聽了不禁背脊升起一陣寒意，直沁腳底，但福邇卻泰然自若地問他：「如何了斷？」

毛利道：「自廢刀令以來[11]，我的家傳兵器已久未出鞘。既然你我勢不能共存於世上，便應該以我的日本刀跟你的中國劍決一死戰。我選日期、你選地方，怎樣？」

---

11 日本明治維新後，先在一八七〇年禁止平民帶刀，一年後又須佈「散髮脫刀令」，提倡男子不梳髮髻、武士不佩刀。到了一八七六年的「廢刀令」，終於全面強制廢刀，引起部分士族不滿，次年西鄉隆盛（一八二八—一八七七）便領導以薩摩藩為主的起義軍對抗政府，爆發日本最後一場內戰，史稱「西南戰爭」。毛利教授在香港初會福邇時提到鹿兒島城山之戰，便是薩摩軍在這場戰爭裡被殲滅的最終一役。

我大驚之下，正要出言勸止，福邇已點頭答曰：「好。」

毛利道：「爽快。你們清國仍用舊曆，我們便以舊曆爲期。再過幾天是夏至，我便跟你約定，大暑正午，刀劍決生死。給你一個多月的時間安排後事，應該夠吧？」

這傢伙好大的口氣！福邇不以爲忤，道：「好，便大暑正午吧。」他略爲一想，又道：「香港既然已成疫埠，一個月後也不知道會是甚麼情況，而且屆時天氣酷熱，我們換一個地方如何？」

毛利道：「我已說過，決戰的地點由你選擇。」

福邇道：「那就在我們滿洲人祖先的發祥地吧。大暑正午，長白山大瀑布，一決生死！」

毛利皮笑肉不笑道：「你以爲約我在長白瀑布決鬥，便可以佔地利嗎？」

福邇道：「我絕無此意。只不過由此去長白山，不但路途遙遠，而且你我勢必分道揚鑣，閣下打道朝鮮爲佳，而我則取道我國關東，這樣大家沿途便不必擔心會受到對方勢力干擾，可以專心備戰。」

毛利道：「你想得眞周詳。我們就這樣一言爲定吧。告辭。」說罷恭謹地鞠了一個躬，福邇也作揖回禮，對方便轉身離開。

只聽到他的木屐聲一步一步落下樓梯，踏出大門走到街上，往東面中環方向漸漸遠去。直到蹬音消失，黑夜又回復一片死寂，我們良久仍說不出話來。過了好一會，福邇才終於開口：「華兄，這次要勞煩你陪我往長白山走一趟了。」

我拍拍心口道：「莫說是長白山，就算是刀山火海，我也一定陪你走到底！」

⊕ ⊕ ⊕ ⊕

香港這時既然已成疫埠，當然不能說走便走。次日一早，我馬上回到東華醫院致歉請辭，然後便隨福邇到港口安排離境事項。

域多利城的防疫措施，主要由官兵和差人執行。所謂熟人好辦事，我們與之合作多年的巡捕房總管田尼先生，雖然兩年前已經退休回英，但老朋友昆士幫辦卻正好被委派為其中一位主理抗疫的差吏，所以經由潔淨局的西醫檢驗過沒有染疾之後，我們便獲准登上一艘途經香港航往上海的商船。[12]福邇又探得，毛利教授因為享有外交特權，不受香港防疫措施規限，已經早我們一天乘搭一艘打道朝鮮回日本的郵輪。離港前，福邇拍了電報給福邁告知情況，請兄長到奉天老家會合，一起從長計議。兄弟之間有一套他倆才懂的暗語，所以不怕消息外洩。

航程中，我們不用說自是念念不忘決戰一事。福邇這年剛滿四十，正當壯年，毛利少說也比他大上二十載，所以雖然聽他說對方曾是叱吒風雲的一代劍豪，但我本來也不太擔心戰果。

不料福邇卻道：「華兄，你有所不知。雖說『拳怕少壯』，若是跟他徒手相搏，我的確自信可佔上風，但兵刃對決，恐怕便會屈處劣勢了。毛利安藝身經百戰，武功已臻化境，縱使到了這個年紀，也絕對不可小覷。更何況，據聞他的佩刀是三百多年前由伊勢一個叫做『村正』的名匠氏族所鑄，不但削鐵如泥，而且相傳還附有凶戾妖氣。有個說法，是村正刀出鞘必須見血，不然的話，便會爲主人帶來災禍：有的身死、有的自盡、有的更是發狂斬殺身邊的親人朋友。」[13]他微微一笑，又道：「這當然是無稽之談，但也足見村正刀在人們的心目中有多可怕。」

我冷哼了一聲，不服氣道：「你我從來都不信邪，又怎會害怕甚麼東洋魔刀了？我就不信你那柄尚方寶劍敵不過它！」

福邇道：「我顧慮的當然不是妖刀的傳說，但毛利有如斯利器在手，卻無疑如虎添翼。喪命他刀下的亡魂不計其數，而且據說自他三十餘歲練成絕技之後，更是大多一招決勝；如果對手要他出到第二招才一命歸西的話，已屬難能可貴的了，卻從來沒有能夠活到接他第三招的。」

我將信將疑道：「竟有這麼厲害的絕技？」

他道：「他這令人聞名喪膽的必殺絕技，是來自薩摩藩裡流傳了幾百年的刀術，名曰『蜻蛉構』，也不知毛利是向他們正式求教還是偷師自學，但據聞他已把這招練到爐火純青的地步，無論是速度和力量都無人能及。」

我問：「這是怎樣的招式？」

福邇道：「這是一個返璞歸眞的招式，把刀用雙手垂直舉起於右肩之上，猶如棲息的蜻蜓豎起尾巴之狀，守則無隙可蹈，攻則無從抵擋，以不變應萬變。無論敵人是進是退，都是全力一刀劈下去。」

我還是大惑不解，奇道：「這又怎麼稱得上必殺絕技呢？」

福邇解釋道：「絕技不在招式，而在於人。別人使用這招式也許不能必殺，但據我打聽所得，毛利使用蜻蛉構卻從來不曾失手。他除了功力深厚之外，更有先天之利，生得身高臂長，加上手中兵器又是幾百年前的古刀，形制應比後來江戶時代鑄造的日本刀更彎更長，所以對手

---

12 成立於一八八三年的香港潔淨局（Sanitation Board），是現在市政局的前身，為香港歷史最久、有民選議席的政府部門，在本故事發生的年代負責公共衛生事項（現在則負責食物衛生及文娛康樂政策）。鼠疫期間，王昆士幫辦及其他十餘名警務人員被委任代表潔淨局巡查疫區，職責包括處理屍體及把染疫病人送往隔離等事項，因其貢獻，次年獲政府頒授特殊「香港瘟疫勳章」（Hong Kong Plague Medal）。

13 「村正」，別稱「千子村正」，是日本古代伊勢國（今三重縣）桑名地區一個刀匠家族，所製的刀槍以品質優越見稱，第一代宗師活躍於公元一五〇〇前後。「妖刀」之說，源於日本戰國時代德川家族多名成員均死於村正鑄造的兵器，因而產生種種詛咒的傳說。德川家康成為江戶幕府第一代征夷大將軍之後，即令廢除及禁用村正刀，但依然有不少祕密藏品得以流傳下來。幕末時期，許多倒幕派武士附會「村正刀剋德川家」之說，都在兵器刻上「村正」作刀銘。如果福邇在文中所說屬實，毛利教授的佩刀應是真品。

就算主動進攻，也會被他後發先至，一刀劈中。但若對手採取守勢的話，毛利劈過來的時候就算來得及招架，兵器也必定被這雷霆萬鈞的一擊蕩開，而就算沒有馬上被毛利這第一刀劈中，也必定無法抵擋隨即而至的第二刀。所以說，沒有人能夠活到第三招。」

我聽了一時無言以對，覃思了一會，才道：「本來學武之人常言道：天下武功無不可破，唯快不破。但依你這麼說，要應付毛利這絕招，以快打快卻未必行得通。」

他點頭道：「我也是這麼想。就算我出招多快，也未必能夠比毛利更快，而且我身高雖然跟他相若，但中國劍不及日本刀長，所以兵器所及的範圍依然稍遜一籌。再說，日本刀合用雙臂之力，剛猛無匹，若與之硬拚，無異於以己之短攻彼之長。若要剋敵，便唯有劍走輕盈、偏避其鋒，方有取勝之望。」

我們礙於身在船上，不能拿出兵器來試練，所以討論了許久，也依然不得要領。福邇忽道：「華兄，我從來也沒有問過你在軍隊中的事情。你在戰場上有殺過敵人嗎？」

我答道：「當然有。你爲何有此一問？」我雖然這樣說，但也隱約可以猜到原因。

他道：「你第一次取敵人性命的時候，難不難下手？」

我道：「身爲軍人，上到戰場跟敵人交鋒，不是你死便是我亡，怎會難以下手？稍有猶豫，送命的便是自己。你跟毛利決鬥也一樣，千萬不能擔心到時下不了手。他不會手下留情，你也絕不能心軟！」

他嘆了口氣，道：「知人者智，自知者明。毛利安藝手刃過多少敵人，大概連他自己也數不清楚。我雖然也不乏臨敵經驗，但莫說從未殺過人，甚至連一場眞正以性命相搏的決戰也沒有試過。跟他相比，我的練歷自是遠遠不及。」

我深知他說的不錯，但這個時候唯有盡量激勵他的鬥志，便道：「我們還有時間。一到奉天，我們不用馬上啓程前往長白山，可以花數天研究和試練應對的招式。我就不信沒辦法破解毛利這絕招。」

⊕ ⊕ ⊕ ⊕

到了上海，我們又轉船前往營口，估計由那裡前往奉天府，小暑之前便可以到達。

下船後，我們在港口附近一間客棧要了個房間，打算休息一晚，第二朝一早再出發。這時已是中午過後，福邇趁著電報局還未關門，便先趕去給兄長再發一通電報通知行程，留下我一個在客棧安頓行李。

我在房間內放好行李，坐了一會覺得悶，正想出去在附近逛一逛，忽然有人敲門，有個男人的聲音說：「客官，送茶來。」

一開門，外面果然是個小二打扮的中年漢，手裡拿著茶壺，嘴裡還叼著一根香煙。我正要掏錢出來打賞，不料他竟突然深深啜了一口煙，乍然向我迎面噴過來！

我猝不及防，把煙吸了入肺，頓覺天旋地轉，目眩腦暈。混沌之中，但見小二身旁又不知從哪裡閃出一道人影，兩人一左一右緊緊把我揪著，之後神智便越來越迷糊，不省人事了。

我伴隨福邇辦案多年，以前也幫過被悶煙迷暈的當事人，但自己親身領教，卻還是第一次。這種下三濫的江湖伎倆，我當然不屑使用，但身為大夫，自是懂得其藥性。悶煙迷香的主要成分，是曼陀羅、長春花和天仙子幾種含有毒性的藥材，煉製而成粉末加入煙草或香燭之中，燃燒時若吸入，視乎分量，可令人瞬間暈眩或甚至昏迷。

也不知昏睡了多久，待得終於從朦朧中慢慢醒來，但感頭痛口乾，自是被悶煙迷暈後的徵狀。這時我發覺自己身處一個陰暗穢濁的地方，原來是個存放雜物的小磚舍，周圍都滿佈灰塵和蛛網，也不知多久沒有人來過。這裡沒有窗戶，門口有道鏽跡斑斑的鐵閘，我馬上走過去試推，才知有一條扣了洋掛鎖的鐵鏈牢牢拴著。

往外望，但見是一間荒廢大屋的庭院，四周有高牆圍著，院子中間有一個男人靜靜的跪坐在地上。只見這人約莫三十來歲，頭髮剪得極短，穿著一套深色立領一字襟的洋式服裝，身旁還放了一把東洋刀，一看便知道是日本人。他面向著庭院開敞著的大門，似乎正在閉目養神的模樣。

我大力搖動鐵閘，高聲喊道：「喂！為甚麼把我捉來這裡？想幹甚麼？」

那人睜開眼睛，轉過頭來瞪了我一眼，然後又回向大門閉上雙目。之後無論我如何大吵大鬧，他依然一言不發，對我不瞅不睬。

我拿他沒有辦法，便在磚舍搜索有沒有可以幫助我脫身的東西，可惜尋遍一堆堆雜物，都找不到一件可用的工具。無計可施之下，唯有效法那個日本人，在磚舍閘門旁坐下休息，靜候之後有甚麼事情發生。

這樣過了兩三個鐘頭，看天色已接近黃昏。突然，有個人從外面跑進庭院，卻不是福邇是誰？只見他提著寶劍而來，一進院子看見那日本人，便馬上高呼：「華兄！你在嗎？」

我怕他擔心我安危而分心，急呼：「福兄！我沒事！小心這人！」

那日本人一見福邇來到，一言不發便拿起身前兵器站了起來，「唰」一聲拔出長刀，隨即拋下刀鞘，等待福邇亮劍。福邇聽到我說沒事，放心下來，也不答話，向我微微點了點頭，便全神貫注的面對敵人，徐徐抽出他的尚方寶劍。

對方嘴角泛起一絲笑意，雙手齊握刀柄，緩舉於右耳之側，刀身向天直豎，擺起的正是讓毛利安藝所向披靡的「蜻蛉構」架式。福邇見狀，立即一變馬步，斜轉以身右向著敵人，右臂橫於胸前，握劍的右掌在左肩前手腕一反，把長劍直指對方握刀的一邊。這個招式，正是他和我連日來費盡心思，一起研究用來對付毛利教授必殺絕技的方法之一，但此刻我一看見，心中卻暗叫不妙！

要知面對蜻蛉構這種可攻可守的絕招，若是貿然從正面主動進擊，兵器必會遇到對方長刀猛力一劈，就算不折斷，也一定被砍到一旁，之後便無法抵擋敵人迴刀反擊了。取勝之道，在於避重就輕，理應施展靈活步法挪騰身位，力搶進敵人左側防守力最弱的空門，方可進攻。但福邇想必是急於救我脫險，竟棄此法不用，反而擺出個防守的架式，更故意縮短自己長劍可攻及的範圍，目的是引誘敵人先行出手，在對方出招的一刻同時對攻！不用說，這是九死一生的險著；假若一擊不中，固然命喪對方刀下，但縱使得手，亦難保不會與敵人玉石俱焚。

那日本人看來也是高手，當然不會不曉得福邇的意圖。這時我想起福邇的話：這人想必曾以蜻蛉構斬殺過不少敵人，亦一定看出福邇從未面對過這麼厲害的招數，這時便有恃無恐，身上散發出的一股霸氣，竟似把福邇完全震壓著。只見他腳下碎步寸移，逐漸進逼，福邇卻節節後退，讓我看得胸口怦怦亂跳，手心揑了一把汗。

這個庭院不大，不一會，福邇已被逼到牆角，退無可退，左右閃避的空隙亦遭封死。雙方之間的攻守範圍，這時已經完全落入那日本人掌握之中，眼看他隨時便要進擊。再看福邇，雖然負隅頑抗，卻仍面無懼色；他一直沒有改變劍姿，到了這最後關頭，也只是左掌輕托劍柄於右手之後，蓄勢待發。兩人這樣僵持了片刻，整個院子裡的空氣也彷彿停頓下來，連我自己也忘記了呼吸。

忽聞一聲如雷怒喝，日本人遽然揮刀，福邇亦同時閃電出劍，不閃不避直刺對方！說時遲，那時快，福邇前跨的弓腿竟再踏出一下跳步，剎那之間暴增了一個身位，超越了雙方刀劍本來可及的距離。只見他身形一矮，胸口俯貼著前腿膝頭低竄，東洋刀斬下之際已然落空——因為福邇已在對方腰腹的高度搶進內門，手中利劍插入敵人身體，直沒至柄，透背而出。

福邇這出奇制勝的招數，脫胎自西洋劍擊之術，我多年來不時與他比試武藝，早已領教過。之前在船上一起磋研如何對付毛利教授絕招的時候，亦考慮過或可派用場。不過這跳步直刺一招，固然可以瞬間攻擊甚遠，但缺點卻是敵人若能及時側避，便空門大開，無法抵擋對方從旁反擊。想不到福邇竟把這記殺著融入剛才誘敵先攻的架勢，讓這前後兩個招式互相以長補短。

那日本人雙臂軟了下來，東洋刀掉到地上。福邇長劍沒有鬆手，卻慢慢站直了身子，和敵人相視而立。對方仍未斷氣，但此刻身體全靠福邇支撐著才沒有倒下來。只見他面容不停抽搐，好像直到最後一刻，也不能相信命喪黃泉的竟然是自己。

待對方的身子終於軟了下來，一動也不動，福邇才輕輕把屍體垂到地上，拔出長劍。只見他臉色慘白，神情恍惚，渾然不覺胸前染滿了對方的鮮血。我知道他在這之前從未取過人性命，雖說在生死關頭，敵我不能共存，本來不應該自責；但回想到我自己第一次在沙場上面對面手刃敵人，又何嘗不是如此？箇中又幸又懼、既欣亦疚的複雜情感，如非親身體驗過，實在難以明白。

⊕ ⊕ ⊕ ⊕

福邇呆立了片刻，雖然還沒有完全平復過來，但記掛著我的安危，匆匆跑過來急問：「華兄你沒事嗎？」

我道：「沒事！好漂亮的一劍！」

他正要舉劍劈斷門上的鐵鏈，我見狀急忙阻止：「別砍壞寶劍，用那傢伙的刀！」

福邇怔了一怔，隨即把劍交左手反握，跑回去拾起屍體旁邊的日本刀，回來用力劈了門上的鐵鏈幾下，鏈子便「哐啷」一聲斷開。

我推開鐵門出來，一時放心不下，迅速檢視過他身上沒傷，才問：「你怎會找到這裡的？」

他道：「我回到客棧見你不在房間，卻發現有打鬥跡象，還在地上拾到這衣鈕，似乎是在糾纏之中扯下來的。」

福邇從衣袋裡拿出一顆黃銅洋式衣鈕，模樣跟那日本人衣服上的鈕子相似，只見上面印鑄了一朵菊花形狀的浮雕圖案。

他說：「這種銅鈕子，是叫做『詰襟』的日式西服常用的式樣。」他望了屍體一眼，又道：「這人所穿的便是這種服裝，衣服上還正好少了一顆鈕子，應該便是你手上這顆。」

我道：「在客棧綁架我的人起碼有兩個，其中一個是中國人，假扮店小二騙我開門，我一時大意，被他一口悶煙噴在臉上。迷糊之中，我隱約察覺有第二個人出現，跟他合力制伏了我，但是不是這個人便看不清楚了，也不記得和他們打了起來……」

福邇搖頭道：「這個日本人根本沒有到過客棧，而你其實也沒有跟綁匪打起來便已經暈倒。」

他這話讓我摸不著頭腦，問：「啊？那你怎會在房間裡找到這顆鈕子？」

他沒有答話，環視了四周一遍，卻突然高聲喝道：「我知道是你做的好事！還不快快給我出來？」接著又換了另外一種語言，再大喊了幾句話。但奇怪得很，我雖然聽不懂他說甚麼，卻認得出不像日語，倒反而似是滿州話。

院子周圍一片靜寂，沒有反應。福邇正要再開口之際，忽聞外面有一班人的腳步聲走近。待他們走進院裡，想不到原來沒有一個是日本人，而全部都是中國人。只見這五六人爲首的一個，生得高大豐碩，膀闊腰圓，竟然是福邇的胞兄福邁！

⊕ ⊕ ⊕ ⊕

福邁對其弟道：「被你識穿了。」接著又轉向我道：「華守備，委屈了你，十分抱歉。」我雖已退役十餘載，但他依然以我當年的軍階相稱。

我一時不明所以，傻道：「福大人，怎麼你也來了。」話才說完，突然在他身後看見那個假扮小二向我噴悶煙的人，才恍然大悟：「難道……整件事情……竟然是你安排的？」

福邇噹道：「當然是他幹的好事。房間裡有十分明顯的打鬥痕跡，卻連一滴血也沒有，我便馬上覺得可疑。接著在地上發現了一顆銅鈕，似乎是你跟敵人搏鬥之時從對方衣服扯下來的，但細看之下，察覺鈕上的線斷口齊整，分明是刀剪所切，便知道必定是對方故意留下來給我的假線索。」

福邁聞言，橫了身旁的人一眼，道：「大意。」

那人慌忙躬身致歉，這時我認出他名叫方博，是福邁最出色的密探之一，十年前見過一面。這時我終於明白，他才是在客棧裡跟假小二一起綁架我的人。

福邇繼續向我解釋：「今天在這裡等我的這個人，正是之前已被我查出是潛伏在這個城市的日本間諜。家兄的手下留下假線索，目的是讓我以為你被這人擄去。我找到這個間諜的住處，發現一張營口的地圖上用紅筆圈著西郊這間屋子的位置，當然是想把我引來這裡。」他轉向兄長，又道：「雖然我已看穿是你故佈的疑陣，但當然還是要來的。」

福邁道：「我也知道多半騙不了你，但你為了救出華守備，就算看穿了我的詭計，當然還是要來的。」

這兩兄弟都是世間罕有的奇才異雋，若論智謀更是兩相頡頏，以我的頭腦又怎會跟得上他們的思路？我聽他們說到這裡，還是似懂非懂，便問福邇：「那麼這個日本間諜為甚麼又會在這裡等你？」

他道：「家兄想讓我以為這個日本間諜把你囚禁在這裡，但其實這間諜也是被家兄的密探捉到這兒的。」

福邁也接道：「這人雖然被捉到這兒，但當他知道舍弟也即將到來的時候，正是求之不得，便自然放了他也不會逃跑。」

我還是摸不著頭腦，傻問：「為甚麼？」

福邇道：「你還不明白嗎？這個日本間諜有機會把我置諸死地，又怎會逃？家兄佈下這個假局的目的，便是讓我跟這個人決一死戰！」

我這一驚著實非同小可，只能目定口呆地瞪著福邁，卻一時說不出話來。

他淡然道：「刀劍要開鋒，人也一樣。毛利殺敵無數，但舍弟卻霜刃未試，就算撇開武藝高低不談，兩人之間也是優劣立見。只有讓舍弟先行跟一個真真正正以性命相搏的敵人試劍，到長白山一戰的時候方有取勝之望。」

我聽他說得如此理所當然，不禁勃然大怒。我自己吃了丁點苦頭不算甚麼，但他居然故意陷福邇於險境，當下便忍不住直斥其非：「你竟然賭上親弟的性命，簡直枉為人兄！」

他依然無動於衷，道：「這人是毛利安藝的得意弟子之一，盡得師父真傳，據說使用這招蜻蛉構也是從來沒失過手。要是連徒弟也不敵，又怎能跟師父決一生死？」

我正要再罵，不料福邇卻接口道：「家兄說得對。經此一戰，我有了兩三分把握。」

福邁左眉一揚，道：「只是兩三分？」

福邇道：「我本來連半分把握也沒有，但擊敗了這人，足以證明蜻蛉構這招必殺絕技並非無法破解。」他嘆了口氣，又道：「可是話雖如此，我若重施故技來對付毛利安藝，卻恐怕不會奏效，還需另覓對策。所以我說，只有兩三分把握。」

我聽他這樣說，自然不服氣，道：「福兄，別長他人志氣、滅自己威風。剛才我看得很清楚，你和對手出招都已經快得無可再快的了，毛利安藝武功再高，畢竟年事已高，我就不信他出招還可以更快。」

福邇搖頭道：「我們也討論過，這不是出招快慢的問題。常言道，一寸長，一寸強。中國劍一般比日本刀稍短，但在剛才的對決之中，因爲我身形比對方高，所以雙方算是扯平了。可是換作毛利安藝的話，他身高與我相若，所用的古刀又比後世的日本刀更長，所以在兵器上我先輸了一籌。就算他出招眞的沒可能比我更快，但只要彼此的速度不相上下的話，我便無法在他砍著我之前刺中他。」他頓了一頓，又道：「再者，剛才我利用了現場環境和情況，讓對方以爲我急於救你脫險，一時焦躁慌亂才會被他逼進牆角，但其實我急於救人當然是眞情，但慌亂卻是假裝出來的，無非是爲了引他出手。可是這個誘敵之計，在長白山決鬥之日便用不著了，因爲到時不但境況完全不同，以毛利的戰鬥經驗，亦一定不會這麼容易上當。我說仍須另覓對策，便是這個意思。」

我聽了他這樣說，不由得暗暗忐忑，只好鼓勵他道：「決鬥之前，你一定會想得出萬全對策。」

⊕　⊕　⊕　⊕

那晚福邁請了福邇和我飽餐一頓，但經過白天一番折騰，我們自是食而不知其味，之後便回到客棧休息。次日上午福邁手下帶來坐騎，大家便一起出發前往奉天。在遼陽又過了一夜，隔日便到達陪都。

福家先祖是鑲藍旗罕扎氏，正是因爲世居奉天福中，才會取「福」字爲漢姓。我和福邇雖相交十多年，但他素來不喜談及自己身世，所以雖然知道他家境豐厚，但這天來到他的祖屋，才曉得他們福氏果眞如我所想，是個官宦世家。只見金柱朱漆大門兩旁置有方形石墩，五級階梯對應著四個門簪，標誌著是一至四品文官的府邸，但看來都已有點年份，是以可知在福邁之前，其先輩必已官達這職級。

大門一開，一群僕人馬上出來迎接。一進之後，果見是一座朱簷碧瓦的宅邸，光看門屋和外院格局，也知地方不小，但卻不知爲何有點空洞冷清的感覺。

福邇道：「先父在京爲官，我們兩兄弟都在京城長大，很少回到這兒。自從我出洋留學之後，這麼多年還是第一趟回來。」

福邁也道：「家父辭官之後和家母搬了回來，但自他過身之後，我便接了家母回京跟我同住，多年來只留下一些家僱打理這地方。」

住下來之後，我也無暇參觀大宅，每天只顧陪伴福邇朝夕勤練劍法，幫助他研究破解毛利必殺絕技的方法。此行我帶備了當年在軍中所用的佩刀傍身，但爲了讓他熟習敵人兵器的特性，便換上了一把仿東洋形制的倭刀跟他對練，但福邇卻自始至終不肯拿出他那把尙方寶劍，只用一柄普通鋼劍與我過招。

我問他爲甚麼，他便道：「尙方寶劍用來斬奸除惡，只可以相向敵人，不可相向朋友。」

我們試遍快攻慢打、遊走遠避、近身纏鬥等多種戰術，卻沒有一種能讓福邇滿意。就算明知蜻蛉構下劈之際只能設法閃避，絕不能用劍硬擋，但他也堅持試遍不同或避或擋的招式，希望能夠找出對策，但最終還是徒勞無功。

在陪都盤桓了數日，期間福邁也沒有閒著，一直忙於部署手下密探，以待戰事爆發時，可以馬上做出應對。不久，是時候要啓程前往長白山，他便命令方博帶同幾個手下一路護送福邇和我往返。我們捯飭了行裝，備好馬匹，臨別時他跟福邇道：「天命不又，毋忝爾所生。」

福邇點頭不語，上馬後，便昂然策馬領著眾騎，浩浩蕩蕩離開了奉天府。

⊕ ⊕ ⊕ ⊕

大夥兒當天便來到撫順，之後一路向東，晝騎夜息。自從十多年前受傷退役之後，我已幾乎沒有上過馬背，正所謂：久不復騎，髀裡肉生。這時又再得以身不離鞍地馳騁終日，難免懷念昔日已逝光輝之餘，亦不禁慨嘆老之將至矣。

不日由奉天省進入吉林，很快便抵達通化。這裡原為邊陲守鎮，十多年前才設治，已是沿途最後一處有規模的城鎮，往後便要進入地勢越來越高的山嶺密林了。長白山和黑龍江的「白山黑水」是滿洲人神聖的興龍之地，在清初本列為禁境，但自咸豐年間解封放墾，至今已有不少漢人遷徙到來。[14]

我們在這兒逗留了兩天，方博拿著福邁給我們預備好的文書到治所，請他們推薦一個可靠的嚮導，從這裡一路帶我們上長白山。找到的這個嚮導也確實辦事得力，知道我們打算在山上逗留多日，便給大家預備好營具及足夠乾糧才出發。

臨起行的一晚，我們跟大家一起吃過飯回房休息時，福邇忽然跟我說：「華兄，我們離開香港之前，我已經給鶴心立了文契，讓她從此放出為民，以後不再是奴婢身分，回到國內也可以消除賤籍。[15]荷李活道貳佰貳拾壹號這幢樓，亦已轉到她的名下，若我此行有甚麼不測，也好讓她以後生活有所依靠。所有文件都在律師樓，勞煩你日後回到香港給我打點。」

我聽著他託付身後事，喉中一哽，道：「不要說這種話。」

福邇淡然一笑道：「鶴心最初來服侍我的時候，還只不過是個黃毛丫頭，但轉眼之間也快三十歲了，我早該給她找一個好歸宿。可是每次提起，她總是又哭又跪，說甚麼也不肯，還說只要生生世世都服侍公子便心滿意足了，眞是拿她沒辦法。」

我道：「決戰在即，你不要分心。面對強敵，必須無後顧之憂才行，有甚麼放不下的事情都交給我好了。」

他道：「答應我，決戰當日，就算我不敵，你也千萬不要插手。」

我明白自己也是他的後顧之一，一時不知如何搭話，只好默默點頭。

次日，我們在嚮導引領下進發，沿著山嶺之麓向東北方向走，前往百多里外一處叫做「雙

---

14 滿族入主中原後，為保護祖地，於順治年間開始興建「柳條邊」防壕圍封盛京及長白山地區，康熙七年（一六六八）更頒令全面禁止內地漢人進入關東。直到咸豐十年（一八六〇），為了增加人口來應付沙俄對邊境的蠶食，才正式解除禁關令，讓民眾遷移到東北地區墾殖，啟動了中國近代史上的「闖關東」。

15 雖然英國早在一八三三年已通過《廢除奴隸法案》（Abolition of Slavery Act），在整個大英帝國內廢止奴隸制度和貿易，但因為香港於一八四二成為英國殖民地後，根據當時法律居港華人仍屬中國國籍，所以被視為中國傳統習俗的蓄婢制度並未受到干預。直到一九二〇年代，港英政府才開始立例管制。文中福邇為鶴心取消奴婢賤籍的安排，所依循的是《大清律例》。

甸子」的地方[16]，再由那裡順著北坡登上長白山，便可到達位於天池以下的大瀑布。這時離大暑還有好幾天，我們打算早一點到長白瀑布，熟習決戰之處的環境，亦讓福邇可以利用餘下的時間繼續琢磨破解蜻蛉構的方法。

路上，福邇有感而道：「大清歷代帝皇，本來都會御駕親臨吉林，在松花江畔遙望長白山拜祭祖先，但到了嘉慶以後，便改由吏使代爲望祭而已。我身爲滿人，有幸能夠上一次聖山，可說不枉此生了。」

這一帶人煙稀少，我們繞林涉水，入黑前便來到雙甸子，原來是個位處山溝的小墟鎮，其名想必來自溝上溝下兩片遼闊的草甸子。這裡遊民麋聚，是龍蛇混雜之地，縱使我們人強馬壯，又有嚮導這位識途老馬在旁，倒不敢不打醒十二分精神。我們在最像樣的一家客棧投宿，方博爲防有賊匪打我們馬匹的主意，便命手下整晚荷槍實彈守著。一夜無事，次日早晨我們吃過東西之後，嚮導便帶領大隊登山，還說離我們目的地不遠住了個老獵戶，他的地方雖然不夠讓所有人投宿，但福邇和我也許可以留在那裡作客。

雖然是盛夏，但上到山裡亦感覺涼意，這天福邇便換上了一套洋式行裝。我跟他相處十多年，除了在他喬裝易容的時候，幾乎從來沒見過他穿著洋服，而他這一身打扮，更是怪模怪樣：外衣是由灰褐色斜紋布料所製，雙膊上面附有短披肩，長僅及肘，他說是以蘇格蘭某地爲名的一種衣服，有防濕保暖之效。所戴的帽子也極古怪，名稱直譯便是「獵鹿帽」的意思，前後都有狀如鴨嘴的帽簷，左右兩旁還有護耳，平時翻起來綁起在帽子頂，寒冷時便翻下來爲耳朵和兩面頰保暖。[17]

我們經過一片片看來從未經刀斧砍伐的茂密樺林，來到一條沸揚的河流，洶湧湍急有如山洪暴發。嚮導說，長白山的河水來自天池，那裡位處高嶺極地，冰雪要待入夏方才開始融解，所以這時正值每年流量最多的當兒。但他又說，未曾見過河水氾濫得這麼厲害，想必是之前冬天冰雪特別多之故。

沿河而上，離決戰之地不過兩三里路，已能遙遙望見瀑布，而其澎拜之音，在湍湍河水聲之上亦隱約可聞。我本還以爲嚮導會先領我們直上瀑布一看，他卻把我們帶到附近一個蒸氣騰騰的溫泉，再去不多遠，便來到幾間小木屋，想必是他所說的獵戶所住的地方。

嚮導正要快行一步上前先跟獵戶打個招呼，但一個老者一定是聽到人馬聲，已從其中一間屋子走了出來，滿懷戒備的提著一支古舊的獵槍。這人看來應該已六十開外，但體格依然十分

---

16 雙甸子，即是現在吉林省白山市撫松縣的撫松鎮，文中提及的山溝名叫馬鹿溝。長白山機場便是位於撫松縣內。

17 華笙形容福邇所穿的服裝，外衣是指「印弗內斯披肩」（Inverness cape），而「獵鹿帽」則是直譯自英語 deerstalker，兩者在十九世紀下半葉都是英國男士郊遊時常穿的戶外衣物。印弗內斯披肩於明治年間亦傳入日本，直至大正時代依然十分流行。

精壯；他似乎跟嚮導熟絡，見到是他，神色便稍微鬆懈了一點，但依然不停打量我們一眾陌生人，手裡的槍也沒有放下來。

老獵戶似乎不懂漢話，但嚮導跟他同是滿洲人，便上前跟他用滿語道明來意。過了片刻，福邇也走過去跟他們說話，起初獵戶見他身上的洋裝這麼奇怪，不免有點警惕，可是當他發現福邇原來不但也是滿族，而且顯然身分不低，態度立刻親切起來。

他們談了一會，福邇便叫我過去做介紹。原來老獵戶叫做額魯，世代都在這兒爲大清皇族守山護林，但到了這一代，他只留下一個兒子在身邊，以待有天接替自己，其餘子女都早已下山另外謀生了。剛巧額魯的兒子進山巡邏，沒有十天八天不會回來，空出來的一間小屋便正好讓給福邇和我下榻。作好安排，方博便命嚮導帶他們在數里以內另找地方紮營，給福邇一點清靜，好讓他能在接下來的幾天裡專心備戰。

臨別時，方博趁著福邇在屋內跟額魯說話，悄悄把我拉到一旁，交了兩支穿雲箭給我，道：「華守備，這東西你懂得怎麼用吧？我們會日夜守候，到了決鬥之日，一有戰果，請你用穿雲箭發信號召我們過來。兩支箭一青一紅，爆出來的顏色也一樣，青色的箭用來報喜，紅色報凶。」他待我接過穿雲箭，又道：「防人之心不可無，難保敵人不會事前耍花樣。決戰之前這幾天，如果你察覺有甚麼風吹草動，也隨時可以射出紅箭，我們馬上趕來支援。」

他們離去後，福邇和我見已是下午，便決定好好休息，明天一早才前往瀑布慢慢詳細觀察地形。額魯偏居山上，沒有甚麼東西可以招呼我們，反而嚮導有先見之明，早預備了一些茶醬油鹽等糧材和幾瓶燒酒送給他，這時福邇又賞了他一點錢，他便歡歡喜喜的泡了一壺茶跟我們一起喝。

說到額魯，雖然他要靠福邇翻譯方能跟我溝通，但可能獨處太久，這時忽然來了兩個客人，竟十分健談。他說，這十年來冬春異常寒冷，冰雪特別多，不巧這個夏天回暖得又遲又急，過多積雪突然融解得太快，所以水量才會這麼驚人。他活了一把年紀，也從來沒有見過這麼凶猛的洪流。只有小時候聽祖父說過年輕的時候有一年冬天特別長，居然持續了整整一年，待夏天終於來臨，從瀑布湧下來的洪水連祖父原本建在河邊的屋子也沖走了。額魯雖然不信夏天會遲來一年那麼誇張，但那次嚴冬後的暴洪卻一定發生過，因爲他現在住的這幾間小屋便是祖父事後在離河更遠處重建的。[18]

---

18 文中額魯祖父年輕時所遇的嚴冬及其後融雪洪流，應指一八一五年印尼坦博拉（Tambora）火山大爆發後，大氣層中過量灰塵導致全世界往後數年出現的異常寒冷天氣。在歐洲，溫度劇降得最厲害的一八一六年便稱為「沒有夏天的一年」。到了一八八三年，喀拉喀托（Krakatoa）火山的爆發又帶來類似現象，文中福華兩人在長白山遇見的反常流量，想必是連年嚴冬在山上囤積了每個夏天融解不盡的雪量，這年終於因為溫度驟升而急劇融解所致。隨著地球氣候暖化，各地冰蓋大幅度退縮，同樣情況應難再出現。

趁著還未天黑，額魯又帶我們到溫泉挑了些滾熱的泉水回來，教我們用來在兩個大木桶內浸浴。福邇也曾跟我提及在日本留學時多麼享受浸溫泉，我本來還有點不好意思在朋友面前赤身露體，但經過連日來顛簸勞頓，這刻又怎不躍躍欲試？這麼一泡，果然活絡舒筋，疲累盡消。

福邇道：「可惜我們離開營口的時候不順路，不然真的應該去一趟熊岳，像這樣享受一下溫泉。」

我道：「回程時再去不遲。」

他聽了只是微微一笑，不再說話。

⊕ ⊕ ⊕ ⊕

額魯家裡沒有多少糧食，那晚只能分一些酸菜醃肉給我們吃，所以次日一早，他便提槍進山，說要打些野味回來，讓大家好好飽餐一頓。福邇和我吃了兩個餅子作早點，也出發前往瀑布。

還離得老遠，已先聞其澎湃水聲，猶如萬馬奔騰；及至來到瀑前，更是幾乎震耳欲聾。這裡險峻的山壁有個缺口，洪流便由此飛射而降，少說也有二十丈高，落到下面激起白濛濛的水花，氤氳有若冰煙寒霧，蔚爲壯觀。

我們各自攜了兵器來，踏遍瀑布下利於戰鬥的地方，遊走試練一番。直到時近正午，我們停下來稍作休息，拿出帶來的乾糧作午餐。大家吃罷東西，福邇忽然興起，大聲道：「千里迢迢來到長白山，總不能不到天池一遊。不如我們現在上去，就當作是練一練氣吧！」在瀑布旁說話，若不提高聲音便很難聽得明白。

其實我哪有心情登高行遠？但又不忍拂他的意，便答道：「好！我說過，無論你要去哪裡，也一定陪你走到底！」

瀑布一旁的陡峭山坡上，有條小路可上，雖然有點濕滑，要小心腳步，但飛瀑濺起的冰冷水氣吸入胸中，卻令人心肺清涼，頓覺神清氣爽。再行五六里路，早已聽不到轟隆隆滾雷似的瀑聲，終於登上了闃寂無音的天池。一望無際的萬里晴空下，只見猶積霜雪的群峰，環抱著一個波光粼粼的巨大湖泊，清澈無比的湖水從北邊湧出，便是下面瀑布和河流的源頭。

我不禁嘆道：「久居南方鬧市，終日營營役役，今天來到這裡，才教我開襟豁眸，領略到人於天地之間是何等渺小。」

福邇點頭道：「不錯。天地無終極，人命若朝霜。在浩瀚宇宙之中，我們又算得上是甚麼？」

我們靜靜地欣賞了景觀一會，他忽又道：「華兄，你有沒有想過，你我漢滿有別，要是生於前朝的話，非但沒可能成爲朋友，若在戰場上相遇，更只能是拚個你死我活的敵人。」

我不明白他爲何有此感觸，便道：「如今我們已是滿漢一家，這些陳年舊史，還提來作甚？」

他道：「再過幾天，我便要與毛利教授一決生死；但假若大家生在另一個我們兩國之間沒有紛爭的時代，說不定也會像你我一樣，成爲朋友。」

我聽了心中滿不是味兒，不禁惱道：「這個時候，你怎可以跟敵人惺惺相惜起來了？過去是過去，現在是現在，怎可以混爲一談呢？無論是甚麼時代，只要對方是懷著善意而來的，我們當然樂於跟他們做朋友；但任誰想侵略我們的國家，便要跟他們拚命，還有甚麼好說的？」

福邇凝望遠景，喟然道：「後之視今，亦猶今之視昔，當前這一切，亦總會成爲過眼雲煙。我與毛利一戰，無論誰勝誰負，百年之後，還有誰會在意？雙方的是非榮辱、成敗得失，都不會有人過問。」

我堅決道：「百年後的世界，誰知會變成甚麼樣子？決戰在即，你千萬不要胡思亂想，要專心一致，方能致勝。」

⊕ ⊕ ⊕ ⊕

爲了令福邇心無旁騖，我每天由朝到晚都跟他形影不離，陪他勤練劍法之餘，休息的時候也不斷鼓舞激勵，不讓他的鬥志稍有鬆懈。而他也沒有再跟我提起在天池所說的那種話。

轉眼到了決戰前一日，這天早上，額魯本在巡山的兒子突然提早回來，原來他遇到一個不時從朝鮮過來做些小交易的採蔘客，說這次爲來自日本的人引路上長白山；臨別時，日本人額外打賞了蔘客，吩咐他今天把信送給投宿在額魯那裡的人。福邇接過信封一看，上面果然寫著「福邇先生親啓」六個端端正正的漢字。

我奇道：「毛利安藝怎會知道你在這裡？」

他道：「採蔘客熟識這一帶的環境，毛利一定是問過他，推斷我們必定會在這裡留宿。且看信裡寫了甚麼。」

他撕開信封抽出信箋，讓我靠近跟他一起看，只見沒有上下款，只寫著：

大暑正午

瀑布之巔

恭候大駕
一決生死

我道：「是戰帖！」

福邇道：「不錯。他不但要通知我們他已到來，還要讓我們知道他很清楚我們身處哪裡。」

我本不以爲意，但這時細想了一下戰帖內容，便不禁勃然大怒：「好狡猾的傢伙！大家明明說好，決戰的地點由你來選。你只跟他相約在長白瀑布，現在他卻指明在『瀑布之巔』恭候，分明是取巧！瀑布頂上比下面狹窄得多，沒有足夠空間讓你跟他遊鬥，這樣便對他有利得多！」

想不到福邇卻坦然道：「這一場並非點到即止的切磋比試，而是生死決戰，雙方設法盡取優勢，本是意料中事。我們又何嘗不是事先到瀑布練習，意圖取得地利？華兄你曾爲軍人，自然清楚戰陣之間不厭詐僞，誰還會再談『既陳而後擊之』那種宋襄之仁？」他稍頓，又道：「更何況，這幾天我已經仔細考慮過，若以遊鬥作爲戰術，也絕不是明智之舉。」

我問：「爲甚麼呢？」

他道：「蜻蛉構在毛利手中，是無懈可擊、固若金湯的守禦之勢，我若跟他遊鬥也不會有機可乘；他只需以逸待勞，待我把氣力白白消耗得七七八八，他便能輕易取勝。」

我忙問：「那你會用甚麼戰術對付他？」

他遲疑了一下，欲言又止，最後還是搖頭嘆道：「我還未想到，只能隨機應變。」

我聽他這樣說，心裡自然又驚又急，但又怕再追問下去只會影響他的戰意，唯有閉嘴不語。

那晚，額魯用山上特產的猴頭菇煮了一鍋鹿肉，他和兒子當然吃得津津有味，福邇也神色自若，絲毫沒有在決戰前夕寢食不安的樣子，唯獨我卻念念不忘明天的事情，難以下嚥。

額魯既然把兒子的小屋讓出來給福邇和我暫住，飯後便帶他回自己那邊睡覺。我本道這晚我倆必定通宵難眠，已打算陪著福邇明發不寢，想不到他卻拿出了一個西人經常隨身帶著的那種扁平銀製小酒壺，遞給我道：「來，喝一點白蘭地，有助睡眠，明天才有精神。」

我一想也有道理，便喝了一口，之後便急不及待跟他討論決鬥戰術。但不知是否太久沒沾酒之故，白蘭地下肚之後，不久竟然昏昏欲睡，便忍不住和衣躺到床上，馬上呼呼入睡了。

⊕ ⊕ ⊕ ⊕

一夜無夢，待覺醒時睜眼一看，但見天色竟已大明，心裡驀地一凜。慌忙掏出懷錶來看，原來已過正午，更是大吃一驚。再環顧房間，福邇已不在，桌上擺著他那個銀酒壺，旁邊還有個小玻璃瓶子，我認得這是洋人用作安眠藥的「姥大南」[19]，現已半空。再看清楚，酒壺和小瓶下面壓著一張字條。

我大急之下攫起字條來看，果然是福邇的字跡，這才想起，昨夜他自己好像根本沒有喝白蘭地。原來他竟在酒裡落了藥，撇下我孤身赴戰。當下再無暇細讀，匆匆一手攥過床邊配刀，雙腳踩進靴子，便奪門而出，往山上直奔。

木屋與瀑布雖只相隔數里，可是山路崎嶇，又礙於我腿上舊患，縱使拚命奔跑，還未趕到時，已在刺眼陽光下遙遙望到瀑頂閃起熠熠刃光。停下定睛一看，只見飛竄而下的激流之旁，有兩條人影糾纏在一起：其中一人身穿連披風外衣、頭戴獵鹿帽，正是福邇，另一人則滿頭半白散髮在風中飛揚，當然便是毛利安藝。

但見毛利雙手高舉武士刀，但兩腕被福邇左右手齊齊牢握著，砍不下來；而福邇的長劍則已不知去向。雙方瞋目裂眦，爭持得難解難分，此刻比拚的已不再是招式，而是死命角力。兩人岌然危立在狂流邊緣，稍有失足，便會頓時掉下瀑布！

眼見形勢如此危急，我雖已跑得氣喘吁吁，仍不禁惶聲大呼：「福兄！」

滾滾如雷的瀑聲，令我幾乎連自己的叫喊也聽不清楚，但福邇卻不知怎地察覺我到達，轉頭回望，一見到我，便張口向我喝出警告。雖然瀑布完全蓋過他的聲音，但遠遠從嘴型也依稀可辨是「不要過來」四個字。

我心底暗叫糟糕，在這生死關頭，我非但幫不上忙，怎還可以反害他分心？當下立即快馬加鞭，全力跑上飛瀑一旁的峭徑。可是離瀑頂還未及一半，倏然聽到福邇聲嘶力竭的一下怒喝，我猛地抬頭，看見他和毛利兩人互相緊緊纏抱，從瀑布邊緣雙雙墜下！

我這一驚非同小可，一時雙腳不聽使喚，僵立當地。瞬間，福邇和毛利已被湧揚在瀑布之下的濃密水霧所吞沒，一時不見影蹤。我慌促轉身跑回坡下，沿河往原路一直狂奔，不斷大力呼叫福邇的名字，但山裡只迴響著我自己的聲音，又哪會聽到他回應？水流洶湧湍急，最初仍依稀看得出河裡有兩個人體，但很快便越沖越遠，不一會已消失得無影無蹤。

雖然知道無法追得上，但我依然不停疾跑，渾然不覺其實早已力孱，直到多年前受過重傷的右膝終於一軟，滑倒在泥濘上，一時竟然爬不起身。我半趴半跪在河畔，目送湍湍長流遠去，頃刻間悲從中來，撕心裂肺，便再也忍耐不住，仰天搥胸慟哭起來。

號啕了半晌，忽記起之前方博給我的穿雲箭，不禁暗罵自己膿包，連忙掙扎起來，趕回木

---

19 姥大南，亦另作「姥大琳」，即英文 laudanum 的音譯，當時歐美一種由鴉片酊所製的常用安眠藥。

屋。額魯和兒子見到我雙目紅腫、滿身泥汙的模樣，自然嚇了一跳。我直奔入屋，找到紅色的穿雲箭和火柴，便回到戶外插在地上點起，直射上空中。

我呆坐屋前，腦中一片空白，但覺心如刀絞。額魯不敢打擾，只是泡了一碗熱茶放到我手中，便讓我這樣靜靜地坐著。也不知道過了多久，聽到馬蹄聲，方博等人趕到了。我感覺彷彿已過了大半天，但這時回過神來，才發覺手中沒喝的茶依然未涼。

方博一眼也看得出發生了甚麼事，不用我多說，即命手下策馬沿河搜索。我當然也要了一匹坐騎加入，而嚮導用滿語給額魯及其兒子解釋過之後，他們也幫上忙。可是大夥兒一直搜索到天黑，尋遍河流下游，也依然找不到福邇和毛利的蹤跡。

這晚我獨自回到小屋，看到桌上福邇留給我的字條，終於拿起來仔細閱讀。他遺書甚簡，只有寥寥數行：

籥瀚賢兄足下，

今日一戰，實無勝算，然義不旋踵，雖死弗避。唯恐汝阽危及禍，方出此劣策相欺，歉甚乞恕。

吾煢煢於世，孑然獨立，得一知己，夫復何求？長路漫漫，何其孤寂，有君相伴，不勝感激！筵無不散，合必有離，終須一別，莫懷哀也。

余不信輪迴，然倘有來生，仍盼能再與君連袂並肩，周急救困，儆惡懲奸！

草草不盡，耑此永訣。

愚弟 摩斯 絕筆

我還未看完，眼前已是一片模糊，忽然驚覺有數處墨跡慢慢化了開來，方知原來是滴滴淚水落到紙上。

⊕ ⊕ ⊕ ⊕

方博的手下有帶備信鴿，次日一早，他便用來向福邁傳遞厄耗。他們一眾繼續往更遠處搜索，但我想到福邇和毛利決戰之處說不定會留下了甚麼線索，便獨個兒回到瀑布，希望有所發現。

上到瀑頂，果然在水邊濕濡的地面發現許多凌亂腳印，但最怵目驚心的，卻是竟有半截斷了的中國劍！我判閱足跡的本領當然遠遠不及福邇，但也看得出是一番激戰留下的痕跡，雖然多處已踐踏得難以分辨，但其餘部分卻清清楚楚看得出有兩個人的足印，其中一個鞋印我認得出是福邇的，而另一個人當然便是毛利教授了。那掉在地上的斷劍，是劍身中間到劍尖的前半截，但到劍柄的後半截卻已不知去向。仔細再看，斷劍旁邊還有一灘乾了的血跡。

看到這裡，昨天的戰況已經清晰不過：縱使福邇所用的是尙方寶劍，竟也敵不過毛利的村正魔刀，被那招蜻蛉構砍斷了！之後福邇必定中刀負傷，卻依然拚盡最後一分氣力捉著對方不放，拉著他一齊墜下瀑布，玉石俱焚。

正是人亡劍亡，只見本來寒芒森森的利器，折斷了之後，亦已變得黯然無光了。我想起那天他在天池畔跟我說的話，才明白他不遠千里來到這兒，原來早已一心想死於白山黑水之中。默默拾起斷劍之際，雖心下愴然，卻已欲哭無淚。

之後多天，我和方博等人終日騎馬躡蹤，來回尋找福邇和毛利的蹤跡；額魯和兒子熟識山上，也不遺餘力幫忙。雖然到了這個地步，我自是明白福邇已絕無生還的希望，但總不能讓摯友落個屍骨無存的下場。然縱使我們如何擴大搜索的範圍，卻連他或毛利衣服的一片破布也沒找到。

額魯靠著嚮導傳話，說屍體遲早必會擱淺在石灘上，但找了這麼久也找不到，恐怕是被老虎或野狼叼走了。我聽了無比心酸，卻也不禁反而暗祈千萬不要找到絲毫線縷，因爲我寧可相信福邇已長眠於河床底下，也不願想像他遺骸慘遭獸噬。

禍不單行，災難接踵。有天竟有一乘快騎從通化而來，直跑山上找我們，原來是帶來厄訊：日本暴起發難了。

原來長白瀑布決鬥次日凌晨，日方乘夜攻佔漢城宮殿，禁錮朝鮮國王，扶立其父大院君攝政，新政府隨即授權日軍驅逐駐境清兵。兩日後，日本海軍不宣而戰，於豐島海域突襲中國戰艦和運兵船。[20]可恨軍機大臣沒有聽取黏竿處的情報，根本未及備戰，自是被敵人攻個措手不及。這時福邁雖已得悉其弟身亡的消息，但國事爲重，已立刻趕返北京，還派快馬到長白山通知我們急回。

頃聞烽燧已燃，我們也不能再留在山上。方博等必須赴京候命，而我掛念著家人安危，也不得不放棄繼續找尋福邇遺體，盡速前往福州跟他們團聚。我們馬不停蹄，日夜兼程，到達北京的時候，中日兩國已正式宣戰。

本來途經奉天府時，我也想過跟方博等分道揚鑣，自己到營口找船前往福州，但兵凶戰危，

---

20 東學起義平息後，日本拒絕撤軍（請見註4），單方要求朝鮮改革內政及廢除與清廷所有條約，過了最後通牒期限，便於七月二十三日凌晨攻佔漢城王宮，逼使高宗轉交大權給大院君，親日新政府旋即委託日軍驅逐境內清兵。七月二十五日，日方在豐島海面突襲北洋水師戰艦，及擊沉清軍借來運兵的英國商船「高升號」。八月一日，中日雙方正式宣戰，甲午戰爭開始。

又擔心海路會遇上風險，所以最後還是決定先隨他們一路去到北京，之後再循陸路回家鄉。抵京後，因為國情緊急，福邁雖有喪弟之痛，卻也無暇讓我正式弔唁。我辭別了他，便黯然踏上歸途。

我早拍了電報回老家，告知各人福邇身亡的悲訊，待終於抵達福州團聚，一別半年，卻已恍如隔世，傷痛之情自是不必細表。這時香港仍有瘟疫，我一家和鶴心便只好繼續在父兄那裡住下，期間一直全神關注中日戰況的消息，唯恐戰事會像中法戰爭時那樣，波及福建。果然不出福邇所料，到了西曆九月下旬，我國海陸兩軍在黃海及平壤慘敗之後，戰事便從朝鮮展延至遼東半島。

⊕ ⊕ ⊕ ⊕

待香港疫情終於完結，我們回到域多利城的時候，已是西曆十一月中。雖然肆虐半年的瘟災在一個多月前已畢，但其時竟又遇上兩場破壞甚廣的連環暴風雨，所以全城依然愁雲慘霧，滿目蒼涼。昔日朝氣蓬勃、熙來攘往的繁榮景象，不知何日方可復現。不久，又驚聞旅順大屠殺的消息，[21]更是備覺剖肝抽腸。

我們送鶴心回到福邇故居那天，但見物在人杳，塵榻空留，大家又忍不住再泫然涕下。如今超世之傑命殞冰瀑，湮沒於寒川激流之中，雖不惜犧牲一己，卻無法力挽狂瀾，又怎不教人痛心疾首？然而其捨身殉國之節，卻足報社稷焉。正是：

縱死俠骨香，
不慚世上英。

福邇雖已溘然離世，但精魂恆在，浩氣長存。我每次闔上雙目，腦海又會浮現那英姿颯爽的身影，音容宛在，凜凜猶生。華某不才，謹願在有生之年，以拙筆將他偵破的奇案一一付梓成書；不敢奢盼可讓他留名百載，但假若敝作能廣傳於今，令更多人得知一代神探的事蹟，垂範現世，則亦無愧於泉下亡友矣。

---

21 日本海軍在九月黃海戰事獲勝後，已奪得海上控制權，到了十月底，陸軍又成功攻破鴨綠江清軍防線，入侵中國金州和旅順，史稱「金旅戰役」。十一月二十一日，日軍攻陷旅順，進行了四天三夜的大規模屠殺，當時在地外國記者對死亡人數的報導有異，從大約兩千至高達兩萬不等。

YLM 37

香江神探福邇，字摩斯2：生死決戰

作者——莫理斯

主　　編　蔡昀臻
封面設計　兒　日
美術編輯　丘鋭致
行銷企劃　叢昌瑜、沈嘉悅
總 編 輯　黃靜宜

發 行 人　王榮文
出版發行　遠流出版事業股份有限公司
地　　址　104005 台北市中山北路一段 11 號 13 樓
電　　話　（02）2571-0297
傳　　眞　（02）2571-0197
郵政劃撥　0189456-1
著作權顧問　蕭雄淋律師
輸出印刷　中原造像股份有限公司
2022 年 7 月 1 日 初版一刷
2024 年 6 月 25 日 初版二刷
定價 380 元

Printed in Taiwan
ISBN 978-957-32-9588-4
遠流博識網 http://www.ylib.com E-mail: ylib@ylib.com

國家圖書館出版品預行編目 (CIP) 資料

香江神探福邇，字摩斯 . 2 : 生死決戰 / 莫理斯著 .
-- 初版 . -- 臺北市 : 遠流出版事業股份有限公司 , 2022.07
面；　公分
ISBN 978-957-32-9588-4 (平裝)

857.7　　111007173